Roman Rausch Blanka Stipetic

Der Bastard

Kommissar Kilian bekommt Konkurrenz

Rowohlt Taschenbuch Verlag

Originalausgabe
Veröffentlicht im Rowohlt Taschenbuch Verlag,
Reinbek bei Hamburg, Mai 2007

Redaktion Andreas Feßer
Umschlaggestaltung any.way, Andreas Pufal
(Abbildung: Andreas Pufal)
Satz Aldus PostScript (InDesign) bei
Pinkuin Satz und Datentechnik, Berlin
Druck und Bindung Clausen & Bosse, Leck
Printed in Germany
ISBN 978 3 499 24495 7

Für Franja und Luca

There's a ringing in my ear
And I can't really hear you
In the thickening of fear

Suzanne Vega, *Blood Makes Noise*

Vor vielen Jahren in Afrika

Die letzte Stunde des Tages war angebrochen.

Genau elf Stunden hatte die Sonne ihren Halbkreis von Osten nach Westen gezogen. In der verbleibenden Stunde würde sie in rötlich flimmerndem Licht untergehen.

Der Mann und die Frau hatten kein Auge für diese Schönheit. Sie saßen beieinander im Gras und blickten in die Ferne, ohne etwas zu sehen.

«Komm mit mir», sagte der Mann.

Die Frau schüttelte den Kopf. «Ein schwarzes Kind gehört nach Afrika. Es kann woanders nicht glücklich werden.»

«Die Zeiten haben sich geändert.»

«Nur scheinbar.»

Sie saßen im Gras auf der unsichtbaren Linie des Äquators, zwischen Norden und Süden, zwischen Schwarz und Weiß.

«Wir gehören nicht zusammen», sprach die Frau weiter. «Nicht hier und nicht dort.»

«Warum?»

Sie lächelte. «Du liebst nicht mich. Nur das, wofür ich stehe, meine Hautfarbe, meine Wurzeln. Es ist das Neue, Fremde, was dich reizt.»

Er wollte widersprechen, doch sie unterbrach ihn. «Du

weißt nicht, wohin du gehörst. Dein Herz und dein Verstand gehen unterschiedliche Wege.»

Er nickte und nahm ihre Hand. Sein Zeigefinger folgte den Linien auf ihrer hellen Handfläche. «Wie wirst du deiner Familie das Kind erklären?»

«Ich werde nach Nairobi gehen. In der Stadt stellt niemand Fragen.» Sie entzog ihm die Hand. «Ich will nicht, dass jemand von dem Kind erfährt.»

Er nickte.

«Versprich es mir.»

«Ich verspreche es.»

Sie griff in die Tasche ihres Kleides und holte eine kleine geschnitzte Figur hervor. Sie reichte sie ihm.

«Das habe ich von einem Medizinmann der Massai. Ich wünsche dir Glück. Und dass du eines Tages erkennst, dass dein Herz klüger ist als dein Verstand.»

Sie saßen schweigend nebeneinander, bis das Rot der Sonne verschwunden war. Dann standen sie auf und gingen ins Haus. Nach wenigen Minuten war die Dunkelheit undurchdringlich.

Die Tiere übernahmen ihr Reich. Zikaden zirpten, Hyänen heulten, Paviane keiften. Die Menschen wichen zurück in den Schutz der Häuser.

Die erste Stunde der Nacht hatte begonnen.

Würzburg
Erster Tag des Afrika-Festivals

1

Er ist der, den sie fürchten.

Sie wissen nichts von seiner Existenz. Wüssten sie es, wäre er an keinem Ort mehr sicher. Ihr Hass überwindet Tausende Kilometer, ohne an Kraft zu verlieren.

Seine Mutter hat das nicht gewusst.

Nun ist er unter ihnen. Sie erkennen ihn nicht. Er ist nur einer von vielen anderen Schwarzen, Mulatten und Arabern in diesem Zelt.

Er ist einer mit schwarzer Haut, krausem Haar und einem weißen Herzen. Sie sehen die Wahrheit nicht, obwohl in ihren Adern das gleiche Blut fließt.

Eine blutige Spur zieht sich durch ihr gemeinsames Schicksal. Es ist eine Verbindung, die niemals hätte stattfinden dürfen.

Doch das hat er nicht zu verantworten, er ist nur ein Junge. Ein besonderer, denn er trägt beide Seiten in sich. Das macht ihn zu einem Unfall, einer Tragödie, einer Grenzüberschreitung – in jedem Fall zu einem Desaster.

Seine Großmutter hatte ihn gewarnt, sich niemals mit der zweiten Seite in ihm, der weißen, einzulassen. Dadurch würde er das Schicksal herausfordern. Er versteht, dass aus ihrem Mund die Fürsorge spricht. Denn sie kennt die Kraft in ihm, die zur anderen Seite drängt. Er will Gewissheit.

Blood makes noise.

Dem Lärm des Blutes kann man nicht entkommen. Auch er nicht, der gerade dabei ist, die Grenze vom Kind zum Mann zu überschreiten. Gewissheit und Klarheit sind die beiden Tugenden, die er als Mann zuerst erlangen will. Das lärmende Pumpen seines Blutes, das ihn seit früher Kindheit begleitet, wird er in dieser Nacht zum Schweigen bringen.

Er musste seine Großmutter belügen, zum ersten Mal in seinem Leben, damit er für sein Vorhaben freie Bahn hatte. Bei seinem Vater würde er die Nacht verbringen, sagte er ihr, und dass sie sich keine Sorgen um ihn machen bräuchte.

Mit dem Bild in der Hand wartet er am Zelteingang, in dem eine feierliche Ehrung stattfindet. Umringt von alten Männern in afrikanischer Stammeskleidung steht ein noch älter wirkender Mann. Er kennt seinen Namen. Er hat ihn bei einem Gespräch zwischen Großmutter und seinem Vater herausgehört. Für seine Verdienste um die afrikanische Kultur bekommt der alte Mann Geschenke – einen Speer für die Löwenjagd, einen Schild aus dem Fell eines Leoparden und eine Maske aus Gnuleder, um böse Geister fernzuhalten.

Er vergleicht das Gesicht des Mannes mit dem auf dem Bild. Damals vor dreizehn Jahren wirkte er stärker, selbstbewusster und überlegener als heute, wenngleich sich wenig an seiner äußeren Erscheinung geändert hat. Er ist noch immer ein stattlicher Mann, dessen Haar mittlerweile ergraut ist. Seine Wangen wirken eingefallen, die Nase ist gerade und schmal, die Augen blau. Beim Lächeln zeigt er weiße Zähne, gepflegt und vollzählig. Sein Körper ist nach links geneigt, wo er sich auf einen Gehstock stützt, er kann den Schwund seiner Kräfte nicht leugnen. Von hinten stützt ihn eine Hand am Rücken, was kaum jemand im Zelt wahrnimmt. Die Frau, der die Hand gehört, scheint genau zu wissen, dass Schwäche nichts in der Öffentlichkeit zu suchen hat. In ihr erkennt der Junge die Ehefrau.

Auf seinem Bild steht sie zwischen ihm, seiner Mutter und ihrem Mann. Im Hintergrund thront eine Burg über einem Fluss. Sie ist das Wahrzeichen dieser Stadt. Das Bild in der Hand des Jungen drückt vor allem eines aus: Stolz.

Nun ist es so weit. Sie verlassen die Bühne. Ein Chor aus zwanzig Frauen tritt auf und singt zu Ehren des alten Mannes. Es ist Musik aus dem Herzen, und sie berührt auch das Herz des Jungen. Doch er hat anderes zu tun. Er steckt das Bild zurück in den Rucksack und macht sich auf den Weg.

In Kürze wird er die ganze Wahrheit erfahren.

Draußen auf dem Festivalgelände bieten Händler Plunder aus aller Welt feil: Trommeln, bunte Tücher, Amulette, Töpfe aus Ton, Bilder von Jagdszenen, dünne schwarze Figuren. Sie verkaufen einen Traum von Afrika – oder ist es eher ein Albtraum?

Er läuft schnell durch diese enge Gasse, vorbei an stoff- und tandbehängten Buden und Garküchen, Friseur- und Wahrsagerzelten. Seine Brüder und Schwestern mustern ihn mit einem schnellen Blick.

Mir könnt ihr nichts vormachen. Ich bin taub für eure billigen Versprechen.

Unter der Brücke, die vor ihm liegt, sitzt eine Gruppe

von Weißen im Kreis. Sie sehen heruntergekommen aus, wie so viele seiner Landsleute. Jeder hält eine Trommel zwischen den Beinen und schlägt darauf ein. Sie trommeln sich frei, so scheint es ihm, von der Last des weißen Mannes.

Ihr wisst nicht, was Hunger ist, und ich begreife eure seltsame Verbundenheit mit meinem Land nicht. Kommt nur für einen Monat nach Afrika. Wer dann noch trommeln mag, der hat die Hoffnungslosigkeit verstanden.

Er blickt nach oben, in den Sternenhimmel. Er ist ihm völlig fremd. Er vermag nichts darin zu erkennen – kein Zeichen, keinen Weg, kein Ziel.

Er muss sich beeilen, denn er will den alten Mann abpassen. Er rennt hinaus auf die Straße. Es ist dunkel, die Büsche schlucken jedes Licht. Am Straßenrand parkt ein Taxi.

Ein Rascheln. Er stolpert über einen Fuß und fällt der Länge nach hin. Seine Handflächen schmerzen.

«Hey, Negerkuss.»

Er spürt Gemeinheit und Hass in der Stimme.

Er wälzt sich auf den Rücken. Fünf junge Gesichter sehen von oben auf ihn hinab. Sie sind weiß.

«Komm, ich helf dir», sagt einer und streckt die Hand nach ihm aus. Er ergreift dankbar die Hand. Sie schleudert ihn in die Arme eines anderen. Der packt ihn und prügelt auf ihn ein.

Ein Mann, groß und kahlgeschoren, kommt mit mächtigen Schritten auf sie zugerannt. Er trägt einen Gürtel mit Nieten, eine Armeehose und Springerstiefel.

Er beugt sich zu ihm hinunter.

Nein, ich will nicht sterben.

Zweiter Tag

2

Eine zarte Bewegung auf ihrem Bauch holte Dr. Pia Rosenthal aus dem Schlaf. Die Sonne schien durchs Fenster, und sie konnte den Duft frischgebrühten Kaffees riechen. Vor dem Bett kniete Hauptkommissar Kilian. Er hatte seinen Kopf auf Pias Bauch gelegt.

«Was machst du da?»

«Er bewegt sich nicht.»

Pia lachte und schob seinen Kopf weg.

«Das wird noch einige Wochen dauern.»

Sie stand auf und blickte auf den Wecker.

«Wieso bist du schon auf?»

«Ich muss etwas erledigen. Kaffee steht auf dem Tisch. Wann kommst du heute nach Hause?»

Pia schenkte sich eine Tasse Kaffee ein und nahm einen Joghurt aus dem Kühlschrank. Kilian und sie hatten den ganzen vergangenen Tag in ungewohnter Harmonie verbracht. Sie waren am Main spazieren gegangen, hatten in der Stadt in einem Café eine Pause gemacht und waren dann noch eine Stunde über das Afrika-Festival geschlendert. Dabei hatten sie einen Namen für das Kind gesucht und viel gelacht. Wie ganz normale Eltern, aber doch nur gespielt von zwei guten Laienmimen.

Kilians Frage war für sie der Versuch, das Spiel fortzusetzen.

«Willst du hier einziehen und auf heile Familie machen?», fragte Pia und wartete nicht auf Kilians Antwort. «Vergiss es.»

«Dann eben nicht.» Kilian nahm seine Jacke und verließ ohne ein weiteres Wort die Wohnung.

Pia stand vom Frühstückstisch auf und ging ins Bad. Ihre Gedanken beschäftigten sich mit Kilian. Nachdem sie ihm eröffnet hatte, dass sie ein Kind erwartete, war er für zwei Wochen abgetaucht. Dann hatte er eines Abends betrunken vor ihrer Tür gestanden, hatte auf dem Sofa geschlafen und war am nächsten Morgen wieder verschwunden. Vor einigen Tagen schließlich hatte er sein Sabbatjahr in Italien endgültig für beendet erklärt und war wieder zu seiner Mutter nach Würzburg gezogen. Vorläufig. Pia wusste nicht, was er plante, und sie wollte es auch nicht wissen. Sie hatte ihm zugestanden, dass er Zeit brauchte, um sich an den Gedanken zu gewöhnen, dass er bald Vater würde. Nach seinem zweiten Verschwinden hatte sie die Geduld verloren. «Dann eben nicht», wiederholte sie leise Kilians letzte Worte. Sie hatte sich seinetwegen wie eine eifersüchtige Xanthippe aufgeführt, war ihm nach Italien hinterhergefahren – aber nun reichte es. Sie war nicht auf seine Gunst angewiesen. Jetzt war er dran.

Vor dem Haus stieg sie in ihr altes Golf-Cabrio. Wenn ihr Bauch in einigen Monaten größer war, würde sie sich um einen neuen Wagen kümmern müssen. Ein Cabrio war nicht das richtige Auto für ein Baby. Sie fuhr über die Löwenbrücke und quer durch die Stadt zum Europastern. Hier, an Würzburgs belebtester Kreuzung, stand in einer Senke und deshalb immer im Schatten das Gebäude der

Gerichtsmedizin, ein schon leicht heruntergekommenes Relikt aus den Sechzigern. Hier arbeitete Pia schon seit zehn Jahren. Der Schwiegervater ihrer Schwester hatte ihr damals geholfen, die Stelle zu bekommen. Pia plagte deswegen kein schlechtes Gewissen. Was ihre Arbeit anging, legte sie stets ein gesundes Selbstbewusstsein an den Tag.

In ihrem Büro legte sie Tasche und Jacke ab und schlüpfte in einen weißen Kittel. Kurze Zeit später betrat sie den Besprechungsraum und begrüßte Ernst, den Assistenten der Obduzenten.

«Wo ist Karl? Der ist doch sonst pünktlich.»

Ernst hob träge die Hand zum Gruß. «Er war draußen an einem Fundort.»

«Das machen wir doch sonst nicht.»

«Heinlein hat es ausdrücklich verlangt.»

Bevor sie das Thema vertiefen konnten, betrat Karl Aumüller den Raum, gefolgt von Georg Heinlein. Als Kilian seine Position als leitender Hauptkommissar abgegeben hatte, um ein Sabbatjahr in Italien zu verbringen, war Schorsch Heinlein nachgerückt. Sein Besuch verriet Pia, dass sie sich an diesem Morgen zumindest mit einer ungeklärten Todesursache, im schlimmsten Fall mit einem Mord beschäftigen würden.

Heinlein ergriff ohne Umschweife das Wort.

«Heute Morgen kam ein Anruf vom Wehr in Erlabrunn. Der Mann, der dort täglich mit einem Kran das Gitter reinigt, hat zusammen mit Gestrüpp und alten Autoreifen einen Körper aus dem Wasser gezogen.»

«Was für ein Gitter?», fragte Pia.

«Es filtert das Wasser und hält alles zurück, was sich

irgendwo im weiteren Verlauf des Mains ansammeln und den Schiffsverkehr behindern könnte», antwortete Heinlein. «Der Mann steht unter Schock. Es war ein Kind.»

«Wieso habt ihr gleich einen Gerichtsmediziner geholt, das macht ihr doch sonst nicht?», wunderte sich Pia.

«Dazu komm ich noch», fuhr Heinlein fort. «Bei dem Kind handelt es sich um einen Schwarzen, Afrikaner oder Afroamerikaner, was weiß ich. Auf jeden Fall ist in solchen Fällen, auch wenn sich das Ganze als Unfall herausstellt, das Interesse der Presse immer sehr groß. Die lauern nur darauf, uns Ausländerfeindlichkeit oder Rassismus vorzuwerfen, also habe ich genau nach Vorschrift gehandelt. Ich will mir nachher nichts vorwerfen lassen. Außerdem waren Verletzungen sichtbar. Den Rest übernimmt Karl.»

Bevor Karl etwas sagen konnte, ging die Tür auf.

«Kilian», tönte es dreistimmig, nur Heinlein schwieg. Vier Augenpaare waren fragend auf Johannes Kilian gerichtet, der mit einem Lächeln den Raum betrat.

«Guten Morgen, alle zusammen.» Er setzte sich auf einen freien Stuhl und verkündete: «Wie Kollege Heinlein ja schon weiß, bin ich wieder im Dienst.»

Kilians Eröffnung wurde mit Schweigen aufgenommen. Karl und Ernst blickten fragend zu Heinlein. Pia war irritiert. Sie ahnte, dass Kilians Wiedereintritt in den Dienst mit ihrer Schwangerschaft zu tun hatte und somit nicht ganz freiwillig war. Es wäre ihr lieber gewesen, er hätte diesen Schritt angekündigt und mit ihr besprochen. Das konnte sie ihm hier und jetzt aber nicht sagen. Es war Heinlein, der das Schweigen brach.

«Übernimmst du jetzt wieder die Leitung?», fragte er gepresst. Eine leichte Röte zog sich über sein Gesicht.

Kilian winkte ab. «Du bist der Chef.»

«Können wir weitermachen?», fragte Karl und blickte in die Runde. Es war offensichtlich, dass Heinlein gern noch etwas gesagt hätte, doch er nickte nur, und Karl begann mit seinen Ausführungen.

«Ich habe die Leiche vor Ort oberflächlich untersucht und kann bisher nur Folgendes sagen. Es handelt sich um einen Jungen schwarzer Hautfarbe, etwa zwölf bis vierzehn Jahre alt. Der Körper zeigt noch keine Spuren von Aufgedunsenheit oder Fischfraß. An den Fingerkuppen konnte ich Waschhautbildung feststellen, jedoch nicht in der Hohlhand und auf dem Handrücken. Er kann nicht lange im Wasser gelegen haben. Aber festlegen, auch nicht ungefähr, will ich mich noch nicht. An den Handflächen sind Schürfwunden festzustellen. Sie wurden eindeutig nicht vom Kran verursacht. Ich konnte noch kleine Steinsplitter in den Wunden entdecken. Keine Ausweispapiere.»

«Also ertrunken», schlug Kilian vor.

«Wir ziehen keine voreiligen Schlüsse. Erst machen die Kollegen hier ihre Arbeit, und dann sehen wir weiter», bestimmte Heinlein.

«Es ist Afrika-Festival», meldete sich Ernst zu Wort. Alle sahen ihn fragend an.

«Na ja, schwarzes Kind, Main, Afrika-Festival», erklärte Ernst seinen Gedankengang.

«Wann hat das Afrika-Festival begonnen?», fragte Heinlein.

Pia antwortete: «Gestern. Es dauert bis Sonntag.»

«Lasst mich erst mal zum Ende kommen», forderte Karl. «Kein Schaumpilz auf den ersten Blick», sagte er.

Pia und Ernst schauten nachdenklich, Heinlein und Kilian ratlos.

«Und was bedeutet das?», fragte Kilian.

Pia übernahm es, ihm zu antworten.

«Wenn ein Mensch ertrinkt, können wir die Zeit bis zum Tod in unterschiedliche Phasen einteilen. Er schnappt nach Luft und taucht unter. Anschließend versucht er, wieder an die Oberfläche zu gelangen, und kämpft ums Überleben. Dabei atmet er Wasser und Luft ein, wobei es zu einem Hustenreiz kommt. Diese Mischung aus Luft, Wasser und Bronchialsekret führt nach der Bergung zum sogenannten Schaumpilz, der aus den Atemöffnungen austritt. Aber nicht alle Ertrunkenen weisen dieses Merkmal auf.»

«Ist er nun ertrunken oder nicht?», fragte Heinlein ungeduldig.

Pia schüttelte bedauernd den Kopf. «Das können wir noch nicht sagen. Es gibt nur ein sicheres Zeichen für Ertrinken. Wenn wir seine Lunge untersuchen, muss sie überbläht sein und eine trockene Schnittfläche haben. Wir nennen das Knisterlunge, weil beim Einschneiden ein knisternder Laut zu hören ist. Entgegen der landläufigen Meinung kommt beim Ertrinken kein Wasser in die Lunge.»

Karl schaltete sich noch einmal ein. «Es gibt noch weitere Anzeichen für Ertrinken, die müssen aber nicht unbedingt auftreten.»

Kilian hakte nach. «Wenn ihr bei der Obduktion eine Knisterlunge findet, dann ist er ertrunken. Wenn nicht, dann ist er tot ins Wasser gelangt?»

Pia, Karl und Ernst nickten.

«Lasst uns an die Arbeit gehen, dann wissen wir mehr», sagte Karl und erhob sich. Die anderen folgten ihm. Beim Hinausgehen hielt Pia Kilian am Ärmel zurück.

«Wieso bist du wieder im Dienst? Ich dachte, du wolltest noch ein bisschen in Italien bleiben?»

«Ja, wollte ich.» Kilian schaute unschlüssig auf seine Stiefelspitzen. «Aber die Situation hat sich geändert, oder nicht? Ich dachte, es ist besser, wenn ich hier bin. Wenn du etwas brauchst oder … ich weiß auch nicht.»

«Ich brauche nichts», sagte Pia schnippisch. «Von mir aus kannst du dein Leben leben, wie du willst. Lass dich nicht von mir einengen.»

«Wir bekommen ein Kind.»

«Ich bekomme ein Kind. Du bist zu nichts verpflichtet.»

«Lass uns heute Abend in Ruhe darüber sprechen», schlug Kilian vor. Pia nickte, und schweigend folgten sie den anderen.

Der Junge lag bekleidet auf dem Obduktionstisch. Karl stand an der Seite. Er würde die Untersuchung der Leiche vornehmen. Pia leitete die Obduktion. Sie hielt ein Diktiergerät in der Hand, mit dem sie Karls Erkenntnisse bestätigen und aufzeichnen konnte. Ernst sollte Karl assistieren.

Karl schilderte zunächst seinen Gesamteindruck. Der Junge war wohlgenährt und gepflegt. Die Kleidung bestand aus einer Jeans, Hemd und Turnschuhen, alles Markenware. Karl knöpfte das Hemd auf und entdeckte dabei einen Riss am rechten Ellenbogen. Darunter verbarg sich eine weitere Schürfwunde. Er fuhr fort, bis der Körper vollständig entkleidet war. An der linken Schulter war nun eine Prellung zu sehen, ebenso am linken Schienbein. Die Knie ließen auf beiden Seiten Druckstellen erkennen. Weitere Spuren von Gewalteinwirkung waren nicht vorhanden, auch sexueller Missbrauch konnte ausgeschlossen werden. Karl leuchtete in den Mund und die Nase des Jungen, um vielleicht noch auf eine Spur von Schaumpilz zu stoßen. Pias Blick ruhte auf dem Jungen, der schutzlos auf dem kalten Stahltisch lag.

«Nichts», sagte Karl.

«Kein Schaumpilz …», diktierte Pia automatisch.

Die schwarze Haut des Jungen spannte sich makellos über die Gesichtsknochen, die Hände zeigten lange, schmale Finger, die Füße ebensolche Zehen.

Karl begann mit der Spurensicherung. Mit einer Pinzette holte er winzige Steinsplitter aus den Schürfwunden und verstaute sie in den dafür vorgesehenen Tüten. Pia dokumentierte, reine Routine. Doch sie arbeiteten heute schweigsamer als sonst, ohne Frotzeleien, nicht einmal von Ernst.

Pia fühlte plötzlich Rührung in sich aufsteigen. Vor ihrem inneren Auge entwickelten sich die Gliedmaßen des Jungen zurück ins Kleinkind- und Babyalter. Alles wurde runder, zarter und hilfloser.

Während ihre Gedanken wanderten, wiederholte sie automatisch, was Karl ihr diktierte. Sie hatte in den letzten Wochen zahllose Elternzeitschriften gewälzt, hatte die Entwicklung eines Embryos auf Bildern verfolgt.

Auch wenn sie prinzipiell alles darüber wusste, war

es ein völlig anderes Gefühl gewesen, nach der ersten Ultraschallaufnahme ihres eigenen Kindes, zu sehen, wie es sich im Verlauf der nächsten Monate entwickeln würde und danach, wenn es auf der Welt war.

«Schwach ausgeprägte Paltauf'sche Flecken.»

Und jetzt lag ein Kind tot vor ihr auf dem Obduktionstisch.

«Emphysema aquosum.»

Finger, die sich nie mehr um einen Ball schließen würden, Zehen, die nie mehr in kaltes Wasser eintauchen würden, Augen, die niemals wieder lachen oder weinen würden.

«1200 Gramm.»

Und irgendwo da draußen eine Mutter und ein Vater, die noch nicht wussten, dass ihnen das Schlimmste geschehen war, was Eltern geschehen konnte. In Pias Augen stiegen Tränen.

«Pia, hast du ein Problem damit?», drang Karls Stimme in ihr Bewusstsein.

«Wie bitte? Tut mir leid, ich habe dich nicht richtig verstanden.» Pia schluckte und riss sich zusammen. Sie war bei der Arbeit, auf dem Tisch lag ein Körper, den sie untersuchen musste, wie schon hundertfach zuvor.

«Ist alles in Ordnung?», fragte Karl besorgt.

«Ja, ja, ich war nur … Mach einfach weiter, ich hör zu.»

Inzwischen waren Brust- und Bauchbereich des Jungen geöffnet. Karl hatte begonnen, die Organe zu entnehmen, zu vermessen und zu untersuchen. Er nahm gerade den Magen aus der geöffneten Bauchhöhle.

«Magen, gefüllt, normale Größe.»

Pia diktierte weiter, was sie von Karl hörte. Sie war nicht bei der Sache. Sie musste sich zwingen, ihren Assoziationen nicht freien Lauf zu lassen.

«Eindeutig Hirse. Und etwas Grünes. Petersilie oder Salat. Wir machen eine Analyse.»

Sie versuchte, nicht die Haut des toten Kindes anzusehen, nicht sein Gesicht, seine Hände und seine Füße. Sie heftete den Blick auf den Boden, und wenn sie aufsah, dann nur, um Karl zu signalisieren, dass sie mit seinen Schlussfolgerungen einverstanden war. So brachte sie die Obduktion schließlich hinter sich und ging dann in den Umkleideraum.

Kilian und Heinlein hatten die Obduktion verfolgt, ohne ein Wort zu wechseln. Sie hatten Pias Aussetzer kommentarlos registriert, und erst als sie allein in dem leeren Obduktionssaal standen, brach Kilian das Schweigen.

«Ich habe gar nichts kapiert. Paltauf'sche Flecken, Emphysema aquosum. Keine Ahnung, was das alles zu bedeuten hat.»

Heinlein grummelte etwas in sich hinein. Dann gab er sich einen Ruck und wandte sich zu Kilian.

«Wieso hast du es dir eigentlich anders überlegt?»

Kilian zuckte mit den Schultern.

«Ich kann doch nicht irgendwo herumgammeln, während Pia unser Kind bekommt.»

«Du kannst nicht, oder du willst nicht?»

«Ist doch das Gleiche.»

Heinlein sah ihn an, und schließlich zog sich ein breites Grinsen auf sein Gesicht.

«Willkommen im Club. Ich habe ja nichts dagegen,

wieder mit dir zusammenzuarbeiten. Aber versuch wenigstens, dich an die Regeln zu halten.»

Kilian verdrehte die Augen. «Jetzt lass uns erst mal rausfinden, was dieses Medizinerchinesisch zu bedeuten hat.»

Im Besprechungsraum kamen alle wieder zusammen, und Pia übernahm ohne Umschweife das Wort.

«Ich fasse zusammen. Der Junge ist ertrunken. Das ist sicher. Wir haben eine Knisterlunge vorgefunden. Schaumpilz haben wir keinen gefunden, Paltauf'sche Flecken waren da, aber nur sehr schwach ausgeprägt.»

«Ist es möglich, dass jemand nachgeholfen hat?», fragte Kilian.

«Das können wir nicht mit Bestimmtheit sagen. Wir können aber ausschließen, dass er tot ins Wasser geworfen wurde. Wir haben Anzeichen für einen typischen Ertrinkungstod gefunden. In schwacher Ausprägung. Es kann sein, dass jemand ihn unter Wasser gedrückt hat, aber er kann auch von allein hineingefallen sein. Wir müssen natürlich die Schürfwunden und Prellungen mit berücksichtigen. Welche Schlussfolgerung ihr daraus zieht, bleibt euch überlassen.» Pia lehnte sich zurück, und Karl übernahm die weiteren Ausführungen.

«Wir machen noch eine Blutanalyse. Dabei werden wir mit etwas Glück Kieselalgen finden. Die geben uns dann Gewissheit, dass er im Main ertrunken ist.»

«Und wenn nicht?», fragte Heinlein.

«Lass uns die Analyse abwarten. Der Junge ist zweifellos ertrunken, dadurch ist der Nachweis von Kieselalgen sehr wahrscheinlich», antwortete Karl.

«Das meine ich nicht», hakte Heinlein nach. «Wenn er nicht im Main ertrunken ist, könnt ihr durch die Analyse trotzdem erkennen, wo?»

Karl schüttelte den Kopf. «Nur wenn du einen bestimmten Verdacht hast. Kieselalgen kommen praktisch überall vor. Jedes Gewässer weist ein eigenes Kieselalgenmuster auf, wir brauchen aber eine Vergleichsprobe, um die Herkunft eines bestimmten Musters nachweisen zu können.»

Heinlein überlegte. «Wenn also das Kieselalgenmuster aus dem Blut des Jungen nicht mit dem von Mainwasser übereinstimmt, wäre das ein Beweis, dass der Junge nicht im Main ertrunken ist, sondern woanders.»

Karl nickte, und Pia sagte: «Dann hättet ihr ein Indiz, dass es Mord war.»

«Was ist mit dem Todeszeitpunkt? Könnt ihr euch inzwischen genauer festlegen?»

«Er ist auf jeden Fall kurz nach dem Essen gestorben», sagte Karl. «Sein Magen ist voll, und der Verdauungsprozess hatte gerade erst eingesetzt.»

«Und ich hatte recht», mischte sich Ernst ein. «Mit dem Afrika-Festival. Wir fanden Hirse im Magen. Entweder hat er zu Hause gegessen oder auf dem Afrika-Festival. Ich kenne kein Lokal in Würzburg, das Hirse serviert.»

Heinlein schrieb etwas in seinen Notizblock und fragte noch einmal: «Wann?»

«Gestern Abend», sagte Pia. «Der exakte Zeitpunkt ist nicht feststellbar. Wir können ausschließen, dass er mehrere Tage im Wasser lag. Dazu war die Ausbildung von Waschhaut an Händen und Füßen noch nicht genügend ausgeprägt. Da der Körper im Wasser lag, ist er schneller ausgekühlt, und wir haben keine Möglichkeiten, genauer zu werden. Damit müsst ihr euch begnügen.»

Heinlein blickte in die Runde. «Sonst noch etwas von Interesse?»

Karl zählte die verschiedenen Schürfwunden und Prellungen auf. «Keine Muttermale, keine Narben. Das einzige besondere Kennzeichen sind hypermobile Fingergelenke», beendete er seinen Bericht.

Heinlein und Kilian sahen ihn fragend an.

«Er konnte seine Finger extrem weit nach hinten biegen.»

«Okay.» Heinlein stand auf. «Ich möchte, dass ihr alle möglichen Analysen durchführt, inklusive DNA-Analyse.»

«Wieso denn das?», wunderte sich Pia. «Ihr habt doch spätestens nach einem Blick in die Vermisstendatei seine Identität festgestellt. Seine Eltern werden ihn vermissen.»

Heinlein schüttelte den Kopf. «In diesem Fall machen wir nicht alles, was nötig, sondern alles, was möglich ist. Vielleicht ist er ins Wasser gefallen und ertrunken. Die Begleitumstände sprechen dafür, dass vorher vielleicht ein Kampf stattgefunden hat. Ein möglicherweise ermordetes schwarzes Kind. Die Presse wird sich draufstürzen.»

Sie verabschiedeten sich. Pia blieb noch einige Minuten im Besprechungsraum sitzen und ordnete ihre Gedanken. Kilian war nach Würzburg zurückgekehrt und wollte den Familienversorger spielen. Im Grunde hatte sie nichts dagegen, sie konnte sich nur nicht darauf verlassen, dass er seine Meinung nicht doch irgendwann wieder änderte. Sie musste ihr Leben so regeln, dass es auch ohne ihn funktionierte. Sie hatte ihre Arbeit, und mit dem neuen Elterngeld würde das erste Jahr nach der Geburt sie nicht vor finanzielle Probleme stellen. Danach konnte man weitersehen. Sie dachte an ihr Verhalten im Obduktionssaal und schüttelte den Kopf über sich. Das durfte nicht wieder passieren. Es half dem Jungen nicht, wenn Mitleid ihre Arbeit beeinträchtigte.

3

«Das glaub ich ja nicht», rief Sabine Anschütz, Heinleins und Kilians Sekretärin, als sie Kilian zur Tür hereinkommen sah.

Kilian umarmte sie und gab ihr einen Kuss auf die Wange. «Klingt, als hättest du mich vermisst.»

«Und ob.»

Heinlein drängte sich an den beiden vorbei. Er brummte etwas in sich hinein und setzte sich an seinen Schreibtisch.

«Wenn ihr mit eurer Knutscherei fertig seid, können wir vielleicht wieder an die Arbeit gehen.»

«Mach mal langsam, Schorsch», widersprach Sabine, «ich habe Kilian eine Ewigkeit nicht mehr gesehen.»

«Jetzt ist er ja wieder da.»

«Jetzt sag schon. Ich kann dich mir an jedem anderen Ort vorstellen …» Sabine stockte.

Heinlein führte den Satz zu Ende: «… nur nicht hier. Das wolltest du doch sagen. Was ist eigentlich so schlimm daran, wenn man einen sicheren Arbeitsplatz hat?»

«Eben», bestätigte Kilian schmunzelnd.

Sabine verkniff sich ein Lachen.

«Was grinst ihr so dämlich?», schnauzte Heinlein sie an. «Wenn ihr mal Verantwortung übernehmen müsst, dann ist es mit dem Lotterleben vorbei.»

«Lotterleben», sagte Sabine. «Was meinst du denn damit?»

«Sich die Nächte in Discos um die Ohren schlagen und am nächsten Tag zu spät zur Arbeit kommen, wenn überhaupt.»

«Moment mal», konterte Sabine, «wer hart arbeitet, darf auch hart feiern.»

«Meine Rede», stimmte Kilian zu.

«Damit dürfte es bei dir ja nun vorbei sein», entgegnete Heinlein.

«Wieso eigentlich?», wollte Sabine wissen.

Kilian holte Luft. «Ich werde Vater.»

Es dauerte, bis sich die Nachricht bei Sabine gesetzt hatte. «Du? Der einsame Wolf aus Genua hat die Freuden des Familienlebens entdeckt?»

Kilian nickte, und Sabine nahm ihn noch einmal in die Arme.

«Schade», sagte sie, «und herzlichen Glückwunsch.»

«Wieso schade?», fragte Heinlein.

«Ein Mann weniger, schade, und herzlichen Glückwunsch, natürlich. Ich freue mich. Wer ist die Mutter? Kenne ich sie?»

«Pia», antwortete Kilian.

«Pia aus der Rechtsmedizin?»

«Kennst du vielleicht noch eine?», fragte Heinlein.

«Ich nicht, aber Kilian bestimmt.»

«Es ist Pia Rosenthal», stoppte Kilian die Spekulationen. «Ich dachte, du wüsstest das.» Er machte eine Pause, dann kam das Eingeständnis. «Glaubt mir, noch vor ein paar Wochen war es für mich unvorstellbar, dass ich zurückkehre. Alles, bloß nicht das. Als mir Pia aber gesagt hat, dass ich Vater werde, habe ich ein paar Tage Zeit gebraucht, um das alles zu verdauen.

Es ist mir nicht leichtgefallen, aber ich habe den Entschluss gefasst, dass ich zu dem stehe, was ich da fabriziert habe.»

«Bravo», unterbrach Heinlein. «Der Herr übernimmt endlich mal Verantwortung.»

Sabines giftiger Blick stoppte weitere Einwürfe.

Kilian fuhr fort: «Schritt eins hieß, eine Basis für uns drei zu schaffen. Wenn Pia in die kritische Phase kommt, dann muss jemand da sein, der für sie und den Kleinen sorgt. Schritt zwei war, mit unserem Oberboss Klein zu sprechen, ob er mich wieder einstellt. Der war zwar überrascht, überhaupt nochmal etwas von mir zu hören, aber nachdem ich versprochen hatte, keine Ansprüche zu stellen und mich nahtlos ins Team einzugliedern, war er beruhigt.»

«Er hätte mich vorher auch mal fragen können», beschwerte sich Heinlein.

«Keine Sorge», beruhigte Kilian, «ich habe nicht vor, dir oder sonst jemand in der Abteilung gegenüber irgendwelche Ansprüche durchzusetzen.»

«Das wäre ja noch schöner», polterte Heinlein.

«Schorsch», ging Sabine dazwischen, «du hast doch gehört, dass Kilian das nicht will.»

Heinlein fügte sich. «Gut, wenn das nun geklärt ist, dann können wir uns endlich wieder um die Arbeit kümmern. Wir müssen schnellstens alles über den Todesfall mit dem jungen Neger, Pardon, Schwarzen, herausfinden.»

«Hast du was gegen Schwarze?», fragte Sabine.

«Nein, warum?»

«Wieso nennst du sie dann *Neger*? Das ist rassistisch.»

«Blödsinn. Neger sagt man bei uns schon seit Jahrhunderten. Da ist nichts Anrüchiges dran. Selbst mein Vater hat sie Neger genannt, und der war, weiß Gott, kein Rassist.»

«Weil er bei der Bahn war?»

«Zum Beispiel.»

«Wieso sollten Bahner keine Rassisten sein?»

«Weil sie tagtäglich mit ihnen zu tun haben. Das sind nämlich auch Fahrgäste, Fräulein Tausendschlau. Aber wenn es dir lieber ist, dann verwenden wir eben den offiziellen Sprachgebrauch. Was haben wir denn diese Woche? MEM, Mitglied einer ethnischen Minderheit?»

«Hat der Chef in seiner letzten Mitteilung untersagt, da Minderheit abwertend klingt», antwortete Sabine. «Offiziell heißt es jetzt: MPP – massiv pigmentierte Person.»

«Hieß das nicht SPP oder so?»

«Stark pigmentierte Personen können auch Asiaten und Araber sein.»

«Mein Gott. Bald muss ich wohl auch noch zum Negerkuss Schokoschaumbällchen sagen.»

Kilian versuchte, den Disput zurück auf eine sachliche Ebene zu bringen. «Es besteht die Möglichkeit, dass ihn jemand vorsätzlich unter Wasser gedrückt hat.»

«So eine Sauerei», schimpfte Sabine. «Hört das denn nie auf, dass irgendwelche kranken Idioten Kinder umbringen? Und dann noch ein schwarzes Kind.»

Heinlein horchte auf. «Ist es denn schlimmer, als wenn

ein weißes Kind getötet worden wäre? Woher stammt deine seltsame Verbundenheit mit Negern … ich meine natürlich MPPs?»

«Daran ist überhaupt nichts seltsam. Einige meiner besten Freunde sind schwarz.»

«Du hast Neger als Freunde?»

«Was ist daran so außergewöhnlich? Wir leben schließlich im einundzwanzigsten Jahrhundert.»

«Findest du keine weißen Freunde mehr?»

«Jetzt reicht's, Schorsch. Seit wann bist du so intolerant? Du warst doch früher nicht so.»

Dinge ändern sich, ging es Kilian durch den Kopf. War das noch sein alter Freund und Kollege Schorsch Heinlein, der etwas kauzig, aber immer gutmütig in die Welt geschaut hatte?

«Ich habe nichts gegen Neger, Schwarze, Farbige, MPPs, SPPs oder MEMs oder was denen als Nächstes einfällt, verdammt», schimpfte Heinlein, «und jetzt Schluss mit dieser überflüssigen Diskussion. Sabine, setz dich mit der Spurensicherung in Verbindung, besorg dir die Fotos von der Leiche und überprüf damit die Vermisstendatei.»

«Schon geschehen», antwortete Sabine. «Er ist zwischen Aschaffenburg und Schweinfurt nicht eingetragen.»

«Dann weite die Anfragen auf Frankfurt, Nürnberg und Bamberg aus. Schließlich haben wir Afrika-Festival. Der Junge kann von überall herkommen. Was sag ich, mach am besten eine nationale Überprüfung. Irgendjemand muss ihn ja vermissen.»

Kommentarlos nahm Sabine den Auftrag ihres Chefs

entgegen und verschwand in ihrem Büro. Kilian und Heinlein schauten sich wortlos an.

«Ist das dein neuer Führungsstil?», fragte Kilian.

«Sie ist schnippisch und zeigt keinen Respekt. Ich habe langsam die Faxen dicke.»

«Vielleicht liegt es nicht an deinem Job als Erster Kommissar, sondern daran, dass sich deine Persönlichkeit verändert hat.»

«Blödsinn. Ich bin der, der ich schon immer war.»

Kilian schaute ihm in die Augen.

«Was ist?», fragte Heinlein.

«Nichts.»

4

Ubunta Ndego schritt in einem grünen seidenen Gewand über das Festivalgelände. Ihre langen schwarzen Zöpfe hatte sie unter einem kunstvoll geschlungenen Kopftuch verborgen. An den Füßen trug sie wie immer Sandalen. Auf den ersten Blick mochte man sie als wohlhabende Afrikanerin einordnen. Ende fünfzig, gepflegt und bessergestellt. Doch wenn man ihr in die Augen sah, erkannte man hinter dieser Fassade eine Bestimmtheit und Leidenschaft, wie sie sonst wohl nur Missionare besaßen. Ubunta war Voodoopriesterin, eine ehrenwerte Manbo.

Hinter ihr gingen zwei Männer, ebenfalls Schwarze, aber nicht in Nationaltracht, sondern in viel zu warmen europäischen Anzügen. Der Staub kroch mit jedem Schritt an den Bügelfalten hoch.

Die Männer hörten ihr aufmerksam zu.

«Ich habe heute Morgen nochmals mit dem Geschäftsführer gesprochen. Er hat mir versichert, dass es dabei bleibt, was wir verabredet haben.»

«Dann können wir also fest mit der Zusage rechnen?», fragte der eine.

«Keine Zusagen. Die Herren wollen euch erst mal kennenlernen und dann entscheiden.»

«Du weißt», warf der andere ein, «dass viel davon abhängt. Wenn wir es nicht schaffen, den Auftrag zu uns zu holen ...»

«Ich habe euch nichts versprochen. Ihr seid auf mich zugekommen.»

«Entschuldige, Ubunta», schaltete sich der Erste ein, «er hat es nicht so gemeint. Wir wissen sehr genau, dass wir keinen besseren Fürsprecher als dich für unsere Sache gewinnen konnten. Du kennst die Weißen besser als jeder andere. Wenn du es nicht schaffst, dann niemand.»

«Erhofft euch nicht zu viel», entgegnete Ubunta und nahm somit die Entschuldigung an, «auch ich habe nur eine Stimme. Ich werde mein Bestes tun. Nun lasst mich allein, damit ich meiner eigentlichen Arbeit nachkommen kann.»

Doch sie wollten nicht lockerlassen. «Ehrenwerte Manbo, kannst du uns nicht einen Zauber geben?»

«Wofür?»

«Um das Treffen in unserem Sinne positiv zu beeinflussen.»

Ubunta dachte nach, was sie dazu brauchte und was sie nicht in ihrem Tempel, einem Zelt, das in der Nähe des Mains aufgebaut war, bevorratete. «Besorgt mir eine Kokosnusshälfte und einen Docht. Ferner einen Magneten, Jasmin- und Vanilleblüten, eine Flasche Kölnischwasser und, ganz wichtig, ein Schafhirn, je frischer, desto besser. Bringt mir das in den Ounfò, und ich will sehen, ob ich Ezili Freda damit gnädig stimmen kann.»

Einer der beiden Männer notierte die Zutaten auf einen Zettel. «Wo sollen wir ein frisches Schafhirn herbekommen, Manbo? Wir sind hier nicht zu Hause.»

«Lasst euch was einfallen. Ich kann nicht alles für euch übernehmen.»

Sie ließ die beiden zurück und wandte sich an eine Frau, die soeben ihren Stand mit Tüchern und Schmuck drapierte. «Hast du Henry gesehen?»

Die Frau verneinte.

«Er soll sich bei mir melden.»

Die Frau versprach, es auszurichten.

Ubunta ging weiter. Sie hielt auf ein Zelt zu, in dem sie bereits von einer Gruppe Musiker erwartet wurde, die sie erwartungsvoll begrüßten. Einer brachte ihr unaufgefordert Tee.

«Gute Nachrichten. Ihr habt drei Auftritte im August. In Nürnberg, München und am Chiemsee.»

Die Männer brachen in Jubel aus.

«Wie hast du das nur wieder geschafft, ehrenwerte Manbo?», fragte einer.

5

Pia hatte alle Proben ins Labor gebracht und die nötigen Analysen veranlasst. Die DNA-Analyse machte sie selbst. Sie wählte das Verfahren, das am besten geeignet war, die Verwandtschaft zwischen Personen nachzuweisen oder auszuschließen. Dabei wurden spezielle Bereiche der DNA untersucht, die keine Aussage über physische Merkmale einer Person trafen. Das Ergebnis der Analyse bestand aus Zahlenkombinationen, hinter denen sich die zwei möglichen Ausprägungen eines Gens, Allele genannt, verbargen. Ein Allel jedes Gens erbte der Mensch von der Mutter und das andere vom Vater. Bei der Analyse wurde eine bestimmte Anzahl von Genorten untersucht und anschließend mit der Vergleichsprobe verglichen. Jeweils ein Allel aus den gewonnenen Allelpaaren musste in beiden Proben übereinstimmen, damit man zum Beispiel eine Vaterschaft nachweisen konnte.

Das Ergebnis der Analyse nahm Pia mit in ihr Büro und heftete es in die Akte des toten Jungen. Ohne Vergleichsproben sagte diese Analyse jedoch nichts aus und brachte sie nicht weiter. Sie informierte Karl, dass sie für zwei Stunden außer Haus sein würde, und wollte gerade das Büro verlassen, als das Telefon klingelte. Sabine war dran.

«Ich soll dir von Heinlein ausrichten, dass wir in der

Vermisstendatei keine Übereinstimmung gefunden haben. Ihr sollt unbedingt die DNA-Analyse machen.»

«Schon geschehen», antwortete Pia. «Wieso vermisst niemand dieses Kind?»

«Vielleicht sind die Eltern verreist», mutmaßte Sabine.

Sie legten auf, und Pia blickte einige Zeit nachdenklich zum Fenster hinaus. Sabines Erklärungsversuch war eine Möglichkeit. Eltern konnten ihr Kind nicht vermissen, wenn sie nicht zu Hause waren. Es war jedoch nicht sehr wahrscheinlich, dass Eltern einen Zwölf- oder Dreizehnjährigen allein ließen. Außer sie taten es nicht freiwillig. Pia griff erneut zum Telefon und wählte Sabines Nummer.

«Kannst du bitte noch etwas recherchieren? Ich habe mir Folgendes überlegt. Was, wenn mit den Eltern oder einem Elternteil auch etwas geschehen ist? Könntest du nachschauen, ob es in den letzten Tagen vermisste Erwachsene gab, die theoretisch die Eltern des Jungen sein könnten? Du weißt schon, erwachsene Schwarze zwischen Ende zwanzig und Mitte vierzig.»

Sabine versprach, sich darum zu kümmern und Bescheid zu geben, sobald sie ein Ergebnis hatte. Pia legte auf, und erneut klingelte das Telefon. Sie fluchte leise. Wenn das so weiterging, würde sie zu spät kommen.

«Ich bin es», meldete sich Kilian. «Schorsch und Claudia haben uns für heute Abend zum Grillen eingeladen.»

«Prima», sagte Pia. «Dann muss ich mir heute nichts fürs Abendessen überlegen. Holst du mich ab?»

Sie vereinbarten einen Zeitpunkt, und Pia verließ eilig ihr Büro, um nicht von einem weiteren Anruf aufgehalten zu werden.

6

Das Gelände, auf dem das Afrika-Festival Ende Mai stattfindet, liegt auf den Talaverawiesen – ein langgezogener, mit Bäumen gesäumter grüner Korridor, der sich an den Lauf des Mains schmiegt. Mehr als hunderttausend Menschen pilgern alljährlich aus der ganzen Welt dorthin, um an Europas größtem und bekanntestem Festival für afrikanische Kultur teilzunehmen. Mama Afrika, Miriam Makeba, entschloss sich, hier ihr Abschiedskonzert zu geben. Aber auch Präsidenten und Minister vom Schwarzen Kontinent trifft man sowie ein Heer an fliegenden Händlern. Für vier Tage taucht die barocke Stadt am Main ganz in die Rhythmen, Gerüche und die Farbenwelt Afrikas ein.

Kilian und Heinlein betraten das Gelände vom Haupteingang her, der in der Mainaustraße liegt. Gegenüber dem Gittertor verlief eine nicht enden wollende Häuserfront. Deren Bewohner durften das Spektakel über die gesamte Dauer unfreiwillig kostenlos genießen. Ein Mann kehrte vor der Haustür Unrat zusammen, der sich die Nacht zuvor angesammelt hatte.

Mit dem Bild des toten schwarzen Jungen in der Hand teilten sich Kilian und Heinlein die Befragung auf.

«Ich nehme die rechte Seite, du die linke», sagte Heinlein.

Kilian stimmte zu und ging los. Vor ihnen lag eine lange Gasse an Zelten, vor denen die Händler damit beschäftigt waren, ihre Waren für die anstehende Öffnung zu drapieren.

Gleich am ersten Zelt, dem eines Korbhändlers, zückte Kilian seine Dienstmarke und griff nach dem Bild des Jungen. Dem Händler, einem rabenschwarzen, hochgewachsenen Mann, war nicht wohl, dass er bereits am Vormittag Besuch von der Polizei bekam. Noch bevor er sich das Bild besah, kramte er nach seiner Ausstellerlizenz und seinem Gewerbeschein.

«Ich glaube Ihnen ja», winkte Kilian ab, «ich möchte nur, dass Sie sich das Bild genau ansehen und mir sagen, ob Sie diesen Jungen schon mal gesehen haben.»

Der Mann musterte die Aufnahme. Sie zeigte ein liegendes, blasses Gesicht.

«Ist er tot?», fragte der Mann.

«Ja», bestätigte Kilian. «Haben Sie diesen schwarzen Jungen gekannt?»

«Aber er ist nicht schwarz.»

«Wie meinen Sie das?»

«Der Junge ist verhältnismäßig hellhäutig, so wie es die Afrikaner im Norden sind. Sicher gibt es auch hin und wieder recht Hellhäutige in Zentralafrika, nur danach sieht er mir nicht aus. Die Nase, die Augenpartie und das Kinn. Ich weiß nicht. Ich würde ihn für einen Nordafrikaner oder Mischling halten. Aber ich habe ihn noch nie gesehen, ich bin erst gestern angekommen. Es sind Tausende neue Gesichter, die man auf solchen Veranstaltungen sieht.»

Kilian bedankte sich und ging weiter. Er blickte kurz

hinüber auf die andere Seite, wo Heinlein die erste Befragung soeben beendete. Sein Kopfschütteln signalisierte, dass er offensichtlich keinen Erfolg gehabt hatte.

Die Anwesenheit zweier Polizeibeamter verbreitete sich wie ein Lauffeuer in der Gasse. Hier und da wurden Stühle eingeklappt, Zeltwände geschlossen und Waren weggeräumt. Manch einer machte sich auf den Weg zu einer entfernteren Stelle des Geländes. Vorsicht schien geboten.

Kilian und Heinlein hatten sich bereits ein beträchtliches Stück durch die Gasse gearbeitet, als Kilian ein Zelt abseits der Gasse auffiel. Es stand am Ufer des Mains und machte durch seine exponierte Lage auf sich aufmerksam.

Auf sein Rufen antwortete niemand, kurz entschlossen trat Kilian ein.

Er befand sich in einem überraschend großen Raum, in dessen Mitte eine Säule vom Boden bis zur Decke des Zeltes reichte. An deren Basis schmiegte sich ein Tisch um den massiven Stamm aus Holz. Schwarze Streifen auf rotem Grund verliefen spiralförmig nach oben, sodass man den Eindruck gewinnen konnte, die Säule schraube sich vom Boden in die Höhe.

Ringsum an der weißen Zeltwand verliefen Schreine mit bizarren Gegenständen. Flaschen mit abgetrennten Puppenköpfen standen neben einfach geschmiedeten Kreuzen aus Metall, Schals in unterschiedlichen Farben fassten Heiligenbilder mit christlichen Motiven ein, eine Puppe mit zwei Köpfen, gleich einem siamesischen Zwilling, wies den Blick zu einem Bild mit einer Schlange, die einen Menschenkopf trug. Exotische Federn, Kerzen und Macheten verliehen dem Raum eine unheimliche Aura.

Eine Stimme überraschte Kilian. «Kann ich Ihnen helfen?»

Er drehte sich um und blickte in das schwarze Gesicht einer Frau. «Entschuldigung, dass ich einfach so eingedrungen bin.»

«In meinem Haus ist jeder willkommen.»

«Mein Name ist Johannes Kilian. Ich bin von der Kriminalpolizei.»

«Die Polizei hatte ich schon lange nicht mehr hier. Es scheint, als ob sie ohne den Schutz meiner Geister auskäme.»

«Darf ich fragen, wer Sie sind und wo ich hier bin?»

«Sicher. Sie befinden sich in einem Tempel des Voodoo, einem Ounfò, und ich bin die Priesterin, die Manbo. Sie können mich aber auch Ubunta nennen. Das ist mein Name. Möchten Sie meinen Ausweis sehen?»

«Nicht nötig.»

Kilian hatte Schwierigkeiten, sich zu konzentrieren. Zu verstörend war die fremde Umgebung, in der er sich befand. Diese äußerst bizarren Gegenstände, dann ein bittersüßer Geruch, der von einer der Kerzen zu stammen schien.

«Wie kann ich Ihnen helfen?», fragte Ubunta.

«Entschuldigung, ich bin etwas verwirrt. Ich war noch nie in einem Voodootempel, und ich habe auch noch nie eine echte Voodoopriesterin kennengelernt.»

Ubunta lächelte und ging auf ihn zu. «Keine Angst. Ich reiße Ihnen nicht gleich das Herz bei lebendigem Leib heraus und erwecke auch keine Zombies zum Leben. Das sind Hollywood-Klischees. Ich bin eine ganz normale Frau, die eine Verbindung zwischen den Menschen und dem jenseitigen Reich herstellt. So wie es Ihre Priester in den Kirchen auch tun.»

«Apropos Kirchen, was haben christliche Heiligenbilder in einem Voodootempel verloren? Ich dachte immer, Voodoo sei eine heidnische Naturreligion.»

«Was den Begriff heidnisch betrifft, stimme ich Ihnen nicht zu. Aber es ist sicherlich eine Religion, die aus der prallen Natur entstanden ist und nicht wie das Christentum in der Wüste. Insoweit unterscheiden sich Ihre germanischen und keltischen Riten gar nicht so sehr vom Voodoo, der aus Afrika stammt und in Haiti zur Blüte gereift ist. In einem Wald oder einem Urwald gibt es einfach bedeutend mehr Leben, das auf einen höheren Geist schließen ließe, als in einer kargen Wüstenlandschaft. Und was die christlichen Heiligenbilder angeht, nun, die sind ein nicht ganz freiwilliges Zugeständnis meines Volkes an die Sklaverei der Weißen.»

«Die Sklaverei? Was hat die damit zu tun? Entschuldigen Sie meine Unkenntnis.»

«Es begann mit der Entdeckung Haitis 1492 durch Christoph Kolumbus. Die durch und durch christlichen spanischen Eroberer hatten nichts Eiligeres zu tun, als die Indios in den Goldminen schuften zu lassen. Als deren Zahl nach wenigen Jahren von vierhunderttausend auf knapp tausend geschrumpft war, begannen die Spanier, meine Brüder und Schwestern von der Westküste Afrikas in die neuen Kolonien zu transportieren. Mit ihnen kam auch der Voodoo in die Neue Welt. Da die christlichen Herren, später waren es die französischen

Plantagenbesitzer, nichts mehr fürchteten als einen Zusammenschluss der schwarzen Sklaven, verboten sie ihre Kultur und drängten sie ins Christentum.

Da dies aber die Religion der Weißen war, hatten sie damit keinen Erfolg. Stattdessen integrierten die Sklaven Symbole und Bilder des Christentums in ihre Religion. Somit machten sie den Anschein, bekehrt zu sein, und wiegten die Herren in Sicherheit. Eine Art der Assimilation, bei der das Neue eingegliedert wird, ohne das Alte aufzugeben.

Eine ähnliche Entwicklung gab es auch in Afrika in den letzten Jahrzehnten. Der Voodoo ist niemals von der Christianisierung wirklich verdrängt worden. Die beiden Religionen leben einträchtig nebeneinander, wenngleich die volle Blüte des Voodoo in Haiti aufgegangen ist. Ich habe die Praktiken dort studiert und bringe sie nun zurück nach Afrika.»

Kilian blickte sich aufmerksam um. «Was hat diese verzierte Säule inmitten des Raums zu bedeuten? Stützt sie das Zelt?»

«Das ist der Poto Mitan, der heilige Baum, der die Verbindung zwischen Himmel und Erde darstellt. Durch ihn gelangen die Geister in die Gemeinschaft.

Wir haben hier leider nicht genügend Raum, deshalb ist alles improvisiert. Normalerweise würden sich an den Gemeinschaftsraum, in dem die Zeremonien stattfinden, separate Altäre, die Badji, anschließen. Doch für die Dauer des Festivals sollte es genügen.»

«Ich würde gern einmal an so einer Zeremonie teilnehmen. Ist das möglich?»

«Sicher, jederzeit. Wir unterscheiden nicht zwischen

gläubig und ungläubig. Gibt es denn einen besonderen Anlass?»

«Nein, ich bin nur neugierig.»

Ubunta war vom Interesse Kilians geschmeichelt. «Gibt es etwas, was ich Ihnen mitgeben kann? Ein Mann wie Sie kann doch bestimmt geistigen Beistand gebrauchen?»

«Woran denken Sie dabei?»

«An die Erfüllung von Wünschen, eine gute Zukunft?»

Kilian schmunzelte. «Dafür bin ich ein paar Wochen zu spät dran. Das Schicksal hat das Ruder übernommen. Ich werde bald Vater.»

«Das heißt, Ihre Frau ist schwanger?»

«Ja.»

«Dann habe ich genau das Richtige für Sie. Warten Sie einen Moment.»

Ubunta ging zu einer Kiste, holte verschiedene Gegenstände heraus und rief Kilian zu sich.

«Ich mache Ihnen eine Ewige Lampe, die Sie in Ihrer Wohnung aufstellen. Die Lampe steht unter dem Patronat von Ezili Dantò, einer Schutzheiligen. Sie verhilft zu einer gesunden Schwangerschaft und einer erfolgreichen Geburt.»

Kilian verkniff sich ein Lächeln. Ubunta spürte es, reagierte aber gelassen. «Sie hat schon vielen Frauen in meiner Heimat geholfen. Sie hilft tatsächlich, allerdings müssen Sie an ihre Wirkung auch ein wenig glauben, sonst funktioniert es nicht.»

«Dann will ich mein Bestes tun.»

«Ihre Frau muss es, für sie ist sie gedacht.»

Ubunta nahm eine Schale zur Hand und legte einen Bund Blätter hinein. «Das ist Zo-Devan aus Haiti, ein Myrtengewächs, auch unter dem lateinischen Begriff Eugenia crenulata bekannt. Ich mische Olivenöl mit einem Spritzer Rizinusöl an und gebe es hinzu. Nun kommt der Zauberbalsam, baume du commandeur. Er bringt Frieden und Gelassenheit in Ihr Heim.»

Ubunta reichte die Schale Kilian. «Halten Sie mal kurz.» Sie kramte in der Kiste nach weiteren Utensilien und förderte ein Kartenspiel und einen Docht zutage.

Sie wählte die Pik-Dame, schnitt ein Stück Docht von der Rolle und durchbohrte mit einem kleinen Messer die Pik-Dame genau an der Stelle, wo das Herz sitzt.

«Wenn Sie die Lampe aufstellen, dann führen Sie den Docht von hinten durch das kleine Loch der Spielkarte, zünden ihn an und legen die Karte samt Docht in die Schale. Ich verspreche Ihnen damit eine problemlose Schwangerschaft und eine glückliche Geburt. Wie soll er oder sie denn heißen?»

Die Frage kam eindeutig zu früh. Kilian wusste es nicht, er wusste noch nicht einmal, ob Pia ihn als Vater haben wollte. «Das müssen wir noch besprechen.»

«Lassen Sie sich Zeit damit. Ein Name sollte gut ausgewählt sein.»

Draußen vor dem Zelt schepperten plötzlich Metalltöpfe, Schreie gellten. Kilian glaubte, die Stimme von Heinlein zu erkennen.

Er stand auf. «Es gibt Ärger. Ich muss los. Was bin ich Ihnen schuldig?»

«Nichts. Es ist ein Geschenk.»

Kilian bedankte sich und ging zum Zelt hinaus. Dabei

balancierte er die Schale mit dem Öl vorsichtig, damit er nicht die Hälfte verschüttete.

Heinlein kam mit einem schwarzen jungen Mann auf ihn zu, den er am Arm festhielt.

«Wo steckst du denn die ganze Zeit?», blaffte er Kilian an. «Ich hätte deine Hilfe gebraucht.»

«Wobei?»

«Dieses Bürschchen hat keine Ausweispapiere und wollte flüchten.»

Der junge Mann machte seinem Ärger Luft. «Rassist.»

«Wie hast du mich genannt?»

Heinlein drehte dem Schwarzen den Arm auf den Rücken. Der Mann stöhnte auf. «Verdammter Rassist.»

«Das gibt noch eine Anzeige wegen Beamtenbeleidigung obendrauf. Mach nur so weiter.»

«Ich werde mich beschweren.»

«Auf solche wie dich haben wir nur gewartet.»

Kilian wollte eine weitere Eskalation vermeiden. «Steht er denn unter Verdacht?»

«Wieso Verdacht? Er kann sich nicht ausweisen.»

Kilian schüttelte den Kopf. «Haben wir nicht was anderes zu tun, als Illegalen nachzustellen?»

Er ließ Heinlein stehen und ging zurück ins Zelt, um die Schale in Sicherheit zu bringen. Doch Ubunta war nicht mehr da.

«Und was hast du da?», rief Heinlein ihm nach, der den jungen Mann nur mit Körpereinsatz dazu bewegen konnte, ihm zu folgen.

«Ein Geschenk.»

«Während ich hier für Ordnung sorge, geht der Herr shoppen.»

Kilian wandte sich ab und jonglierte mit der Schale zum Ausgang. Sollte Heinlein schauen, wie er mit seinem Gefangenen allein zurechtkam.

Am Auto angekommen, wurden sie von einem Mann angesprochen, der vor der Haustür kehrte. «Haben Sie endlich einen gefasst?»

Kilian schenkte ihm keine Aufmerksamkeit und öffnete die Wagentür. Heinlein jedoch war froh, Anerkennung für seinen Einsatz zu bekommen. «Keine Ausweispapiere. Den Burschen werden wir uns vorknöpfen.»

«Sehr gut», pflichtete der Mann ihm bei, «dann kehrt wieder mehr Sicherheit in unserer Straße ein. Letzte Nacht ging's hier wieder zu wie in Hamburg auf dem Bahnhof. Nur noch Gesocks.»

Heinlein drängte seinen Gefangenen auf den Rücksitz und schloss die Tür. «Ich sag den Kollegen Bescheid, dass sie abends öfters mal vorbeischauen.»

«Zeit wird's. Nur noch Russen und Neger im Viertel.»

Kilian hatte von dieser Diskussion die Nase voll. «Jetzt komm endlich. Ich kann das nicht mehr mit anhören», rief er aus dem Wagenfenster.

Der Mann schaute verdutzt. «Was hat er denn?», fragte er Heinlein.

«Der Kollege ist ein bisschen aufgeregt. Er wird bald Vater.»

«Ach so.»

Heinlein verabschiedete sich. «Wenn Sie weiterhin Probleme haben oder Ihnen etwas Verdächtiges auffällt, dann rufen Sie uns an. Sie wissen ja, Ihr Freund und Helfer.»

Heinlein war bereits beim Einsteigen, doch der Mann

ließ nicht locker. Er kam an die Wagentür. «Letzte Nacht, da hat sich wieder 'ne Bande Jugendlicher hier rumgetrieben. Sie wissen schon, Asylanten und Aussiedler. Haben die ganze Nachbarschaft verrückt gemacht mit ihrem Gegröle. Ich hab ihnen aber die Meinung gegeigt. Beim Adolf hätten die sich das nicht getraut, die Filzläus. Der hätt kurzen Prozess mit dene gemacht.»

«Jetzt fahr endlich los», mahnte Kilian, «bevor ich mich vergesse.»

«Ja, ja», besänftigte ihn Heinlein und wandte sich wieder dem Mann zu: «Das ist halt die neue Politik bei uns in Deutschland. Multikulti. Da können wir kleinen Beamten nichts dagegen machen.»

«Aber regelmäßig die Diäten erhöhen. Das können se.»

Unbemerkt tauchte an seiner Seite eine Frau auf. Auch sie wollte einen Grund haben, um sich zu beschweren. «Man kann nachts nicht mehr ruhig schlafen. Nur noch Gewalt vor der Haustür.»

«Schorsch, fahr jetzt», drängte Kilian, «bevor noch mehr kommen.»

Heinlein hielt das für einen guten Rat. Außerdem war er seiner Pflicht nachgekommen, ein Ansprechpartner für die Bürger zu sein. «Wir müssen jetzt, leider. Es war interessant, mit Ihnen zu sprechen.»

«Sie haben den Negerjungen fürchterlich verhauen», sagte die Frau, als Heinlein den Zündschlüssel umdrehte. «Fünf gegen einen. Der arme Junge.»

7

Dr. Jonathan Kingsley klopfte leise an und betrat nach dem gedämpften «Herein» das Zimmer von Dr. Heinrich Sibelius. Ihre Büros lagen auf dem gleichen Flur und waren als private Rückzugsräume gedacht. Heinrich Sibelius empfing seinen Gast am Fenster stehend.

«Jonathan, komm herein.»

Die beiden Männer gingen aufeinander zu und reichten sich die Hand. Sibelius legte seine freie Hand auf Kingsleys Oberarm und drückte diesen herzlich. Ein Lächeln lag auf seinem Gesicht, als er Kingsley aufforderte, sich zu setzen. Ohne zu fragen, holte er zwei Cognacschwenker und goss für beide etwas von der bernsteinfarbenen Flüssigkeit ein.

Kingsley lehnte sich entspannt zurück und wartete, dass Sibelius ihm mitteilte, warum er ihn zu sich gerufen hatte. Heinrich Sibelius kam gleich zur Sache.

«Ich will nicht lange drum herumreden, du weißt, dass ich kein sentimentaler Mensch bin. Ich hatte letzten Monat eine Untersuchung, und es wurde Krebs festgestellt. Im fortgeschrittenen Stadium.»

Kingsleys Hand mit dem Cognac blieb auf halbem Weg in der Luft stehen, der Cognacschwenker leicht schwankend über seinem Knie.

«Du weißt ja selbst, wie ungern wir Ärzte uns Kollegen anvertrauen. Ich habe mich zwar schon länger nicht wohlgefühlt, aber die Sache einfach immer wieder aufgeschoben. Schließlich hat Clara mich gezwungen.»

Sibelius sah zu Boden.

«Ich wünschte, sie hätte es nicht getan. Dann wäre ich einfach irgendwann umgekippt, und die Sache wäre vorbei gewesen.» Er zuckte mit den Schultern.

«Aber es ist nun einmal anders gekommen, und deshalb habe ich noch Zeit, meine Angelegenheiten zu regeln.»

Kingsley hatte seine Fassung wiedergewonnen.

«Heinrich, ich kann dir nicht sagen, wie leid mir das tut. Wissen Max und Clara schon Bescheid?»

«Clara weiß es. Max will ich es heute oder morgen mitteilen.»

Einige Minuten saßen sie schweigend da, jeder hing seinen eigenen Gedanken nach. Dann stand Kingsley auf. Mit dem Glas in der Hand ging er zum Fenster und sah hinaus. Als er sich zu Heinrich Sibelius umdrehte, glänzten seine Augen feucht.

«Kann ich etwas für dich tun? Du musst es nur sagen.»

«Das ist der Grund, warum ich dich hergebeten habe.»

Sibelius erhob sich und stellte sich zu Kingsley ans Fenster. Sie hatten von hier einen guten Überblick über das gesamte Klinikgelände. Im Zentrum stand eine Jugendstilvilla, die den Empfang und die Verwaltung beherbergte. Rechts davon ein langgestreckter zweigeschossiger Neubau mit den Operationssälen. Daran schloss sich ein modernes Gebäude an, in dem die weniger betuchten

Patienten untergebracht waren. Wer Geld oder Einfluss hatte, bewohnte während seines Aufenthaltes in der Sibelius-Klinik einen der Bungalows, die über den großzügigen Park verteilt waren. Heinrich Sibelius machte eine Handbewegung, die alles, worauf sie blickten, umfasste.

«Das ist mein Lebenswerk.» Er nickte bedächtig mit dem Kopf.

«Du weißt, dass ich aus einer Arbeiterfamilie stamme. Meine Eltern konnten das alles leider nicht mehr miterleben. Mein Vater ist im Krieg gefallen, und meine Mutter ist beim Bombardement Würzburgs, kurz vor Kriegsende, ums Leben gekommen. Alles, was ich von ihnen geerbt habe, sind ein Hochzeitsfoto und der Ehering meines Vaters.»

Jonathan Kingsley seufzte unhörbar, er hatte diese Geschichte schon zu oft gehört. Aber wahrscheinlich nun zum letzten Mal.

«Ihr jungen Leute heutzutage habt es schwerer. Aber dennoch bin ich stolz auf das, was ich aufgebaut habe. Nach dem Krieg gab es viele Möglichkeiten, man musste nur die Nerven und etwas Risikobereitschaft besitzen, um aus seinem Leben etwas zu machen.»

Und etwas Startkapital durch die Vermählung mit der richtigen Frau, dachte Kingsley. Er glaubte, Sibelius würde nun von den entbehrungsreichen Jahren in Afrika sprechen, die er voller Idealismus gelebt hatte. Doch Sibelius überraschte ihn.

«Es gibt niemanden vor mir, der den Stolz auf meine Leistungen mit mir teilen würde, und, wie es aussieht, auch niemanden nach mir. Mit Max wird die Familie

Sibelius aussterben, und all das wird in fremde Hände übergehen.» Er verstummte kurz und wandte sich dem Kamin zu. Auf dessen Sims stand der ganze Sibelius-Clan in Silberrahmen aufgereiht. Er griff nach dem Hochzeitsbild von sich und Clara. Jonathan befürchtete, dass er sich nun reihum allen Familienangehörigen widmen würde. Und so war es auch, doch zum Glück gab es nicht so viele Sibelius.

«Ohne Clara hätte ich es sicher nicht so weit gebracht. Sie hat immer getan, was getan werden musste.» Er stellte das Bild beiseite.

«Du weißt, dass sie dich sehr schätzt.»

Jonathan Kingsley nickte stumm. Irgendwann würde Sibelius auf den Punkt kommen, doch offenbar brauchte er eine gewisse Vorbereitung. Als Nächstes nahm er ein Porträtfoto in die Hand. Es zeigte eine junge Frau mit blonden, halblangen Haaren, die leicht amüsiert in die Kamera schaute. Sibelius betrachtete das Bild eine Zeitlang schweigend. Kingsley glaubte zu erkennen, dass seine Augen feucht wurden. Der alte Arzt hatte seine Schwiegertochter nicht nur geschätzt und respektiert, sondern wirklich geliebt. Kingsley konnte sich gut erinnern, wie oft Sibelius sie gegenüber Clara in Schutz genommen hatte.

«Wäre es nicht zu diesem tragischen Unfall gekommen, würde heute alles anders aussehen.»

Heinrich Sibelius stellte das Bild behutsam zurück und rückte es mit leicht zitternden Fingern zurecht.

«Ich hätte mich besser um sie kümmern müssen», murmelte er. Dann hatte er sich wieder im Griff, und mit normaler Stimme fuhr er fort:

«Sie hätten sicher Kinder gehabt. Das weiß ich. Sie hätten Kinder bekommen, und ich hätte nun Enkelkinder, die mein Lebenswerk fortsetzen könnten. Aber so …» Er zögerte kurz und blickte dann auf das Bild seines Sohnes. Ohne es in die Hand zu nehmen, sprach er weiter.

«Ich glaube nicht, dass Maximilian wieder heiraten wird. Er kommt nicht darüber hinweg. Mit ihm wird die Familie untergehen.»

«Vielleicht ja doch nicht», warf Kingsley ein. «Du weißt nicht, was noch alles geschehen kann.»

Sibelius nickte resigniert.

«Ja, vielleicht. Aber ich werde es mit Sicherheit nicht mehr erleben.»

Er wandte sich wieder Kingsley zu. Die übrigen Bilder auf dem Kaminsims zeigten dieselben Familienmitglieder in anderen Szenerien und unterschiedlichen Konstellationen. Sibelius blieb dicht vor Jonathan Kingsley stehen. Er sah zu Boden.

«Die Leitung der Klinik werde ich an Maximilian übergeben.»

«Natürlich.»

Dann schwiegen sie wieder eine Weile, bis Heinrich endlich aufblickte.

«Er wird es ohne dich nicht schaffen. Du brauchst nicht zu glauben, ich gäbe mich irgendwelchen Illusionen hin, nur weil er mein Sohn ist. Die Wahl seiner Ehefrau war das Beste, was er in seinem Leben getan hat. Ich weiß, dass er nur ein durchschnittlicher Chirurg ist. Er ist kein Visionär, und ihm fehlt das Charisma. Seine Stärken liegen im Menschlichen. Er wäre vermutlich ein guter Landarzt geworden. Aber seine Aufgabe liegt nun einmal hier. Was die Leitung der Klinik angeht, wird er versagen, wenn er keine loyale Unterstützung von dir bekommt.»

Jonathan Kingsley blickte zu Boden. Er hatte gewusst, dass es so kommen würde. Irgendwo in seinem Inneren war vielleicht die leise Hoffnung gewesen, der alte Arzt könnte sich von sich aus anders entscheiden. Reines Wunschdenken.

«Es ist mein letzter Wunsch, meine letzte Bitte an dich. Ich weiß, dass du wenig von Maximilian als Arzt hältst, auch wenn ihr schon so lange Freunde seid. Ich bitte dich um meinetwillen. Die Klinik soll zumindest noch diese eine Generation als Familienbetrieb erfolgreich sein. Was danach kommt, liegt außerhalb meiner Macht. Bitte versprich mir, dass du nach meinem Tod für Maximilian da sein wirst. Was die finanzielle Regelung angeht, weißt du, dass ich noch nie kleinlich war. Du wirst deinen Anteil bekommen und noch mehr.»

Kingsley wusste, dass er nicht ablehnen konnte. Oft hatte er sich überlegt, die Klinik zu verlassen und dadurch Sibelius zu dem Schritt zu bewegen, den er sich erhoffte. Aber er war nicht gegangen und würde es auch jetzt nicht tun. Nicht so kurz vor dem Ziel.

«Vielleicht will Max das gar nicht.»

Heinrich winkte ab.

«Maximilian hat viele Fehler, aber er ist nicht dumm. Und er ist nicht blind seinen eigenen Unzulänglichkeiten gegenüber. Es würde mich nicht wundern, wenn er die Klinik faktisch in deine Hände legt und sich selbst ein schönes Leben macht, was immer er darunter versteht. Manchmal glaube ich, er würde am liebsten zurück nach

Afrika und dort wieder praktizieren. Das kann ich sogar verstehen.»

Heinrich Sibelius straffte die Schultern.

«Jonathan, die Leitung der Klinik hat eine formale und eine praktische Seite. Nach meinem Tod wirst du allein hier weitermachen müssen. Das wissen wir beide. Und du kannst das auch. Maximilian muss selbst entscheiden, wie sehr er sich praktisch einbringen will. Du wirst ihn natürlich bei allen größeren Entscheidungen mit einbeziehen müssen. Aber ansonsten hast du mit Sicherheit freie Hand.»

«Natürlich.» Dasselbe hatte er vor einigen Minuten gesagt. Dabei kam es ihm alles andere als natürlich vor.

«Ich werde dir gern das Versprechen geben, wenn du mir noch eine Bitte erfüllst.»

Sibelius hob fragend die Augenbrauen.

«Sicher. Was kann ich für dich tun? Aber wenn es um Geld geht, so habe ich dir schon …»

Kingsleys «Nein» kam so laut und entschieden, dass beide sich kurz erschrocken ansahen.

«Nein», fuhr er fort, «es geht nicht um Geld. Ich will, dass wir am Wochenende noch einmal gemeinsam essen gehen. Vielleicht im Stachel.»

«Aber ja, gern doch!» Heinrich Sibelius war offensichtlich erleichtert und entzückt. «Clara wird sich auch freuen, wieder einmal einen Abend mit dir zu verbringen.»

Kingsley schüttelte den Kopf.

«Entschuldige, aber ich dachte, nur wir beide.»

Sibelius zuckte mit den Schultern.

«Fein, ein Herrenabend also. Dann kann Clara sich einer ihrer Wohltätigkeitsstiftungen widmen. Sie jammert mir ohnehin dauernd die Ohren voll, mit wem alles sie sich endlich wieder einmal verabreden müsste.»

Sie einigten sich auf Sonntagabend und verabschiedeten sich. Kurz bevor Kingsley den Raum verließ, hielt Sibelius ihn noch einmal auf.

«Ich weiß, dass ich es eigentlich nicht erwähnen muss, aber bitte behalte unser Gespräch für dich. Es wäre nicht gut, wenn die Gesellschafter davon erfahren, bevor wir nicht einen handfesten Plan für die Nachfolge präsentieren können.»

Kingsley versicherte sein Stillschweigen und schloss die Tür hinter sich. Sibelius würde sterben, sehr bald. Das änderte die Dinge. Am Sonntag würde er seine Trumpfkarte ausspielen und den sehnlichsten Wunsch des alten Mannes erfüllen.

8

«Guten Morgen, Frau Kollegin.»

Dr. Spindlers Stimme unterstrich die Atmosphäre des Sprechzimmers und der ganzen Praxis, ruhig, kompetent und vertrauenerweckend. Sie erkundigte sich nach Pias Befinden, und nach einigen Sätzen über Arbeit und Wetter kamen sie zum Wesentlichen.

«Die Ergebnisse der Fruchtwasseruntersuchung sind da, und ich kann Sie beruhigen. Es ist alles in Ordnung.»

Pia atmete auf. Dr. Spindler zeigte Pia, wie das Ergebnis auf dem Papier aussah.

«Ich brauche Ihnen ja nicht zu erklären, wie das Ergebnis interpretiert wird. Diese Untersuchung kann nur etwaige Chromosomenschäden oder -anomalien aufdecken.»

Pia nickte und warf nur einen flüchtigen Blick auf die Unterlagen, die Dr. Spindler ihr über den Tisch zugeschoben hatte. Sie wusste, dass daraus keine weiteren Erkenntnisse zu gewinnen waren. Die Fruchtwasseruntersuchung hatte sie vor allem gemacht, um auf alles vorbereitet zu sein. Sie war sich darüber bewusst, dass es eine Fülle von weiteren Krankheiten oder Komplikationen gab, über die diese Untersuchung keine Auskunft geben konnte.

Gleich zu Beginn ihrer Schwangerschaft war eine Welle der Angst über sie hereingebrochen. Sie hatte sich alles Mögliche ausgemalt, was mit ihrem Kind geschehen konnte. Sie war nachts aufgewacht und hatte gefühlt, wie ihre Brust sich verkrampfte. Sie war kein ängstlicher Typ, um Probleme kümmerte sie sich dann, wenn sie auftauchten. Doch mit der Schwangerschaft war sie in eine Situation geraten, in der sie die Dinge nicht mehr in der Hand hatte. Es ging nicht mehr nur um sie. Natürlich gab es in ihrem Leben Menschen, um die sie sich sorgte und an denen ihr viel lag. Doch es waren ausnahmslos Erwachsene, fähig, für sich selbst zu sorgen oder zumindest die Verantwortung für ihr Tun zu tragen. Das konnte das Kind in ihrem Bauch nicht, und das würde für viele Jahre so bleiben. Das machte ihr Angst, es schnürte ihr die Luft ab.

Es hatte über einen Monat gedauert, bis sie gelernt hatte, mit dieser Angst zu leben und sie zu relativieren. Sie wollte ihr Kind nicht in Watte packen, und das Wissen über die Angst befähigte sie, sie in ihre Schranken zu weisen.

«Wahrscheinlich dauert es nicht mehr lange, und wir werden schon vor der Geburt wissen, wie die Kinder aussehen werden und ob sie eher musisch oder naturwissenschaftlich begabt sind», plauderte Dr. Spindler weiter, «aber darüber wissen Sie wohl mehr als ich.»

Pia war nicht ganz bei der Sache.

«Entschuldigung, über was weiß ich mehr?»

«Über Vererbung von Eigenschaften. Sie machen doch in der Rechtsmedizin DNA-Analysen, um Täter zu überführen oder Tote zu identifizieren. Zumindest im Fernsehen ist das so.»

Pia lachte. «Ja, schon, aber unsere DNA-Analysen

geben keine Auskunft darüber, wer wie aussieht oder welche Talente noch unentdeckt sind. Wir arbeiten mit nichtcodierenden DNA-Sequenzen. Diese sagen nichts über das Aussehen und die Persönlichkeitsmerkmale eines Menschen aus.»

Dr. Spindler zog die Augenbrauen in die Höhe.

«Das ist mir neu. Wie wird dann eine Übereinstimmung festgestellt?»

«Wir schauen, wie oft sich bestimmte Basensequenzen wiederholen.»

«Das reicht?»

«Es ist sehr aussagekräftig. Mutationen in diesen Bereichen werden weitervererbt und sind dadurch bei jedem Menschen speziell.»

«Wie stellen Sie dann Verwandtschaften fest, zum Beispiel Vaterschaften?»

«Dazu untersuchen wir die möglichen Genvarianten, die Allele. Wie Sie wissen, haben die meisten Gene zwei Allelvarianten, eine erben wir vom Vater, eine von der Mutter.»

«Deshalb hat mein Sohn grüne Augen, obwohl mein Mann und ich beide braune haben.»

Pia lachte und bejahte. «Nur dass es bei der Augenfarbe etwas komplizierter ist.»

«Vielen Dank. Nun haben Sie bei mir eine Wissenslücke geschlossen.» Dr. Spindler stand auf, Pia tat es ihr nach.

«Ist es nicht eine große Versuchung, seine eigenen Gene zu untersuchen?»

Pia grinste. «Wieso Versuchung? Das war eine der ersten DNA-Analysen, die ich durchgeführt habe. Aber glauben Sie mir, so viel gibt es da nicht zu entdecken. Zumindest noch nicht. Sie erfahren, ob Sie typische Allele, zum Beispiel das Allel 9.3, aufweisen. Doch letztlich sagt das nichts aus, außer dass es für einen Laboranten ein Leichtes wäre, Sie aufgrund der DNA-Analyse eines Verbrechens zu überführen.»

Pia zog ihre Jacke an, gab Dr. Spindler die Hand und vereinbarte den nächsten Untersuchungstermin. Dazu wollte sie Kilian mitnehmen. Er sollte auch sein Kind auf dem Ultraschall-Bildschirm sehen. Es fiel ihr ein, als sie aus dem Gebäude trat. Das Allel 9.3 hatte sie heute schon einmal gesehen.

9

Die Beschreibung, die die Frau von den fünf Jugendlichen abgegeben hatte, passte auf eine Gruppe, die der Polizei schon seit längerem bekannt war. Sie trieben sich in letzter Zeit öfter im Stadtteil Zellerau herum, wo auch das Afrika-Festival stattfand. Zu der Gruppe sollten Russlanddeutsche gehören, die unauffällig aussahen, soweit blonde und hellhäutige Menschen noch in das allgemeine Bild der Zellerau passten.

Das Ziel ihrer Attacken war indifferent. Es richtete sich gegen alles und jeden, der ihren Weg kreuzte. Vandalismus und Pöbeleien waren nach Aussage des Sozialreferats der Stadt ihr Ventil, die empfundene Minderwertigkeit und Aussichtslosigkeit ihres Lebens zu bekämpfen.

Kilian und Heinlein hatten sich in einem Zivilfahrzeug in der Weißenburgstraße, Höhe Benzstraße, auf die Lauer gelegt. Bei den Ermittlungen um die Don-Giovanni-Aufführung im Mainfranken-Theater hatte Heinlein auf dem Heuchelhof Erfahrungen mit Jugendbanden sammeln müssen und war deshalb gewarnt. Er wusste, dass sie in Netzwerken arbeiteten und ein ausgefeiltes Warnsystem entwickelt hatten. Irgendwo auf der Straße, an einer Ecke, im Eingang zu einem Supermarkt oder hinter einem Fenster der zahlreichen Wohnanlagen konnte der Späher sitzen.

«Was hältst du von der Aussage der Frau?», fragte Heinlein.

«Klingt glaubhaft», antwortete Kilian, «wobei ich mir nicht ganz sicher bin, ob sie im Dunkel der Straße wirklich einen schwarzen Jungen erkannt haben kann.»

«Sie sagt, dass sie mit einer Taschenlampe in die Meute hineingeleuchtet habe, um sie zu verscheuchen. Für mich ist das nachvollziehbar.»

«Mag sein. Nur, wenn sie die Situation wirklich als so ernst eingeschätzt hat, wieso hat sie dann nicht die Polizei gerufen?»

«Ich kann mir vorstellen, dass sie es hat bleibenlassen, weil es bei solchen Festen ständig zu Raufereien kommt, die aber nie lange dauern. Dann sind die Kampfhähne entweder erschöpft, oder sie haben sich gegenseitig außer Gefecht gesetzt.»

«Egal, was gestern Nacht geschehen ist, für uns stellt sich die Frage, ob es sich tatsächlich um unseren Jungen handelt. Auf dem Bild konnte sie ihn nicht eindeutig identifizieren.»

Heinlein schaute zum Seitenfenster hinaus, ob er etwas Verdächtiges erkennen konnte.

«Das Viertel hat sich in den letzten Jahren verändert», stellte Kilian fest. «Ich sehe viele, bei denen man nicht sofort auf ...» Er suchte nach dem richtigen Wort.

«Sag es ruhig», antwortete Heinlein, «auf Deutsche schließen könnte. Schön, dass dir das endlich auch auffällt. Deine vielgepriesene Multikulti-Gesellschaft ist hier längst an der Tagesordnung. Was sich in der Theorie so wohlklingend international anhört, ist in der Praxis eher ein Albtraum.»

«Jetzt übertreib nicht. Wir sind hier in Würzburg und nicht in Amsterdam.»

«Darum geht es doch nicht», widersprach Heinlein energisch. «Die Frage ist doch, wie viele Ausländer verträgt eine kleine Stadt wie Würzburg.»

«Wie hoch ist denn hier der Ausländeranteil?»

«Irgendwas zwischen zehn und zwölf Prozent, glaube ich.»

«Na also.»

«Was, na also? Reicht das etwa nicht? In der Innenstadt findest du mehr Kebab-Buden als Bratwurststände.»

Kilian richtete sich auf. «Was soll denn das für ein Vergleich sein? Wenn es niemand gäbe, der Kebab isst, dann gäbe es auch keine Kebab-Buden. Willst du den Leuten jetzt auch noch vorschreiben, was sie zu essen haben?»

«Nein, natürlich nicht. Aber auffällig ist es schon. Unsere Kultur geht völlig den Bach runter.»

«Welche Kultur?»

«Na, unsere. Deine und meine. Wir werden mit Kebab, McDonald's und Falafel zugeschüttet. Die alten Bräuche, Essgewohnheiten und Lokale verschwinden.»

«Das nennt man den Lauf der Zeit. Du kannst die Deutschen nicht dreimal im Jahr in aller Herren Länder in Urlaub schicken und ihnen dann zu Hause verbieten, einen Kebab zu essen.»

«Urlaub ist eine Sache, Heimat die andere.»

Kilian musterte Heinlein. «Sag mal, was ist an dir eigentlich noch fränkisch?»

«Was meinst du?»

«Schau dich doch mal an. Deine Schuhe kommen wahrscheinlich aus Spanien oder Italien, deine Jeans ist amerikanisch, dein Hemd osteuropäisch, dein Jackett von weiß Gott woher. Und das Auto, in dem wir sitzen, wird zwar noch unter einer deutschen Marke verkauft, aber jenseits unserer Grenzen gefertigt. Wenn auf jedem Kleidungsstück eine Flagge angebracht wäre, könntest du bei den Olympischen Spielen eine gute Figur machen.»

«Dagegen habe ich auch nichts einzuwenden. Aber kann ich nicht von den Menschen, die zu uns kommen, erwarten, dass sie sich an unsere Kultur und Gesetze halten? Das Gleiche erwarten sie doch auch von mir, wenn ich in ihre Länder reise. Mittlerweile ist es aber so weit gekommen, dass ich als Ausländerhasser abgestempelt werde, wenn ich sie zur Ordnung rufe. Eine Besinnung auf unsere Werte wird gleichgesetzt mit Borniertheit und dem Ewiggestrigen. Davon habe ich die Schnauze voll. Unsere Gesetze und Wertmaßstäbe haben für alle zu gelten.»

«Okay, da stimme ich dir zu. Aber was bieten wir den Neuankömmlingen an, damit sie sich hier heimisch fühlen? Ich habe den Eindruck, dass wir sie in eine Ecke stellen und ihnen sagen, dass sie selbst schauen sollen, wie sie zurechtkommen. Etwas mehr Unterstützung täte ihnen und uns nicht schlecht.»

«Bekommen Deutsche, die auswandern, dort die gleiche Unterstützung, wie du sie hier verlangst? Und wer soll das bezahlen?»

«Dafür schimpfen wir uns ja Kulturland, das auf humanistischen Werten aufgebaut ist.»

«Du siehst ja, wie es uns gedankt wird, dass wir sie bei uns aufnehmen. Selbst in Würzburg gibt es Ecken, an denen man sich nachts nicht mehr sicher sein kann.»

«In Würzburg gibt es No-go-Areas?»

«Wiederhole dieses Wort bloß nicht in der Öffentlichkeit.»

«Wieso nicht?»

«Das wirst du dann sehen, wenn du aus dem Rathaus einen Anruf bekommst. Wir sind eine Tourismusmetropole und Universitätsstadt. Stell dir nur mal vor, in irgend so einem Reiseführer steht auf einmal: Würzburg-Zellerau sollten Sie nachts meiden. Sie könnten dort leicht eine auf die Schnauze kriegen, wenn Sie die falsche Hautfarbe haben. Das Aberwitzige daran ist, dass die, die zuschlagen, selbst nicht von hier kommen.»

Etwa hundert Meter vor ihnen tat sich etwas. Eine Gruppe Jugendlicher kam hinter einer Häuserecke hervor. Einige hatten Bierflaschen in der Hand, andere ließen sie gegen ein Vorfahrtsschild fliegen.

«Das sind sie», sagte Heinlein.

Sie stiegen aus und näherten sich der Gruppe von beiden Straßenseiten aus.

Als ob sie Polizisten wittern konnten, erregte Heinlein bei den zweifellos alkoholisierten Jungen sofort Aufmerksamkeit. Doch anstatt zu fliehen, rechneten sie sich gute Chancen gegen diesen einen Bullen aus, der auf sie zukam. Kilian auf der anderen Seite bemerkten sie jedoch nicht.

Heinlein näherte sich ihnen furcht- und ahnungslos. «Kommt mal her, ich hab mit euch zu reden.»

Der ersten Bierflasche konnte er noch ausweichen, die zweite erwischte ihn am Kopf, gefolgt von zahlreichen Fußtritten und wüsten Beschimpfungen.

Kilian rannte über die Straße und warf sich in das Getümmel.

10

Zurück in der Gerichtsmedizin, begab sich Pia zunächst in ihr Büro. Sie holte die Ergebnisse der DNA-Analyse des toten Jungen und fand ihre Erinnerung bestätigt.

Da stand es schwarz auf weiß: 9.3.

Diese Zahl bezeichnete die Variante eines Gens, die Pia selbst hatte. Sie ging in ihr Büro und begann, aus dem obersten Fach des Regals nach einem ganz bestimmten Ordner zu suchen. Hier bewahrte sie alte Studienunterlagen und persönliche Projekte auf. Die erste DNA-Analyse hatte Pia mit Material von sich selbst durchgeführt.

Sie fand endlich den Ordner, stieg vom Stuhl und setzte sich an ihren Schreibtisch. Sie musste nicht lange blättern. Ohnehin hatte sie es längst gewusst: 9.3.

Sie blätterte weiter. Geerbt hatte sie dieses Allel von ihrer Mutter, ihre Schwester Anna ebenfalls. Was für ein Zufall, dachte sie. Es war Unsinn, das wusste sie genau, aber dennoch fühlte sie sich durch die Tatsache, dass sie und der Junge dieses Allel teilten, mit ihm seltsam verbunden. Als hätte sie dadurch eine besondere Verantwortung, die über das normale Engagement, das von ihr erwartet wurde, hinausging.

Allerdings war das Allel nicht gerade selten, 30 Prozent aller Mitteleuropäer trugen es. Sie stutzte. Der tote

Junge war kein Mitteleuropäer. Die Wahrscheinlichkeit, dass der Angehörige einer anderen ethnischen Gruppe dieses Allel aufwies, war deutlich geringer. Aber auch nicht unmöglich. Wenn sie etwas Zeit hätte, würde sie in einer der Datenbanken recherchieren, wie oft dieses Allel bei Afrikanern vorkam.

Sie blätterte weiter in dem Ordner. Er enthielt alle möglichen genetischen Untersuchungen, die man innerhalb einer Familie anstellen konnte. Die meisten Untersuchungen hatte Pia zu Übungszwecken durchgeführt. Anna hatte sie einmal in der Gerichtsmedizin besucht, und Pia hatte ihr demonstriert, wie eine DNA-Analyse durchgeführt und das Ergebnis interpretiert wurde. Es gab in dem Ordner sogar die Ergebnisse mitochondrialer DNA-Analysen, die sie von ihrer Mutter, Anna und sich selbst gemacht hatte.

Das Telefon riss sie aus ihren Gedanken. Es war Sabine.

«Wir sind fündig geworden. Du bekommst gleich Proben rein.»

Pia musste kurz ihre Gedanken ordnen, um zu verstehen, worum es ging. «Wessen Proben?»

«Letzte Woche gab es in Schweinfurt einen Verkehrsunfall, bei dem eine etwa 30-jährige Frau schwarzer Hautfarbe ums Leben kam.»

Pia schrieb auf einem Notizzettel mit. Sie runzelte die Stirn.

«Und wieso hat niemand der Polizei gesagt, dass sie einen Sohn hatte?»

«Weil die Frau keine Ausweispapiere dabeihatte, bis heute nicht als vermisst gemeldet wurde und die Polizei davon ausgeht, dass sie sich illegal in Deutschland aufgehalten hat.»

Pia stöhnte. «Das heißt, selbst wenn wir feststellen, dass sie die Mutter des Jungen war, sind wir keinen Schritt weiter.»

«Zumindest wissen wir dann, warum niemand den Jungen vermisst.»

Sie beendeten das Gespräch, und Pia ging ins Labor, um auf die Proben zu warten.

11

Die beiden Jugendlichen, die Heinlein und Kilian hatten schnappen können, waren nach Aussage eines Sozialarbeiters der Stadt Russlanddeutsche, Herkunftsland Kasachstan. In ihren neuen deutschen Pässen standen die Namen Eugen Stumpf und Johannes Haberle, Ersterer siebzehn, Letzterer sechzehn Jahre alt. Untereinander sprachen sie sich aber noch immer mit ihren alten russischen Namen Jevgenij und Ivan an.

Seite an Seite saßen sie im Befragungszimmer an einem Tisch, ihnen gegenüber Kilian, der die Rauferei ohne Blessuren überstanden hatte. Heinlein jedoch kühlte eine Beule an der Stirn mit einem Eisbeutel. Er war sichtlich wütend, was Jevgenij als Sieg für sich und seine Gang wertete.

Kilian hatte Mühe, die Gemüter auf beiden Seiten zu dämpfen. Er wiederholte, was Jevgenij und Ivan in der letzten Stunde zu Protokoll gegeben hatten. «Ihr habt euch gestern Abend in den Büschen versteckt, bis jemand kam, mit dem ihr eure Spielchen treiben konntet.»

«Hab ich doch schon gesagt», antwortete Jevgenij patzig, «seid ihr hier in Deutschland alle begriffsstutzig?»

Heinlein nahm den Eisbeutel von der Stirn. «Noch so 'ne freche Antwort, und es setzt was, du Rotzlöffel.»

«Selber Rotz», antwortete Ivan.

«Beruhigt euch», schritt Kilian ein. «Wie lange habt ihr euch in den Büschen aufgehalten?»

«Einen Kasten lang», sagte Jevgenij.

Barsch fragte Heinlein: «Was heißt das, Kasten?»

Jevgenij wandte sich zu Kilian. «Ich glaub, dein Partner ist nicht ganz auf der Höhe. Vielleicht braucht er noch eine Flasche gegen seinen Schädel, damit er endlich aufwacht.»

Bevor Heinlein reagierte, antwortete Kilian: «Du kannst gleich eine von mir bekommen, wenn dir danach ist.»

«Wollt ihr uns auch totprügeln wie den Affen in Köln?», fragte Ivan. «Da habt ihr endlich mal euer wahres Gesicht gezeigt.»

Auch Kilian wurde es langsam zu bunt. «Der Affe war ein Schwarzer, also ein Mensch, und die beteiligten Beamten wurden dafür zur Rechenschaft gezogen.»

«Negerklatschen hat Tradition», höhnte Jevgenij. «Insoweit verstehen wir uns doch.»

«Uns beide verbindet weit weniger, als du dir vorstellen kannst. Zurück zu gestern Abend. Ihr habt euch also in den Büschen verkrochen und euch volllaufen lassen.»

«Ist das verboten?», fragte Jevgenij.

«Nein, aber einen schwarzen Jungen zu Tode zu prügeln.»

Kilian nahm aus der Akte ein Bild und schob es hinüber. Er verschwieg, dass der Junge ertrunken war. «Wir reden hier nicht von einer Prügelei, sondern mindestens von schwerer Körperverletzung mit Todesfolge. Das bringt euch einige Jahre Knast ein.»

Jevgenij und Ivan schauten auf das Bild. Sie schienen

ihn zu erkennen, gemessen an ihrer Reaktion. «Wir haben ihn nicht totgemacht», sagte Ivan kleinlaut.

«O doch», schaltete sich Heinlein ein, «zuerst halb totgeschlagen und dann in den Main geschmissen.»

«Wieso Main?», fragte Jevgenij.

«Wir haben ihn heute Morgen tot aus dem Main gefischt.»

«Damit haben wir nichts zu tun», wehrte Jevgenij ab. «Okay, wir haben ein wenig mit ihm gespielt. Er hat ein paar auf die Nuss bekommen, aber das war's dann.»

«Blödsinn», widersprach Heinlein. «Wir haben einen Zeugen, der beobachtet hat, wie ihr den Jungen verprügelt habt und dann …»

«Und nichts dann», unterbrach Jevgenij.

«Du gibst also zu, dass ihr auf den Jungen eingeschlagen habt?», hakte Kilian nach.

Nicken.

«Was passierte dann?»

Ivan meldete sich. «Da ist ein Typ aufgetaucht. Glatze, Nietengürtel, Springerstiefel. Wir dachten schon, wir kriegen Unterstützung.»

«Aber er war kein Skin», fügte Jevgenij hinzu, «er sah nur so aus.»

«Weiter.»

«Er hat sich den Jungen gegriffen und ist mit ihm ab.»

Kilian stutzte. «Ein Mann ist dem Jungen zu Hilfe gekommen?»

«Sag ich doch.»

«Ihr wollt euch rausreden», sagte Heinlein ungläubig. «Unser Zeuge hat keinen Mann erwähnt.»

«Scheiß auf den Zeugen, da war dieser Typ. Der hat sich den Jungen gekrallt. Was er weiter mit ihm gemacht hat, keine Ahnung. Wahrscheinlich hat er ihn sich richtig vorgenommen.»

Kilian schlug mit der Hand auf den Tisch. «Der Junge ist tot. Kapiert das endlich. Ihr seid dringend tatverdächtig. Wenn ihr nachher bei der Gegenüberstellung erkannt werdet, dann seid ihr fällig. Geht das nicht in euer Spatzenhirn hinein?»

Allmählich schien es ihnen zu dämmern, dass sie bei einem Tötungsdelikt im Zentrum der Ermittlungen standen. Ivans coole Fassade bröckelte zuerst. Er bekam feuchte Augen. «Wenn ich es doch sage, wir haben ihn nicht totgemacht. Der Mann ...»

«Ja, ja, der böse Mann», polterte Heinlein, «der aus dem Nichts auftaucht und wieder verschwindet. Hast du nichts Besseres?»

Jevgenij blieb standhafter, in seinem Gesicht lag trotzdem ein Ausdruck der Betroffenheit. Ruhig sagte er: «Es war aber so. Er ist mit ihm verschwunden.»

«Wohin?», fragte Kilian.

Schulterzucken.

«Da war doch ein Taxi», fiel Ivan ein. «Kurz darauf ist es an uns vorbeigefahren. Ich glaub, dieser Mann saß am Steuer.»

12

Die Proben waren angekommen, und Pia bereitete alles für eine mitochondriale DNA-Analyse vor. Sie ging in den Kühlraum zu der Bahre, auf der der unbekannte Junge lag, dessen Mutter vielleicht ebenfalls tot war. Sie schnitt etwas Haar in ein Reagenzglas, dabei bemühte sie sich, das Gesicht des Jungen nicht anzusehen. Sie hatte ihren Aussetzer während der Obduktion nicht vergessen und wollte nicht wieder mit einer Gefühlsaufwallung kämpfen. Vorsichtig deckte sie ihn wieder zu. Dann ging sie zurück ins Labor, beschriftete die Probe und begann mit der Analyse.

Es war ein Verfahren, das seit 1996 angewendet wurde, und nicht nur in gerichtsmedizinischen Zusammenhängen. Vor allem Ethnologen waren durch diese Analysemöglichkeit einen großen Schritt weitergekommen. Während man bei der gängigen Analyse DNA aus dem Zellkern untersuchte, wurde hier die DNA analysiert, die außerhalb des Kerns in den Mitochondrien lag. Das Besondere an dieser DNA war, dass sie nicht dem Rekombinationsprozess chromosomaler DNA unterlag. Sie wurde nur von der Mutter vererbt. Es war dadurch möglich, die mütterliche Linie einer Familie bis in weit zurückliegende Generationen zu verfolgen. Ein weiterer Vorteil der mitochondrialen DNA-Analyse lag darin, dass man auch Material, das aus Zellen ohne Zellkern bestand, zum Beispiel Zehennägel oder Haarschäfte, zur Analyse heranziehen konnte.

Pia arbeitete automatisch. Zwar gehörte die Analyse nicht zu den Routinearbeiten, doch sie hatte das Verfahren schon oft angewandt. Während sie immer wieder Pausen einlegte, um bestimmte Prozesse abzuwarten, dachte sie über organisatorische Schwierigkeiten nach, die vor ihr lagen. Sie musste ein Kinderzimmer einrichten, Babykleidung besorgen und endlich eine Entscheidung treffen, ob sie in der Uniklinik oder in der Missionsärztlichen entbinden wollte. Welch seltsames Wort, sie kicherte leise. Wenn das Kind auf die Welt kam, wurde vielleicht die Nabelschnur durchtrennt, aber von Entbindung konnte wohl keine Rede sein, ganz im Gegenteil, dann wurde die Verbundenheit sicher noch tiefer. Bis jetzt hatte sie sich um nichts gekümmert, doch sie wollte nicht bis zum letzten Moment warten. Erstens würde sie dann durch einen dicken Bauch behindert, und zum anderen wusste sie nicht, ob sie von Kilian Unterstützung bekommen würde. Sie würde sich auf keinen Fall darauf verlassen, dass er zur Stelle wäre.

Sie führte die nötigen Handgriffe aus, ging zwischendurch einen Tee trinken, und schließlich spuckte der Drucker die Ergebnisse aus. Sie waren eindeutig. Das Unfallopfer aus Schweinfurt war nicht die Mutter des Jungen aus dem Main. Das brachte sie nicht weiter, war aber auch kein Rückschritt. Es blieb weiterhin die Frage, warum niemand den Jungen vermisste. Sie räumte auf und nahm die Unterlagen mit in ihr Büro, um Kilian anzurufen und ihm das Ergebnis mitzuteilen. Sie legte die

Papiere auf ihren Schreibtisch und ärgerte sich, dass sie ihre persönlichen Unterlagen vorher nicht aufgeräumt hatte. Sie musste aufpassen, dass die Papiere später nicht durcheinandergerieten. Sowohl Kilians als auch Heinleins Apparat war besetzt. Sie drückte auf automatische Wahlwiederholung und wartete, dass die Leitung frei wurde. Sie trommelte mit den Fingern auf den Tisch, ihre Augen blickten auf das Durcheinander von Papieren, das den gesamten Tisch bedeckte. Sie schaute auf die Analyseergebnisse des Jungen, blickte nach rechts. Das Trommeln erstarb. Ihr Blick wanderte von links nach rechts. Dann setzte sie sich kerzengerade auf, nahm die Analyseergebnisse des Jungen in die eine und das Papier rechts davon in die andere Hand. Sie begriff nicht, was sie sah. Es war unmöglich. In diesem Moment klingelte das Telefon, und sie zuckte zusammen. Sie riss den Hörer von der Gabel.

«Rosenthal.»

Doch sie hörte nur ein weiteres, diesmal leiseres Klingeln. Erst jetzt begriff sie, dass die Leitung zu Kilians und Heinleins Büro frei war. Heinlein meldete sich. Pia brauchte einige Sekunden, um sich zu erinnern, weswegen sie Schorsch angerufen hatte.

«Ich wollte euch nur mitteilen, dass die Frau aus Schweinfurt nicht die Mutter des Jungen ist.»

«Wovon sprichst du?»

Pia berichtete von Sabines Recherche und deren Ergebnis. Heinleins Reaktion war ungehalten.

«Seit wann gibst du Sabine Anweisungen?»

«Es war eine spontane Idee, aber leider bringt es uns nicht weiter.»

«Lass mich meine Arbeit tun, und mach du deine, mehr verlange ich nicht.»

«Schon gut», lenkte Pia ein, «ich werde es mir merken.»

Auch Heinlein war nicht nach Streit.

«Du kommst doch heute Abend? Claudia hat schon den halben Keller raufgeschafft.»

«Wieso Keller? Ich dachte, wir grillen.»

«Na, Babysachen natürlich.» Heinlein lachte. «Du kennst doch Claudia. Ich glaube, es ist alles da, vom Bettchen bis zur Milchflasche.»

Pia stand der Sinn im Moment nicht nach Schnullern. Sie verabschiedete sich von Heinlein und starrte dann wieder auf die Bilder und Zahlen, die vor ihr lagen.

Wie betäubt verglich sie das Ergebnis der mitochondrialen DNA-Analyse des toten Jungen mit der ihrer Schwester Anna. Pia hatte ihr gezeigt, wie man nachweisen konnte, dass sie dieselbe Mutter hatten. Nun bewies dieses Stück Papier, das sie zufällig vorhin aus dem Schrank gezogen hatte, dass der tote Junge …

Pia schluckte. Er konnte nur Annas Kind sein. Und doch wieder nicht. Anna war niemals schwanger gewesen. Pia lehnte sich zurück und fuhr sich mit beiden Händen über das Gesicht und durch die Haare. Der Junge war dreizehn Jahre alt. Hinzu kamen zehn Monate Schwangerschaft. Sie rechnete und musste sich schließlich eingestehen, dass sie es nicht ganz sicher ausschließen konnte. Sie sah Bilder in ihrem Kopf aufblitzen. Annas Hochzeit, der Streit, die Beerdigung. Dazwischen war Funkstille gewesen.

Sie holte noch einmal alle Unterlagen über den Jungen

und alle Analyseergebnisse, die sie von Anna hatte. Und auch wenn sie es nicht begreifen konnte, es gab keinen Zweifel: Der tote Junge war ihr Neffe.

13

Pia wickelte den Blumenstrauß aus seiner Papierumhüllung und drückte ihn Kilian in die Hand. Er hatte sie vor einer halben Stunde in ihrer Wohnung im Winterleitenweg abgeholt.

Auf der Fahrt hatten sie geschwiegen. Pia stand noch unter Schock. Sie hatte die Identität des Jungen aufgeklärt und damit ein noch größeres Rätsel geschaffen. Nach der Entdeckung hätte sie sofort Heinlein verständigen müssen. Sie hatte es aufgeschoben. Einige Male während der Fahrt hatte sie den Mund geöffnet, doch es war kein Wort über ihre Lippen gekommen.

Was hätte sie sagen sollen? Der Junge ist mein Neffe, der Sohn meiner vor Jahren verstorbenen Schwester. Meiner Schwester, von der ihr nichts wisst. Meiner Schwester, mit der ich das letzte knappe Jahr ihres Lebens nicht gesprochen habe, über deren Schwangerschaft mich niemand informiert hat. Ebenso wenig wie über die Existenz des Kindes.

Kurz bevor sie in Grombühl vor dem Haus der Familie Heinlein angekommen waren, hatte ein anderer Gedanke ihren Mund verschlossen. Man würde sie von den Ermittlungen ausschließen. Mehr noch, alle würden von ihr erwarten, dass sie sich freiwillig aus dem Fall heraushielt. Doch wenn es einen Fall gab, in dem sie unter allen

Umständen aktiv dabei sein wollte, dann war es dieser. Sie musste sich zusammenreißen, um die Tränen zurückzuhalten.

Sie gingen durch den kleinen Vorgarten, an einem Teich vorbei. Kilian murmelte etwas von Kleinbürgerlichkeit und Spießern.

«Mein Gott, sie haben zwei Kinder», entfuhr es Pia.

«Und? Was hat das damit zu tun?»

Pia stöhnte genervt. «Man zieht keine glücklichen Kinder in der Enge einer Wohnung auf, wenn man es irgendwie vermeiden kann.»

«Soll das heißen, du willst jetzt ein Häuschen im Grünen? Vielleicht in Kleinrinderfeld?» Kilian war stehen geblieben.

«Im Moment will ich einfach nur ein wenig Ruhe.»

Pia ging unbeirrt weiter und klingelte.

Heinleins Sohn Thomas öffnete. Er gab Pia und auch Kilian die Hand. Damit war sein Repertoire an Höflichkeiten erschöpft.

«Die Alten sind hinten im Garten. Papa versucht seit einer halben Stunde, den Grill in Gang zu bringen, und Mama kann sich nicht entscheiden, ob es die grünen oder doch die gelben Servietten sein sollen.»

Er wies ins Innere des Hauses und begab sich in Richtung oberes Stockwerk, immer zwei Stufen auf einmal nehmend. Pia und Kilian kannten den Weg. Sie durchquerten das geräumige Wohnzimmer und konnten an der Dekoration feststellen, dass Claudia gerade eine südamerikanische Phase hatte. Als sie sich der Terrassentür näherten, hörten sie Heinleins und Claudias Stimmen.

«Das ist eine Schnapsidee, und du behältst sie besser

für dich», sagte Heinlein ungehalten, Claudia antwortete ruhig, aber bestimmt.

«Was regst du dich auf, es wäre doch die ideale Lösung. Für uns alle.»

Sie verstummten, als Pia und Kilian auf die Terrasse traten.

Es gab eine ausführliche Begrüßung, bei der vor allem Claudia sprach. Sie platzierte die beiden am Tisch und hatte sich offensichtlich für orangefarbene Servietten entschieden, mit mexikanisch anmutendem Muster.

Heinleins Bemühungen zeigten Erfolg. Vom Grill stieg Rauch auf, und er kümmerte sich um die Getränke. Wasser für Pia und Wein für die anderen.

Nachdem alle einen Schluck getrunken hatten, zog Claudia Pia sanft ins Innere des Hauses. Dort präsentierte sie ihr stolz die Ausbeute ihres Streifzugs durch den Keller. Es war wirklich fast alles da.

«Nur um einen Autositz müsst ihr euch noch kümmern. Und der Babyschlafsack war nicht mehr zu gebrauchen, aber bei Tchibo gab es letzte Woche Babysachen, da habe ich dir gleich einen mitgenommen. Und Söckchen und noch drei Bodys, davon kann man am Anfang gar nicht genug haben.»

Als sie vor einem Jahr gemeinsam nach Rom gefahren waren, um Kilian ausfindig zu machen, hatte Pia die praktisch veranlagte Claudia schätzen gelernt, und es hatte sich so etwas wie eine Freundschaft zwischen den beiden sehr unterschiedlichen Frauen entwickelt. Dennoch fühlte sich Pia von Claudia oft überfahren und bemuttert, um nicht zu sagen bevormundet. So auch jetzt. Pia verdiente nicht schlecht, und sie hätte gern für ihr Kind eingekauft, alles mit Ruhe und Liebe ausgesucht, um die Ankunft des Kindes vorzubereiten. Es bereitete ihr Freude, die kleinen Kleidungsstücke in die Hand zu nehmen und die Miniaturmöbel gedanklich im zukünftigen Zimmer zu platzieren. Andererseits wollte sie Claudias Engagement nicht ablehnen. Es war gutgemeint. Sie schluckte ihren aufkeimenden Ärger hinunter. Im Moment hatte sie andere Sorgen, als sich mit Claudia über Prinzipien auseinanderzusetzen. Und es war auch ganz nett, einige Sachen im fünfzehn Jahre alten Retrolook zu besitzen. Sie bedankte sich.

Als sie wieder nach draußen kamen, brutzelten schon die ersten Fleischstücke auf dem Grill. Kilian und Heinlein standen im hinteren Teil des kleinen, zugewachsenen Gartens unter dem Apfelbaum und lieferten sich ein heftiges Wortgefecht. Als sie die beiden Frauen sahen, verstummten sie jedoch und standen unschlüssig herum.

Claudia gab Pia noch ein Kissen für den Rücken und drückte sie in einen Gartenstuhl. Die Männer gesellten sich dazu, und Schorsch bot die erste Runde Gegrilltes an.

Nachdem alle das Fleisch gebührend gelobt hatten, wandte sich Schorsch an Pia.

«Ist es ganz sicher, dass die Tote aus Schweinfurt nicht die Mutter unseres Wassermannes ist?»

«Definitiv.» Und du hast keine Ahnung, wie sehr mich das betrübt, dachte Pia. «Die mitochondriale DNA-Analyse ist eindeutig.»

Claudia mischte sich ein. «Das ist doch diese DNA, die nur von der Mutter vererbt wird. Ich habe vor kurzem gelesen, dass dadurch endlich nachgewiesen werden konnte, dass die angebliche Anastasia rein gar nichts mit den Romanows zu tun hatte. Man musste dafür nur die DNA direkter Nachfahren der Zarenfamilie, immer der mütterlichen Linie folgend, mit der dieser Hochstaplerin vergleichen.»

Pia nickte. Doch Claudia hatte noch mehr zu berichten.

«In den Krimis, die ich lese, kommt es auch häufig vor, dass diese Methode angewandt wird, weil ja normalerweise zum Beispiel mit Haaren ohne Wurzel keine normale DNA-Analyse gemacht werden kann, aber diese mitochondriale schon.»

Bevor das Thema vertieft werden konnte, wechselte Claudia zum Mozartfest.

«Dieses Jahr haben wir endlich Karten bekommen. Aber Schorsch ist ja jetzt auch nicht mehr irgendwer.» Sie tätschelte Schorschs Bein und war sichtlich stolz.

«Meine Güte, Claudia, es war reiner Zufall», wehrte er ab.

Doch Claudia ließ sich nicht beirren.

«Du kannst sagen, was du willst, aber neben der Gehaltserhöhung hat deine neue Position noch einige angenehme Nebeneffekte. Ich verstehe gar nicht, wie du darauf freiwillig verzichten konntest.» Die letzten Worte richtete sie an Kilian. Doch es war Pia, die ihm zuvorkam.

«Das ist doch alles Firlefanz. Verrat mir lieber, ob es noch Nachtisch gibt. Ich könnte jetzt eine große Portion vertragen, Hauptsache süß.»

Natürlich gab es Nachtisch, und Claudia verschwand in die Küche, um alles vorzubereiten.

«Seht es ihr bitte nach», sagte Heinlein, als Claudia verschwunden war. «Sie ist glücklicher über meine Beförderung, als ich es bin.»

Pias Gedanken drifteten ab. Sie stand auf, um sich etwas die Beine zu vertreten. Anna hatte einen Sohn gehabt, und er war tot. Sie wandte sich der Sitzgruppe auf der Terrasse zu. Sie durfte Kilian und Heinlein die Information nicht vorenthalten. Sie ging zurück. Die gereizten Stimmen der Männer drangen lauter in ihr Bewusstsein. Sie räusperte sich.

«Könnt ihr kurz …?»

«Nein», kam es gleichzeitig aus Kilians und Heinleins Mund.

Pia biss sich auf die Lippen. «Ich wollte euch nur …»

«Wir diskutieren das jetzt aus, und wir brauchen keinen Friedensstifter.»

Kilian wandte sich wieder an Heinlein. Pia setzte sich ruhig hin, und dann war auch schon Claudia da, die neben dem Tablett mit Nachtisch noch eine Mappe dabeihatte.

«Ich muss euch etwas zeigen. Es ist eine einmalige Gelegenheit, und ich glaube, es wäre für uns alle die ideale Lösung.»

«O nein», stöhnte Heinlein. Doch es war zu spät.

Claudia berichtete die nächste halbe Stunde von ihrem, wie sie betonte, gemeinsamen Beschluss, ein größeres Haus zu kaufen. Sie erzählte lang und breit von Besichtigungsterminen, unverschämten Maklern und unbezahlbaren Bruchbuden.

«Bis ich das hier gefunden habe. Steinbachtal. Nur etwas über zweihunderttausend. Es gehört ein riesiges Grundstück dazu. Ich war platt. Stellt euch das vor: dreitausend Quadratmeter im Steinbachtal. Die beste Wohnlage Würzburgs zu diesem Spottpreis.»

«Was sie natürlich vergisst zu sagen», warf Heinlein ein, «ist die Summe, die die Renovierung kosten würde.»

Claudia lenkte ein.

«Du hast ja recht, Schorsch. Für uns allein wäre es etwas zu viel. Aber jetzt schaut euch erst mal das Exposé an. Mit eurer Hilfe können wir das schaffen.»

Pia reagierte als Erste. «Sollen wir euch Geld leihen? Von welcher Summe sprechen wir denn?»

Claudia winkte ab. «Ach was. Ihr sollt das Grundstück mit uns kaufen. Jetzt, wo das Kind bald da ist, wollt ihr doch bestimmt zusammenziehen. Glaubt mir, wenn man es irgendwie vermeiden kann, sollte man ein Kind nicht in einer Wohnung großziehen.»

Kilian prustete vor Lachen. «Wir sollen eine WG mit euch gründen?»

Pia schob ihm dezent den Ellbogen in die Seite. «Diese Entscheidung hat bei uns noch etwas Zeit. Ich würde auch lieber in eine kinderreichere Gegend ziehen.»

«Aber …», setzte Claudia an, doch Schorsch unterbrach sie.

«Thema beendet. Wer möchte noch Wein?»

14

Pia hatte Kilian und den Heinleins etwas von Unwohlsein erzählt, ihre mitfühlenden Ratschläge entgegengenommen und sich verabschiedet. Trotz Kilians Protest hatte sie ein Taxi genommen.

Zu Hause angekommen, machte sie sich eine große Kanne Tee, unterdrückte ihre Lust auf eine Zigarette und legte sich mit geschlossenen Augen aufs Sofa. Sie versuchte Ordnung in ihre Gedanken zu bringen. Doch statt Ordnung verursachte die Ruhe, die sie endlich fand, nur noch mehr Chaos. Bilder und Gesprächsfetzen schwirrten ihr durch den Kopf.

Wie bei einer Zeitreise sprangen ihre Gedanken in die Kindheit, zu Annas Beerdigung, zurück in die Jugend. Sie legte eine Hand auf die leichte Wölbung ihres Bauches. Spätestens jetzt hätte sie den Groll begraben, sich bei Anna entschuldigt und ihr von dem Kind erzählt. *Anna, du wirst Tante,* und diese Neuigkeit hätte den Anfang leichter gemacht und den Streit aus der Vergangenheit als Torheit erscheinen lassen.

Doch Anna war tot, sie hatte nicht angerufen und freudig verkündet, Pia, du wirst Tante. Sie hatte Maximilian betrogen, war schwanger geworden, hatte das Kind geboren und war für immer verschwunden.

Pia setzte sich auf und griff nach der Teetasse. Nach

Annas Tod war ihre Trauer für kurze Zeit mit Schuldgefühlen durchsetzt gewesen. Natürlich war sich Pia bewusst, dass Annas Unfall nichts mit ihrem Zerwürfnis zu tun hatte. Aber trotzdem war dieses Gefühl nie ganz verschwunden, und jetzt bahnte es sich wieder einen Weg in ihr Bewusstsein. Anna war in einer schwierigen Lage gewesen und hatte sich nicht an sie gewandt. Pia hatte als Schwester versagt.

Sie stellte sich die verzweifelte Anna vor, die weder ein noch aus wusste, zum Telefonhörer griff, um Pia anzurufen, und sich doch nicht traute. Pia wusste um ihr Temperament, doch hätte sie nie gedacht, dass es eine Mauer bilden könnte zu den wenigen Menschen, an denen sie hing.

Sie dachte an Kilian. Er und Heinlein tappten völlig im Dunkeln. Sie tröstete sich damit, dass das Wissen um die Herkunft des Jungen Kilian und Heinlein auch nicht weiterbringen würde. Aber ihr war klar, dass sie sich damit selbst belog.

Sie aß in der Küche stehend ein Brot und ging dann zum Besenschrank im Flur. Ganz oben lag der Karton mit Annas Hinterlassenschaft. Sie stellte sich auf die Zehenspitzen und ließ den Karton langsam hinuntergleiten. Dann setzte sie sich wieder aufs Sofa.

Es war ein wildes Durcheinander. Pia hatte alles hineingepackt, was sie an Anna erinnerte und aus einer gemeinsamen Vergangenheit stammte, außerdem die Dinge, die Annas Mann Maximilian ihr überlassen hatte, und dazu alle Unterlagen, die Pia sich besorgt hatte, um sich Klarheit über die Todesumstände Annas zu verschaffen.

Nachdem sie eine halbe Stunde gemeinsame Kinderbilder betrachtet hatte, gab sie sich einen Ruck und beschloss, systematisch vorzugehen. Bis zu ihrem Zerwürfnis hatten sie ein gutes und vertrautes Verhältnis zueinander gehabt. Aus dieser Zeit gab es nichts, das ihr weiterhelfen würde.

Sie sortierte alle Dinge in zwei Haufen – vor der Hochzeit und nach der Hochzeit. Auf der Hochzeit hatten sie sich zerstritten. Den Nach-der-Hochzeit-Haufen raffte Pia zusammen, trug ihn zum Sofa und begann, die Sachen chronologisch zu ordnen.

Da waren die Hochzeitsbilder. Es folgten einige Bilder aus Afrika, die ihr Maximilian überlassen hatte. Dann war sie auch schon bei den Dingen, die Annas Tod betrafen.

Ein Umschlag mit Polizeiberichten und Fotos von dem Auto, das man verlassen im Busch gefunden hatte. Ein weiterer, kleinerer Umschlag mit Fotos vom Gedenkgottesdienst, der für Anna abgehalten worden war, und dem anschließenden Essen, an dem Pia nicht teilgenommen hatte. Die Bilder hatte ihr Annas Schwiegermutter Clara zusammen mit einem freundlichen und mitfühlenden Brief geschickt, nebst einer Liste der anwesenden Trauergäste, von denen Pia nahezu niemanden persönlich kannte.

Das offizielle Hochzeitsfoto zeigte Anna und Maximilian im Hofgarten. Sie standen im Rosengarten vor einer Fontäne, im Hintergrund die Würzburger Residenz. Die hochzeitliche Aufmachung machte aus Anna einen anderen Menschen. Sie wirkte mädchenhaft und schüchtern. Alles an ihr schien weich und zart. Das Haar locker aufgesteckt, eine gelockte Haarsträhne über der Schulter, Blüten im Haar. Das Kleid natürlich champagnerfarben und sehr elegant und feminin. Sie hatten beide lachen müssen, als sich Anna nach dem Herrichten im Spiegel angeschaut hatte.

«Wie Fasching», lästerte sie, «nur dass ich noch nie eine so perfekte Verkleidung hatte.»

Pia konnte nur den Kopf schütteln. «Wieso tust du dir das an?»

«Maximilians Eltern ist das nun mal wichtig, und mir ist es egal.»

Es war alles gutgegangen. Pia hatte das ganze Brimborium kommentarlos über sich ergehen lassen und sogar versucht, sich gesittet mit ihrem Tischherrn zu unterhalten, einem fünfzigjährigen Chefarzt von irgendeiner bedeutenden Klinik. Sie hatte seine stieren Blicke auf ihr Dekolleté ertragen, war über seine anzüglichen Bemerkungen nach zu viel Wein hinweggegangen.

Als er aber unter dem Tisch zum zweiten Mal an ihr Knie gefasst hatte, war es aus mit Pias Geduld. Sie sprang auf, schnappte sich den Wasserkrug vom Tisch und kippte den gesamten Inhalt in den Schoß des Mannes. Dann ging sie hinaus. Die Stille, die sie hinterließ, nahm sie nicht mehr wahr. Anna ging ihr nach.

«Kannst du dich nicht wenigstens an meinem Hochzeitstag beherrschen? Wieso denkst du nicht einmal an jemand anderen als nur an dich selbst?»

Anna standen Tränen in den Augen. Doch Pias Wut war immer noch nicht verraucht.

«Frag lieber diesen Idioten, wieso er sich nicht beherrschen kann.»

«Das hättest du auch unauffälliger und diplomatischer lösen können.»

«Lächeln und seine Hand wegschieben? Und anschließend über das vorzügliche Dessert säuseln?» Pia holte tief Luft.

«Es tut mir leid, aber ich lass mich nicht befummeln. Trotzdem, es tut mir leid, okay?»

Doch für Anna war es nicht okay.

«Ich habe dir erklärt, wie wichtig dieses Fest für Maximilians Eltern ist. Es sind lauter wichtige Leute da, es geht auch um Geld. Und du musst gleich einen Skandal provozieren. Dr. Fleischmann ist einflussreich.»

Pia schaute Anna fassungslos an. «Anna, es ist deine Hochzeit, was quatschst du da? Wir sind doch nicht auf einer Werbeveranstaltung für die Sibelius-Klinik.»

Anna winkte ab.

«Du bist so selbstherrlich. Du machst nie einen Fehler und bist nicht bereit, anderen Fehler zu verzeihen.» Anna wandte sich ab und ging auf die Tür zu. «Nicht einmal unseren Eltern», fügte sie leise hinzu.

«Sie haben für die Stasi gearbeitet, was gibt es da zu verzeihen?»

«Nichts, aber sie waren deine Eltern.»

«Jetzt hör auf mit diesen alten Geschichten. Sie sind tot. Von mir aus sage ich es noch einmal: Es tut mir leid.»

Aber Anna blieb stur, und Pia verließ wütend das Haus. Am nächsten Tag hatte sie Anna angerufen, doch Annas Laune war unter dem Nullpunkt gewesen.

«Ich will jetzt nichts von dir hören.»

Dabei war es geblieben. Beide hatten geschmollt, bis es zu spät gewesen war.

Aus der folgenden Zeit gab es nur einige Fotos, die Anna in Afrika zeigten. Eines war in einem Hüttendorf aufgenommen, Anna umringt von lauter halbnackten lachenden Kindern. Ein anderes zeigte sie und Maximilian vor einem Holzhaus. Von Schwangerschaft nirgends eine Spur.

Die wenigen Briefe, die Anna von ihrer Freundin Susanne aus Berlin erhalten hatte, enthielten auch keinerlei Anhaltspunkte. Der letzte war offenbar kurz vor Annas Tod geschrieben worden. Susanne schien mit einem neuen Mann und einem neuen Job beschäftigt gewesen zu sein. Keine Frage nach Annas Schwangerschaft. Auf der Rückseite des Umschlages stand eine mit Bleistift geschriebene Nummer. Pia konnte nicht sagen, ob es Annas Handschrift war. Wahrscheinlich Susannes Telefonnummer.

Pia sah kurz den Inhalt des Umschlags durch mit den Fotos des Ortes, an dem man Annas Auto aufgefunden hatte, und den abschließenden Polizeibericht. Aber sie hatte auch nicht erwartet, darin etwas Aufschlussreiches zu finden. Sie klappte den Karton zu und ließ sich ratlos aufs Sofa sinken.

Ihr Neffe musste dreizehn Jahre alt sein.

Er hatte irgendwo gelebt. In Afrika oder in Deutschland. Bei seinem Vater oder anderen Menschen. Nun war er tot.

Warum vermisste ihn niemand? Ein Kind konnte nicht eine ganze Nacht wegbleiben, ohne dass sich jemand sorgte und die Polizei informierte. Er sah nicht verwahrlost aus, jemand musste sich um ihn gekümmert haben.

Sie hatte dreizehn Jahre lang einen Neffen gehabt und nichts davon gewusst. Ich werde nie mehr in meinem Leben Tante sein, dachte sie. Ich bin niemandes Kind mehr, niemandes Schwester. Ich bin allein, und auch mein Kind wird allein sein. Es wird keine Tante und keinen Onkel, keine Cousins und Cousinen haben. Und dieser Gedanke war es schließlich, der die Tränen befreite.

Über eine Stunde lag sie zusammengerollt auf dem Sofa und weinte still vor sich hin. Dann schnäuzte sie sich, stand auf und wusch sich im Bad das Gesicht. Es half niemandem, am allerwenigsten dem Kind in ihrem Bauch, wenn sie sich dem Selbstmitleid hingab.

Nur eines konnte sie noch tun, für Anna und ihr Kind. Sie musste herausfinden, was geschehen war, musste das Rätsel um die Geburt des Jungen lösen, musste die Menschen aufsuchen, mit denen Anna in dem halben Jahr vor ihrem Tod zusammen gewesen war oder die zumindest Kontakt zu ihr gehabt hatten. Es war Zeit, ins Bett zu gehen. Morgen würde sie beginnen, Antworten zu suchen.

Dritter Tag

15

Am Morgen stand lediglich eine kurze Meldung auf der Lokalseite der *Main-Post,* der überregionalen Tageszeitung für Mainfranken: *Schwarzer Junge hing tot im Wehr.*

Die insgesamt zwölf Zeilen schilderten in knappen Worten,was aus der Pressemitteilung der Kriminalpolizei tags zuvor zu entnehmen gewesen war. Der verantwortliche Redakteur hatte mit sich ringen müssen, das Foto des Jungen in die Nachricht einzubauen. Tote Kinder kamen neben Jubiläumsfeiern und Rathausnachrichten beim Frühstück nicht gut bei den Lesern an.

Kilian saß bei einer Tasse Kaffee, Marmelade und Brötchen neben seiner Mutter Katharina, bei der er die letzten Wochen untergekommen war. Sie freute sich darüber, dass ihr Sohn nun endlich wieder bei ihr war. Mehr gezwungen als freiwillig, was sie jedoch nicht wusste, denn Pia war sich über die gemeinsame Zukunft mit Kilian noch immer nicht im Klaren. So lange genoss er die Vorzüge des Lebens bei der Mutter, saubere Wäsche, einen gedeckten Frühstückstisch und eine aufgeräumte Küche. Wenn er abends nach Hause kam, war Katharina bereits vor dem Fernseher eingeschlafen oder im Bett, sodass ihm ein ‹Na, wie war dein Tag›-Gespräch erspart blieb.

Das Zippo schnappte auf und entzündete einen Zigarillo. Nach den zwei Tassen Kaffee und einem Brötchen war das der eigentliche Beginn eines Tages für Kilian.

«Diese Dinger bringen dich noch um», sagte Katharina besorgt und ohne Hoffnung, dass er ihren Rat, mit dem Rauchen aufzuhören, befolgen würde.

«Wieso soll meine Lunge länger leben als ich?», beendete Kilian beiläufig das ewig gleiche Ritual am Morgen. Er blätterte vom Lokalteil weiter zu den Weltnachrichten. *Deutscher Blauhelm-Soldat im Libanon getötet.*

«Habt ihr euch schon für einen Termin entschieden?», fragte Katharina.

«Was meinst du?»

«Für die Trauung.»

Kilian blickte von der Zeitung hoch. «Mama, lass doch erst mal den Kleinen zur Welt kommen. Alles Weitere sehen wir dann. Man muss heute nicht mehr verheiratet sein, um ein Kind zu bekommen.»

«Soll er vielleicht unehelich geboren werden?»

«Wieso nicht?»

Katharina rang nach Worten. «Na, hör mal. Du willst doch dem Kind nicht die Zukunft verbauen.»

«Weil er unehelich zur Welt kommt?»

«Das kriegt er nie wieder los. Bis zu seinem Lebensende wird er ein unehelicher Balg sein. Wenn schon nicht für euch, tut es wenigstens für das Kind.»

Kilian wandte sich wieder den Nachrichten zu. «Mal sehen.»

Er war sich noch nicht mal sicher, ob sein Kind einen Vater haben würde, was sollte da eine Trauung? Wenn

Pia dieser Vorschlag zu Ohren käme, dann konnte er ihre Beziehung vergessen.

Auf einer Seite fiel ihm eine Stellenanzeige der Sibelius-Klinik auf. Sie suchten nach Ärzten mit Erfahrung aus der Tropenmedizin und der plastischen Chirurgie. Der Branche schien es gutzugehen, dachte er. Privatkliniken wie diese zahlten besser und boten Perspektiven.

«Magst du Pia nicht mal am Wochenende zum Essen einladen?», legte Katharina nach, die die Wortkargheit und Verschlossenheit Kilians nicht weiter tolerieren mochte. «Ich habe sie schon Ewigkeiten nicht mehr gesehen.»

«Sie arbeitet viel», wehrte Kilian ab.

«Ein Grund mehr, und das bei ihrem Zustand.»

Nun wurde es kritisch. Kilian schlug die Zeitung zu und erhob sich. «Die Arbeit ruft. Warte nicht auf mich. Es kann spät werden.»

Er war bereits im Flur, als seine Mutter ihm nachrief: «Ich mach auch Schweinebraten und Weckklöß. Die isst du doch so gern.»

Zwei Kilometer Luftlinie entfernt saß Ubunta in einem ihrer zahlreichen Meetings. Sie gehörte in Kenia dem nationalen Kulturbeirat an und vertrat die Interessen der kenianischen Künstler auf dem Festival. Ein Promoter war angereist, um mit ihr über ein in der Schweiz stattfindendes Kulturfestival zu sprechen. Er suchte nach neuen Künstlern, mit neuen Ansätzen. Während er redete, tippte Ubunta unter dem Tisch eine SMS in ihr Handy. *Melde dich.*

Auf derselben Mainseite, nur ein paar Straßenzüge entfernt, betrat Schorsch Heinlein sein Büro. Aus der offenen Tür zu Sabines Büro wehte frischer Kaffeegeruch herüber, und Musik erklang aus dem Radio.

«Morgen», sagte Heinlein im Vorbeigehen. «Gab's schon Anrufe?»

Sabine blieb, wo sie war, und rief ein deutliches Nein herüber. Ihrem Chef keinen guten Morgen zu wünschen war eigentlich überhaupt nicht ihre Art. Selbst wenn sie erst in den Morgenstunden aus der Disco nach Hause zurückgekehrt war, ein Guten Morgen war bisher immer drin gewesen.

Heinlein stellte seine Tasche ab und ging zu ihrer Tür. «Is was?»

Ohne sich umzudrehen, verneinte sie erneut. In einem Glas neben ihr sprudelte ein Aspirin.

«Ist wohl wieder spät geworden gestern Nacht», sagte er schmunzelnd.

«Kann schon sein.»

«Schlechte Laune?»

«Ja, Einstein.»

Die Tür an Heinleins Seite ging auf, Kilian kam herein. «Morgen. Gibt's schon Kaffee?»

«Morgen», antwortete Heinlein. «So früh und schon so gut gelaunt?»

Sabine drängte sich an ihm vorbei. «Morgen, Kilian. Wie geht's?»

In der einen Hand eine Tasse, in der anderen die Kanne, schenkte sie ihm ein. «Schwarz und mit Zucker. So wie du ihn immer trinkst.»

«Danke, du bist ein Schatz.»

Seufzend nahm sie das Kompliment entgegen. «Ich weiß.»

«Und, wie war's letzte Nacht?»

Sie setzte sich auf die Tischkante. «Lang und gut.»

«Man sieht's dir an.»

«Danke, es war auch wieder mal Zeit.»

Die beiden verstanden sich prächtig. Das musste sich auch Heinlein eingestehen. Er setzte sich an seinen Platz, und da er nicht in das Gespräch einbezogen wurde, machte er sich an die Arbeit. «Haben wir schon was zu diesem obskuren Taxifahrer? Also, wenn ihr mich fragt, gibt es den gar nicht. Die Jungs haben sich nur rausgeredet.»

Doch niemand hörte ihm zu. Kilian und Sabine flachsten ungeniert weiter.

«Meine Freundin Angie meint zwar: Einmal schwarz, immer schwarz, aber für mich ist das ein Mythos …»

«Hallo!», funkte Heinlein dazwischen. «Es ist Dienstbeginn. Können wir nun endlich mal?»

«Ich trinke ihn auch immer schwarz. Milch versaut einem einfach den Geschmack», sagte Kilian, ohne auf Heinlein zu achten.

Noch bevor Heinlein seine Bitte lauter wiederholen musste, erschien Polizeidirektor Klein in der Tür. «Gibt es was Neues zu dem toten Jungen?», fragte er knapp.

Kilian wollte schon zur Antwort ansetzen, doch dann entsann er sich seiner neuen Position und hielt den Mund.

Es blieb Heinlein überlassen zu antworten. «Nein, Herr Polizeidirektor. Alles noch auf dem Stand von gestern Abend.»

«Sie hatten doch zwei Verdächtige im Verhör? Was ist daraus geworden?»

«Allem Anschein nach haben sie den Jungen zwar

geschlagen, aber nicht getötet. Ein dritter unbekannter Mann sei aufgetaucht und habe ihn mitgenommen.»

«Und das glauben Sie?»

Heinlein schwieg. Seine Augen suchten Kilians Unterstützung bei der dünnen Ermittlungslage.

«Es ist eine Spur, die wir neben anderen verfolgen», antwortete Kilian. «Ihrer Beschreibung nach handelt es sich um einen Mann mit Springerstiefeln und Glatze.»

Klein wog die Antwort ab. «Gut, tun Sie das. Aber seien Sie vorsichtig. Ich will morgen nichts über prügelnde Skinheads in der Zeitung lesen. Das fehlte uns noch. Wir haben hohen Besuch in der Stadt.»

Kilian nickte. Wie immer sollten sie, ohne Staub aufzuwirbeln, den Tod eines Menschen aufklären. Auch wenn er die Brisanz der Lage einsah, rumorte es in seinem Inneren. Dennoch versprach er es mit einem Kopfnicken.

Klein wandte sich zum Gehen. «Ach ja», hielt er inne, «ich hoffe, Sie haben sich in den Berufsalltag wieder eingewöhnt.»

Kilian schmunzelte. «Wenn es einem so leichtgemacht wird wie von meinen beiden Kollegen, ist das kein Problem.»

Überrascht, aber reaktionsschnell lächelte Heinlein nicht ohne Anstrengung zurück.

«Das freut mich», sagte Klein und machte auf dem Absatz kehrt.

Sabine wartete noch einen Augenblick, bis sie sichergehen konnte, dass Klein tatsächlich auf dem Gang verschwunden war. «Ich hab noch keinen gesehen», sagte sie begeistert zu Kilian, «der den Chef so um den Finger wickelt.»

Kilian lächelte zufrieden, Heinlein raunzte: «Es reicht, Sabine. Ruf bei den Taxiunternehmen an und frag, ob sie schon was haben.»

«Die wollten sich bei uns melden.»

«Ruf an.»

Missmutig machte sich Sabine auf den Weg in ihr Büro, wobei sie halblaut vor sich hin schimpfte.

«Is was?», rief Heinlein ihr hinterher.

«Du solltest mal die Peitsche einpacken und das Zuckerbrot herausholen», meinte Kilian. «So wird das nichts mehr mit euch.»

«Ich kann mich doch nicht von meiner Sekretärin anmaulen lassen. Sie muss lernen zu spuren.»

Kilian ließ es auf sich beruhen. Er trank noch einen Schluck aus der Tasse.

Das Telefon klingelte nebenan, und Sabine nahm ab. Kurz darauf läutete Heinleins Apparat.

Ohne Kommentar übergab sie das Gespräch an ihn.

«Kriminalhauptkommissar Heinlein.» Er hörte eine Weile zu. Dann sagte er: «Wir kommen gleich», und legte auf.

«Wir haben einen, auf den die Beschreibung passt.»

16

Das letzte Mal war Pia hier gewesen, um Anna beim Anlegen des Hochzeitskleides zu helfen und ihr Blumen ins Haar zu stecken. Pia hatte gelästert, und die beiden Schwestern mussten während der Vorbereitungen ständig kichern. Max war damals aus der Wohnung verbannt worden. Pia hatte ihn nie richtig kennenlernen können. Wenn sie zu Besuch aus Afrika kamen, hatte Maximilian meist viel zu tun gehabt, und Anna hatte die Zeit gern alleine mit ihrer Schwester verbracht.

Pia hatte sich entschlossen, ihn gleich am Morgen aufzusuchen. Wenn er noch oder schon in der Klinik war, hatte sie eben Pech, dann konnte sie ihn immer noch anrufen und einen Termin vereinbaren. Die Wohnung war in einer alten Jugendstilvilla in der Rückertstraße. Lavendelfarbene Fassade mit weißem Stuck. Die Haustür stand offen. Pia nahm die Treppe in den dritten Stock und klingelte an der Wohnungstür. Er hatte sich verändert, die Haare kürzer und leicht ergraut, doch es war unverkennbar Max, der vor ihr stand und sie überrascht ansah.

«Hallo, Max. Es ist lange her.» Pia zwang sich zu einem Lächeln. Max fasste sich schnell.

«Pia. Einen Moment glaubte ich … Komm herein.»

Er ließ Pia eintreten. Dann ging er voran ins Wohnzimmer und bat sie, Platz zu nehmen. Er selbst stellte sich ans Fenster.

«Was führt dich zu mir?»

Pia setzte sich.

«Hast du etwas zu trinken für mich?»

«Ich fürchte, ich habe nur Wasser. Ich kann dir auch einen Kaffee machen, aber ohne Milch.»

Pia wählte das Wasser, und als er in der Küche verschwunden war, ließ sie ihren Blick durch den Raum schweifen. Einiges hatte sich verändert. Früher standen weniger Möbel im Raum, dafür umso mehr afrikanische Masken und Bilder an den Wänden. Überall lagen Zeitschriften und Bücher herum, in einem Korb Annas Stricksachen. Jetzt war der Raum voller und wirkte doch leerer. Pia glaubte Claras Geschmack zu erkennen. Sie versuchte eine Spur zu entdecken, dass Anna hier einmal gelebt hatte. Doch der Raum war fast steril. Im Bücherregal standen einige medizinische Fachbücher und dazwischen ein gerahmtes Schwarzweißfoto von Anna. Wie ein vergrößertes Bewerbungsbild mit einem schwarzen diagonalen Streifen über der rechten oberen Ecke. Pia schluckte. Plötzlich war Max wieder zurück, mit zwei Gläsern und einer Wasserflasche in der Hand.

«Arbeitest du noch in der Gerichtsmedizin?»

Pia nickte. «Ich bin schwanger», platzte es aus ihr heraus.

«Wie schön.» Er beugte sich leicht vor. «Ist alles in Ordnung? Kann ich etwas für dich tun?»

Er holte aus der Hemdtasche eine Brille und setzte sie auf, ganz der vertrauenerweckende Arzt.

«Ich will dich etwas über Anna fragen.»

Max schwieg und sah sie abwartend an. Pia entschied sich für den direkten Weg.

«Was weißt du über Annas Schwangerschaft?»

Max sah sie ungerührt an. «Welche Schwangerschaft?»

Sie wusste selbst nicht, was sie erwartet hatte. Einen zerknirschten Blick auf den Boden, ein verlegenes Räuspern oder vielleicht ein erschrockenes Entgleisen der Gesichtszüge. Aber da war keine Regung.

«Anna war schwanger», stellte Pia noch einmal fest.

«Wie kommst du darauf? Wir haben uns Kinder gewünscht, ich wäre der Erste gewesen, dem sie es gesagt hätte. Es wäre eine wunderbare Nachricht gewesen, du glaubst gar nicht, wie wunderbar.»

«Hatte sie eine Affäre?», legte Pia nach.

«Eine Affäre?»

«Ja, eine Affäre, eine Liebschaft, einen One-Night-Stand, ein Verhältnis, nenn es, wie du willst.»

Max fasste nach seiner Brille und setzte sie ab.

«Wir waren doch erst seit einem Jahr verheiratet, und wir waren glücklich. Außerdem war sie gar nicht der Typ für so was. Das weißt du doch.»

Ja, das wusste Pia, und sie wusste auch, dass Anna ein Kind von einem anderen Mann bekommen hatte. Sie sah Maximilian an. Das war der Mann, den ihre Schwester geheiratet hatte. Das war der Mann, den sie nach nur einigen Monaten Ehe betrogen hatte.

«War sie kurz nach eurer Hochzeit seltsam? Hat sie etwas bedrückt?»

Maximilian setzte sich auf.

«Pia, was soll das? Du kommst nach Jahren hierher

und faselst etwas von Schwangerschaft und Affäre. Was bringt dich auf solche Ideen? Ist es deine eigene Schwangerschaft? Bist du sicher, dass alles in Ordnung ist?»

Pia wischte die Fragen mit einer Handbewegung beiseite.

«Wieso bist du dir so sicher? Wenn ich mich recht entsinne, hast du sie doch vor ihrem Tod sehr lange allein gelassen.»

«Mein Vater war krank, ich musste ihn in der Klinik vertreten. Anna hätte mitkommen können. Aber sie wollte lieber im Busch bleiben und irgendwelche Massai-Medizinmänner befragen. Außerdem war noch ein Ehepaar mit im Haus, das sich um alles kümmerte.»

«Trotzdem, denk nach, war da irgendetwas? Du musst mit ihr telefoniert oder irgendeine Art von Kontakt gehabt haben. Es kann doch nicht sein, dass du rein gar nichts davon mitbekommen hast.»

«Das ist eine absurde Idee.» Maximilian stand auf und setzte sich neben sie aufs Sofa.

«Hör zu, ich sage dir jetzt etwas, das nur Anna und ich wussten. Ich kann mit neunzigprozentiger Wahrscheinlichkeit keine Kinder zeugen.» Er schwieg kurz und fuhr dann fort: «Wenn Anna schwanger gewesen wäre, hätten wir drei Tage gefeiert. Und wenn sie von einem anderen Mann schwanger gewesen wäre … Tja, dann hätte sie es mir gesagt, und ich hätte das Kind ziemlich sicher akzeptiert. Und das wusste sie auch.»

Pia sah ihn zweifelnd an. «Wärst du nicht eifersüchtig gewesen?»

«Doch, wahrscheinlich schon. Aber Anna hat sich so sehr Kinder gewünscht, und als sie erfahren hat, dass das mit mir wohl nicht möglich sein wird, war sie sehr unglücklich.»

«Wieso habt ihr nicht an Adoption gedacht?»

Max fuhr sich mit der Hand durchs Haar und seufzte.

«Aus Feigheit. Für Anna wäre es, glaube ich, in Ordnung gewesen. Sie schlug mir vor, zwei afrikanische Waisenkinder zu adoptieren.» Er schüttelte den Kopf. «Aber das ging nicht. Eine Adoption kann man nicht geheim halten. Jeder hätte gewusst, dass es nicht unsere leiblichen Kinder sind. Wäre Anna aber von einem anderen Mann schwanger gewesen, wäre niemand auf die Idee gekommen, dass das Kind nicht von mir ist. Anna und ich wären die Einzigen gewesen, die den Mund hätten halten müssen. Das alles wusste Anna – ob von mir oder einem anderen, sie hätte keinen Grund gehabt, mir die Schwangerschaft zu verheimlichen.»

Wenn sie dich mit einem Weißen betrogen hätte, dachte Pia, aber ein schwarzes Kind hätte euch wohl keiner abgekauft. Doch sie sagte nichts.

«Willst du mir wirklich erzählen, dass deine Frau schwanger war und du es nicht gemerkt hast? Hast du sie in dem halben Jahr nicht einmal besucht? Oder sie gebeten, dich zu besuchen?»

«Sie wollte kommen, hat es aber immer wieder verschoben, wegen irgendwelcher Stammeszeremonien, die sie nicht verpassen wollte. Ich konnte nicht weg. Und jetzt hör endlich auf. Anna war nicht schwanger! Was willst du also von mir? Soll ich mir was ausdenken? Und überhaupt ...» Max stand auf und baute sich vor Pia auf. «Wieso hast *du* nichts davon gewusst? Du bist doch ihre Schwester. Wieso hast du dich nicht um sie gekümmert?»

Damit hatte er Pias wunden Punkt getroffen, und sie spürte, wie die Wut in ihr hochkam. Sie stand ebenfalls auf.

«Anna hatte ein Kind, und du *musst* davon gewusst haben. Warum lügst du?» Pia war laut geworden.

Max setzte seine Brille wieder auf und tat einen Schritt nach hinten. Seine Stimme war nun kühl.

«Ich glaube, es ist besser, du gehst jetzt. Aber ich sage es dir noch einmal. Ich wusste nichts von einer Schwangerschaft, und ich halte es auch für unmöglich. Du kannst jeden fragen, der mit uns Umgang hatte. Du wirst niemanden finden, der diese aus der Luft gegriffene Schwangerschaft bestätigen wird.»

Pia nahm ihre Tasche vom Sofa, ging zur Tür, öffnete sie und drehte sich noch einmal zu ihm um.

«Ich habe jemanden gefunden. Jemanden, der ohne jeden Zweifel beweisen kann, dass Anna nicht nur schwanger war, sondern ein Kind geboren hat.» Max setzte an, etwas zu sagen, doch Pia schnitt ihm mit einer Handbewegung das Wort ab. «Wenn du mir etwas zu sagen hast, dann ruf mich an.» Dann ging sie und ließ die Tür hinter sich offen.

17

Der Würzburger Hauptbahnhof gehört sicherlich zu den unansehnlichsten Bauwerken der Stadt. Architektonisch hat der Klotz der Schalterhalle und der angrenzenden Gebäude den verblassten grau-speckigen Charme eines DDR-Plattenbaus. Ist die Schalterhalle noch schnell mit halbgeschlossenen Augen zu durchqueren, sieht man sich dem Leid der Vernachlässigung auf dem Vorplatz schutzlos ausgeliefert. Aufgesprengter, gewellter Asphalt, ein niedergeworfenes Feld herrenloser Fahrräder, stinkend qualmende Bratwurstbuden und Verkaufsbaracken der sechziger Jahre erinnern den ahnungslosen Besucher eher an den heruntergekommenen Balkan als an eine barocke Residenzstadt, die Kaiser und Könige beherbergt hat. Jede gläubige katholische Seele meidet dieses Terrain nach Einbruch der Dunkelheit. Wer sich dann noch dort aufhält, ist allein aufgrund seiner Präsenz verdächtig.

Kilian und Heinlein hielten auf das Wartehäuschen der Taxifahrer zu, das ebenso heruntergekommen und verraucht war wie die restlichen Baracken um den Bahnhofsplatz.

Roland «Rollo» Gebhardt war leicht im Kreis der sechs Taxikutscher als der gesuchte Mann zu erkennen. Seine Glatze, die grüne Bomberjacke, die Armeehose und die Springerstiefel ließen keine Verwechslung zu. Heinlein trat lieber nicht in das verrauchte Kabuff, sondern rief von der Tür aus den Namen hinein.

Gebhardt blickte auf, Heinlein winkte ihn heraus. Zögernd kam er der Anweisung nach.

«Was gibt's?», fragte er.

«Sie sind Roland Gebhardt?», versicherte sich Heinlein.

«Sehen Sie hier noch einen anderen?»

«Sind Sie es? Ja oder nein.»

«Ja, verdammt.»

Heinlein zeigte ihm seinen Ausweis. «Sie wurden vorgestern Nacht gegen 22.30 Uhr in der Mainaustraße, Höhe Afrika-Festival, gesehen, wie Sie mit einer Gruppe Jugendlicher in Streit gerieten. Unter ihnen soll sich ein weiterer Jugendlicher mit schwarzer Hautfarbe befunden haben.»

Gebhardt steckte sich eine Zigarette an. «Ja, und?»

«Sie geben also zu», fragte Kilian nach, «dass Sie sich zum genannten Zeitpunkt dort aufgehalten haben und mit fünf Jugendlichen russischer Herkunft und einem Schwarzen in Streit gerieten?»

«Ich war dort, ja, aber ich habe mich nicht mit ihnen geprügelt.»

«Sondern?»

«Die Jungs hatten den kleinen Schwarzen in der Mangel. Ich hatte meinen Wagen ein paar Meter entfernt geparkt und es beobachtet. Als die Sache aus dem Ruder lief, bin ich eingeschritten.»

«Beschreiben Sie es genauer.»

«Sie haben ihn herumgeschubst und ihm ein paar Ohrfeigen verpasst. Der Junge fiel hin, hat sich aber nicht gewehrt. Das war der Moment, wo ich ihm helfen musste.»

«Wie haben Sie das angestellt? Die waren schließlich zu fünft», fragte Heinlein.

«Das sind übermütige Kids, die gern ein bisschen auf den Putz hauen, nichts Dramatisches. Es gibt Schlimmeres.»

«Trotzdem, die Jungs haben Sie nicht daran zu hindern versucht?»

«Schauen Sie mich an», sagte Gebhardt und richtete sich auf. «Würden Sie mir widersprechen, wenn Sie mir nachts begegneten?»

Kilian verneinte innerlich sofort, auch Heinlein legte keinen großen Wert auf diese Art von Bekanntschaft.

«Deshalb ist mir als Taxikutscher bisher auch noch nichts Ernsthaftes passiert. Ich habe eine Frau und zwei Kinder, die ich zu versorgen habe. Mein Outfit ist schlicht Selbstverteidigung.»

«Und das funktioniert?», fragte Kilian.

«Hundertpro.»

«Zurück zu vorgestern Nacht», griff Heinlein den Faden wieder auf. «Was haben Sie mit dem Jungen gemacht, nachdem Sie ihn vor der Bande beschützt hatten?»

«Ich brachte ihn zu meinem Wagen. Dort haben wir geschaut, ob er verletzt war.»

«War er es?»

«Nichts Ernsthaftes. Ein paar Schürfwunden und Prellungen.»

«Und dann?»

«Habe ich ihn gefragt, ob ich noch etwas für ihn tun könnte.»

«Konnten Sie?»

«Ja, er bat mich, ihn in die Mergentheimer Straße zu fahren. Ganz offiziell, er hat dafür gezahlt. Mein Taxameter war eingeschaltet, und ich habe die Fahrt auch abgerechnet. Wenn Sie es überprüfen wollen?»

«Später. Wo genau haben Sie ihn abgesetzt?»

«Gleich nach der Brücke, dort, wo sie die neue Wohnanlage gebaut haben, am Main.»

«Haben Sie gesehen, in welches Haus er gegangen ist?»

«Ja, ich wollte sichergehen, dass er wohlbehalten zu Hause ankommt.»

«Wohnt er dort?»

«Hat er gesagt.»

«Sein Name?»

«Keine Ahnung. Ich schätze, der Bengel war was Besseres, so wie er gekleidet war und gesprochen hat.»

«Wie kommen Sie darauf?»

«Wie ich schon sagte, er hat sich überraschend gut und erwachsen ausgedrückt, so, als würde er gute Schulen besuchen. Internate für die Reichen und so.»

Kilian und Heinlein schauten sich einen Moment an. Dieser Gebhardt machte keinen auffälligen Eindruck, seine Antworten kamen schnell und wirkten glaubhaft.

Heinlein zückte eine Visitenkarte. «Kommen Sie bitte im Lauf des Tages bei uns vorbei. Wir müssen Ihre Aussage zu Protokoll nehmen. Schönen Tag noch.»

Im Weggehen rief Gebhardt ihnen nach: «Was ist mit dem Jungen passiert? Ist es der, der heute in der Zeitung steht?»

18

Hierher verirrte sich kein Tourist. Zeitungsdrücker und die Zeugen Jehovas hatten den Dallenberg schon längst von ihren Listen gestrichen, denn weiter als bis zum Tor drangen sie nicht vor. Hierher kam nur, wer hier wohnte, und das waren nicht viele. Die Häuser waren umgeben von parkähnlichen Grundstücken, und in den Garagen standen blankpolierte Luxuskarossen. Auf der Straße musste hier niemand parken. Das Haus der Familie Sibelius war von der Straße aus kaum zu sehen. Dichtes Buschwerk und Bäume versperrten die freie Sicht auf das Anwesen. Pia klingelte am schmiedeeisernen Tor. Während sie wartete, dass sich jemand über die Sprechanlage meldete, bemerkte sie eine kleine Kamera über ihrem Kopf. Sie lächelte freundlich hinein.

«Ja, bitte», ertönte kurz darauf eine Stimme.

«Dr. Pia Rosenthal, ich möchte zu Frau oder Herrn Dr. Sibelius.»

Sie ärgerte sich kurz über sich selbst. Wieso hatte sie sich mit Titel vorgestellt, das tat sie sonst nie. Sie musste noch fast eine volle Minute warten, bis schließlich ein Summen ertönte und die Gittertür aufsprang. Sie ging über den Kiesweg zum Haus. Villa war die passendere Bezeichnung. Gelber Verputz und weiße Verzierungen ließen das riesige Gebäude freundlich und einladend erscheinen. Sie hätte sich wohl besser telefonisch anmelden sollen. Aber wir sind ja fast so etwas wie eine Familie, und ich bin die arme angeheiratete Verwandte, dachte sie gehässig. Kurz bevor sie die Stufen zum Haus erreichte, ging die Tür auf, und ein Dienstmädchen wies einladend ins Innere des Hauses. Pia fiel keine andere Bezeichnung für die junge Frau ein. Sie hatte schon fast vergessen, dass es im Sibelius'schen Haushalt zuging wie zu Zeiten der Feudalherrschaft, schwarzes Kleidchen, weiße Schürze und, Pia schüttelte sich innerlich, ein weißes Häubchen.

«Die gnädige Frau lässt Sie in den Salon bitten.»

Sie ließ Pia eintreten und ging ihr voraus. Über weiche, orientalisch anmutende Teppiche durchquerten sie die Eingangshalle. Vereinzelt standen Kommoden und Tischchen an den Wänden, die aus verschiedenen Epochen stammten, allesamt wertvolle Antiquitäten. An den Wänden hingen die Porträts mehrerer Generationen von Sibelius-Männern. Alles Ärzte, wie sich Pia erinnerte. Dann erreichten sie den Salon.

Clara Sibelius erhob sich aus dem Sessel und ging mit weitausgebreiteten Armen auf Pia zu. Sie war eine zierliche Frau mit zarten Gesichtszügen und einem nahezu weißen Pagenkopf.

«Pia, meine Liebe.» Pia spürte eine leichte Umarmung, so elegant wie distanziert. «Es ist so schön, dich wiederzusehen. Komm, setz dich.»

Sie führte Pia zu einer Sitzgruppe. Der Raum erinnerte Pia an Maximilians Wohnzimmer. Hell und freundlich trotz der klassischen Möbel aus Mahagoni. An den Wänden erkannte Pia Stofftapeten.

«Du siehst gut aus. Kann ich dir etwas anbieten?» Mit leichtem Druck auf den Ellbogen dirigierte sie Pia zum Sofa. Ohne eine Antwort abzuwarten, wandte sie sich zum Dienstmädchen.

«Helene, bringen Sie uns bitte Tee und etwas Gebäck. Ich hoffe doch, du magst Tee, oder ist dir ein Kaffee lieber?»

Pia versicherte, dass Tee ihr durchaus recht sei. Während Clara es sich auf einem Sessel bequem machte, fragte sich Pia, ob das Mädchen den Job bekommen hätte, wäre ihr Name nicht Helene, sondern Mandy oder Brigitte. Aber vielleicht wurden die Mädchen, egal wie sie hießen, einfach alle Helene genannt.

Pia räusperte sich. «Vielen Dank, dass du Zeit für mich hast. Wie geht es dir und Heinrich?»

Smalltalk musste wohl sein. War wahrscheinlich auch klüger, als mit der Tür ins Haus zu fallen, wie sie es bei Maximilian mit wenig Erfolg getan hatte. Es war nicht schwer, denn Clara war eine Meisterin des Smalltalks. Pia musste nur ab und zu eine bestätigende Antwort geben und stellte der Höflichkeit halber zwischendurch eine oberflächliche Frage. Sie sprachen über das Wetter, das herannahende Mozartfest und die neueste Mode. Es war schwer zu sagen, ob Clara sich tatsächlich über ihren überraschenden Besuch freute oder ob Maximilian sie vorgewarnt hatte.

«Maximilian scheint es auch gutzugehen, ich habe ihn heute Morgen besucht.»

«Das hat er mir gar nicht erzählt, dabei haben wir erst vorhin miteinander telefoniert. Er hat sehr viel zu tun.»

Clara erzählte von Maximilian und seiner Arbeit.

Dann erzählte sie von Heinrich und dessen Arbeit. Pia wartete auf eine günstige Gelegenheit, das Gespräch auf die Vergangenheit zu lenken. Doch es gelang ihr nicht.

«Was macht deine Arbeit?», wandte sich Clara einem neuen Thema zu. «Bist du immer noch in der Gerichtsmedizin tätig?»

Pia nickte. «Ich bin schließlich Gerichtsmedizinerin», stellte sie lächelnd fest.

«Natürlich, meine Liebe, nur irgendwie kann ich mir eine hübsche, junge und begabte Frau wie dich einfach nicht bei dieser schrecklichen Arbeit vorstellen. Du weißt, du musst nur ein Wort sagen, und Heinrich nimmt dich mit Kusshand in sein Klinikteam auf.»

«Danke, ich bin ganz zufrieden.»

«Woran arbeitest du gerade?», fragte Clara beiläufig, während sie sich vorbeugte und mit eleganten Handbewegungen Tee nachgoss.

«Nichts Besonderes», log Pia, «reine Routinesachen.»

Clara lächelte verschmitzt. «Keine spektakulären Mordfälle, mit denen du eine alte Dame etwas schockieren könntest? Du weißt ja, dass mein Leben nicht ganz so spannend ist. Außer meinen Wohltätigkeitsveranstaltungen verläuft es hier doch sehr ruhig. Ich habe heute in der Zeitung von diesem ertrunkenen Jungen gelesen. Ist das dein Fall?»

Die Vertiefung des Themas wurde Pia durch das Eintreffen Heinrich Sibelius' erspart.

Er blieb überrascht in der Tür stehen. «Pia, dass du den Weg zu uns gefunden hast!» Er streckte Pia die Hand entgegen, und sie fühlte seinen trockenen, festen Händedruck. Eine ruhige und bestimmte Arzthand, dachte Pia.

Im Gegensatz zum Rest der Familie empfand Pia für Heinrich Sibelius Sympathie. Und sie wusste, dass Anna und Heinrich sich gemocht hatten. Er hatte sich verändert. Seine Haltung war gebeugter, und er war dünner geworden. Um die Augen erkannte Pia dunkle Ringe.

«Ich nehme an, Clara hat dich sofort in ein überaus interessantes Gespräch verwickelt und sicher noch gar nicht gefragt, was dich zu uns führt.»

Na endlich. Pia war hocherfreut über Heinrichs Direktheit. Eine Eigenschaft, die Anna sehr an ihrem Schwiegervater geschätzt hatte. Ob sie sich ihm anvertraut hatte? Es war ein spontaner Gedanke, auf den sie bislang noch nicht gekommen war, doch wenn sie es genau betrachtete, durchaus möglich. Ihr blieb keine Zeit zu antworten. Eine Glocke ertönte, und Heinrich klatschte erfreut in die Hände.

«Das Essen. Du bleibst doch noch etwas und isst mit uns? Es gibt Claras Spezialität. Du musst wissen, einmal in der Woche übernimmt Clara höchstpersönlich das Zepter in der Küche.»

Er schmunzelte und wies einladend zur Tür.

«Heinrich, jetzt bring Pia doch nicht in Verlegenheit. Vielleicht hat sie schon etwas anderes vor.»

Pia entging nicht der eindringliche Blick, den sie dabei ihrem Mann zuwarf. Heinrich reagierte jedoch nicht.

«Ach was, jetzt haben wir sie schon so lange nicht gesehen, und ich hatte ja auch noch gar nichts von ihrem Besuch.»

Clara ließ ihr keine Zeit zu antworten. «Wir dürfen Pia nicht drängen. Schwangere Frauen haben ihren eigenen Zeitplan, vielleicht ist sie müde.»

Sie schien ihren Fehler sofort bemerkt zu haben, denn sie fuhr hastig fort:

«Du bist doch in anderen Umständen? Man sieht es in deinem Gesicht. Zumindest ich als Frau kann es erkennen.»

Also hatte Maximilian doch mit ihr gesprochen, und sie wusste genau, warum Pia hier war. Sie bejahte und nahm die Glückwünsche der beiden entgegen. Heinrich drängte sie, zum Essen zu bleiben, und wenn sie noch etwas erfahren wollte, blieb ihr auch gar nichts anderes übrig. Sie würde sich ihrer besten Tischmanieren erinnern und versuchen, beim Essen auf Anna zu sprechen zu kommen.

Clara wartete, bis das Essen aufgetragen war, und schien entschlossen, keine Gesprächspause entstehen zu lassen.

«Wir vermissen hier alle das afrikanische Essen, aber ich habe noch keine Köchin gefunden, die es richtig zubereiten könnte. Donnerstags ist Heinrich bei seinem Ärztestammtisch, das Personal hat frei, und ich habe die Küche für mich allein. Nach zwei Tagen schmeckt es erst richtig.»

Pia war gespannt. Die Geschmacksknospen ihrer Zunge wurden von einer Mixtur aus fremden und vertrauten Geschmäcken überwältigt. Als sie das exotische Mahl lobte, war es für Clara das Stichwort, sich lang und breit über afrikanische Küche und Essgewohnheiten auszulassen. Im Augenwinkel sah Pia, wie Heinrich leicht die Augen verdrehte.

«Die Afrikaner kochen einfach. Ich versuche, das Ganze etwas zu verfeinern und mit europäischen Gewürzen zu kombinieren. Bei diesem Gericht verwende ich zum Beispiel sehr viel kleingehackten Rucola, den gibt es in Afrika gar nicht.»

«Jetzt lass mal gut sein, Clara», unterbrach schließlich Heinrich den Redefluss. «Pia, dein Besuch hat doch sicher einen Grund. Solltest du dich doch endlich entschlossen haben, das Lager zu wechseln? Von den toten zu den lebenden Patienten?»

Pia verneinte lachend. Aber nun war der richtige Moment gekommen. Wenn sie es jetzt nicht schaffte, die Sprache auf Anna zu bringen, würde Clara endgültig dafür sorgen, dass ihr Besuch ergebnislos verlief.

«Es geht um Anna», sagte sie.

Clara sah nicht von ihrem Teller auf, und Heinrich blickte sie fragend an.

«Ich habe etwas erfahren», Pia stockte, «etwas, das mich vermuten lässt, dass Anna kurz vor ihrem Tod ein Kind bekommen hat.»

Claras Miene blieb ausdruckslos.

«Von wem hast du das erfahren?»

Interessante Wortwahl, dachte Pia. Nicht wie, sondern von wem, und sie erinnerte sich an den letzten Satz, den sie zu Maximilian gesagt hatte.

«Können wir das einfach kurz dahingestellt lassen? Ich selbst hatte bis jetzt keine Ahnung davon. Wir hatten wenig Kontakt zueinander. Aber vielleicht wisst ihr etwas, vielleicht hat sie mit einem von euch darüber gesprochen.»

Sie sah zu Heinrich. Was auch immer ihre Eröffnung bei ihm ausgelöst hatte, war einem freundlichen und interessierten Blick gewichen.

«Warum hätte sie ein Kind vor uns verbergen sollen? Wir hätten uns ein Enkelkind sehr gewünscht. Und auch Maximilian wollte Kinder. Ich kann mir nicht vorstellen, was du herausgefunden zu haben glaubst, aber ich halte es für ausgeschlossen, dass deine Schwester ein Kind hatte, von dem niemand etwas wusste.»

Pia wollte nicht so schnell aufgeben. «Wann habt ihr sie denn das letzte Mal gesehen?»

Heinrich antwortete: «Bei der Hochzeit. Wir hatten zwar einige Monate später einen Besuch geplant. Aber ich bin krank geworden und musste mich einer Operation unterziehen. Maximilian ist gekommen, um die Leitung der Klinik zu übernehmen. Anna ist in Kenia geblieben.»

Clara hatte schweigend zugehört. «Pia, meine Liebe, könnte es sein, dass dich deine Schwangerschaft etwas, wie soll ich sagen, durcheinanderbringt?»

Ihr Ton klang besorgt, und auch ihre Miene zeigte Sympathie und Zuneigung.

«Wir hatten viel Kontakt zueinander. Besonders mit Heinrich hat deine Schwester lange Telefonate geführt. Sie hat sich sehr mit den Methoden der Medizinmänner beschäftigt und mit Heinrich darüber gesprochen. Aber das weißt du ja leider alles nicht. Wir hätten dir gern alles erzählt aus der Zeit vor ihrem Tod, aber du hast auf meine Briefe und Nachrichten nicht reagiert.»

Es war keine Anklage in Claras Ton, und doch fühlte sich Pia in die Defensive gedrängt. Es war, als hätte Clara gesagt: Du hast dich für das Leben deiner Schwester nicht interessiert.

«Wieso glaubst du jemandem dieses Märchen von

Annas Kind? Wir müssten es wissen, und wir wissen von nichts.»

Clara hob ein Glöckchen vom Tisch und klingelte. Sofort erschien das Mädchen und begann den Tisch abzuräumen.

«Willst du uns nicht verraten, wie du auf den Gedanken kommst? Dann könnten wir das Rätsel vielleicht einfacher lösen», sagte Heinrich.

Das konnte Pia nicht. Aber sie konnte ihnen etwas anderes sagen, etwas, das vielleicht zu einer Reaktion führen würde.

Clara stand auf. «Können wir dir noch etwas anbieten?»

Es war keine Einladung, sondern eine eindeutige Aufforderung, den Besuch zu beenden. Pia überging die Frage und beschloss, zum Angriff überzugehen.

«Das Kind war nicht von Maximilian.»

Dieses Mal sah Pia zu Heinrich. Doch sein Gesicht verriet rein gar nichts.

«Ich weiß nicht, was ich davon halten soll. Du erzählst etwas von einem ominösen Kind, und jetzt wirfst du deiner Schwester auch noch Ehebruch vor.»

«Das werfe ich ihr nicht vor. Aber Anna hatte ein Kind. Und es war nicht von Maximilian.»

Darauf folgte Schweigen. Es war Clara, die das Gespräch wieder aufnahm.

«Solange du uns nicht sagst, wie du auf diese Idee kommst, bin ich nicht bereit, meiner Schwiegertochter so etwas zu unterstellen. Maximilian und Anna führten eine gute Ehe, auch wenn sie nur kurz war. Mein Sohn hat sich gut um seine Frau gekümmert. Aber angenommen, du hast recht, dann frag dich doch bitte, welchen Grund wir haben sollten, dir das zu verschweigen.»

Sie war die Gelassenheit in Person, ihre Stimme klang ruhig. Doch da war etwas in ihren Augen, das Pia wie eine Herausforderung vorkam. Sie wusste, dass man sich in Clara nicht täuschen durfte. Sie hatte keine Frau vor sich, deren Welt sich nur um Küche und Kinder drehte. Das hatte ihr Anna immer wieder erklärt.

Claras Frage hatte sie zwar nicht überrascht, aber sie hatte tatsächlich keine Antwort darauf.

«Ich weiß es doch auch nicht», gab sie schließlich zu. «Erbangelegenheiten, ein Skandal, ich kann es mir auch nicht erklären, deshalb suche ich doch nach Antworten.»

«Nun, einige Antworten kann ich dir geben», sagte Clara. «Erbangelegenheiten können es nicht sein, denn wenn das Kind nicht von Maximilian war, dann kann es von uns nichts erben. Und wenn es doch von Maximilian war, dann wäre uns nichts lieber gewesen.»

Nun mischte sich auch Heinrich ein. «Wir mögen zwar konservativ sein, aber wir leben auch nicht hinter dem Mond. Eine Scheidung hätte kaum einen Skandal provoziert. Und ein uneheliches Kind – mein Gott, das bisschen Tratsch hätten wir schon überlebt.»

Wenn das Kind weiß gewesen wäre, dachte Pia, aber sie war noch nicht bereit, diese Information preiszugeben. Sie stand auf und nahm ihre Tasche.

«Es tut mir leid, dass wir dir nicht helfen konnten.» Heinrich legte seine Hand auf Pias Schulter. «Wenn du etwas brauchst, dann melde dich. Vielleicht entschließt du dich doch noch, uns etwas mehr über die Quelle deiner Vermutungen zu verraten.»

Pia gab beiden die Hand, entschuldigte sich für die Störung und wurde von Helene zur Tür geleitet.

Sie hörte die Tür hinter sich zufallen und atmete tief durch.

Kurz bevor sie das Tor erreichte, begannen die beiden Flügel sich zu öffnen, und Pia blieb stehen. Ein schwarzer Jaguar bog in die Auffahrt ein. Der Fahrer hatte Pia bemerkt und hielt an, um sie vorbeizulassen. Als sie am Auto vorbeiging, warf sie einen Blick ins Wageninnere und sah in das lächelnde Gesicht eines schlanken, gutaussehenden Schwarzen. Sie lächelte spontan zurück. Er hob die Hand zum Gruß, und die Limousine fuhr weiter. Etwas an dem Lächeln oder der Handbewegung kam Pia bekannt vor.

19

Eines der letzten Ufergrundstücke entlang des Mains war seit kurzem mit exklusiven Eigentumswohnungen bebaut worden. In der Nähe der Löwenbrücke, entlang der Maria-Theresia-Promenade, hatte man einen unverstellbaren Blick auf das sanfte Dahinfließen des Stroms, vorbeiziehende Schiffe und die letzten Sonnenstrahlen des Tages. Wären nicht die Stechmücken, die im Hochsommer in Ufernähe besonders gern und häufig nach frischem Blut ausschwärmten, dann hätte man es sich richtig bequem auf den ausladenden Terrassen machen können. Mit oder ohne sie war man damit dem Süden einen großen Schritt nähergekommen.

Einen Hausmeister konnten Kilian und Heinlein nicht ausfindig machen, dafür war der Wohnraum zu begrenzt und zu teuer. Rund dreitausend Euro kostete der Quadratmeter. Sie drückten willkürlich auf einen der Klingelknöpfe. Es dauerte, bis geöffnet wurde, schließlich stand ein grauhaariger Mann, Ende sechzig, mit Lesebrille vor ihnen.

«Sie wünschen?»

Sie stellten sich vor und zeigten das Bild. «Haben Sie diesen Jungen schon mal gesehen?», fragte Heinlein.

Der Mann nahm das Bild, rückte die Brille zurecht, hob den Kopf und begutachtete es. «Tut mir leid, nein.»

Die nächsten beiden Versuche verliefen ebenso erfolglos.

Erst als ihnen eine junge Frau, offenbar eine Studentin mit entsprechendem finanziellem Hintergrund, öffnete, konnten ihnen die Angaben des Taxifahrers bestätigt werden.

«Ja», sagte sie, «den habe ich hier schon gesehen. Er spielt öfters unten am Ufer.»

«Wissen Sie, wie er heißt?», fragte Heinlein.

«Sorry, keine Ahnung.»

«In welchem der Apartments wohnt er?», hakte Kilian nach.

«Ich glaube, im Haus B, Wohnung 1.»

Heinlein und Kilian bedankten sich und machten sich auf den Weg.

Weder auf dem Klingelschild noch am Postkasten war ein Name zu erkennen. So auch bei einigen anderen. Kilian betätigte den nächstliegenden Klingelknopf.

«Kennen Sie diesen Jungen?», fragte Heinlein eine überraschte ältere Frau im Bademantel.

Sie nahm das Bild, führte es nahe an die Augen heran und studierte es. «Ja, klar. Das ist der Junge von nebenan.»

«Name?»

«Warten Sie», begann sie zu überlegen, «es fällt mir gleich wieder ein. Ich hab's nicht so mit den Namen, wissen Sie. Gesichter kann ich mir merken, aber Namen sind so 'ne Sache.»

«Kein Problem, wir haben Zeit», log Heinlein.

«Sein Vater ist erst vor kurzem eingezogen, eine Woche später als ich. Er hat mich gebeten, seinem Sohn behilflich zu sein, wenn er etwas braucht. Er ist ja den ganzen Tag unterwegs.»

«Haben Sie den Jungen vorgestern Nacht gesehen?», fragte Heinlein.

Sie dachte nach. «Ja, er kam spät. So gegen … irgendwann nach den Tagesthemen und kurz vor Kerner im ZDF. Ich habe ihn reingelassen, weil er glaubte, die Schlüssel zur Wohnung verloren zu haben.»

«Hatte er?»

«Nein, sie waren ihm im Rucksack ganz nach unten gerutscht. Draußen im Dunkeln konnte er sie nicht finden.»

«Er ging dann in die Wohnung?», fragte Kilian.

«Ja.»

«Blieb er auch dort?»

«Das nehme ich an. Ich habe ihn nicht mehr weggehen sehen. Allerdings bin ich bei Kerner eingeschlafen.»

«Ist Ihnen an ihm irgendetwas aufgefallen? War er verstört oder gar verletzt?»

Wieder Nachdenken. «Seine Hosen waren ziemlich verstaubt, ungewöhnlich für ihn, da er immer sehr gepflegt ist. Er sagte, dass er auf dem Afrika-Festival war. Und da ist es ja immer recht staubig.»

«Wie können wir Kontakt zu seinem Vater aufnehmen?», fragte Kilian.

«Warten Sie, ich habe eine Telefonnummer.»

Sie verschwand in der Wohnung, tauchte aber eine Minute später mit einem Adressbuch wieder auf. Sie notierte die Nummer auf einen Zettel und gab sie Kilian.

«Kann ich Ihre Wohnung mal kurz sehen?», fragte Kilian.

Die Frau blickte erstaunt. «Sicher. Warum?»

«Ich will nur mal sehen, wie die Wohnung raus zum Main verläuft.»

«Kann ich Ihren Ausweis nochmal sehen?»

Er hielt ihn ihr hin.

«Kommen Sie rein.»

Kilian kam der Einladung nach. Ein schmaler Uferstreifen trennte den Neubau vom Fluss. Von hier aus war es ein Leichtes, einen Kinderkörper im Main zu entsorgen.

Kilian bedankte sich und verließ die Wohnung. Er traf auf einen erstaunten Heinlein.

«Jetzt hab ich's», rief sie ihm nach. «Ich brauch einfach nur ein bisschen Zeit, dann geht es schon.»

20

Nach dem Besuch bei Clara und Heinrich machte Pia auf dem Heimweg einen Umweg über die Gerichtsmedizin und holte die Akte mit dem Obduktionsbericht von Annas Sohn. Sie hielt einen kurzen Mittagsschlaf, und als sie aufwachte und die Beine aus dem Bett schwang, war der Name plötzlich da. Jonathan Kingsley, Maximilians Studienkollege. Er war der Mann im Jaguar.

Sie öffnete noch einmal den Karton mit Annas Hinterlassenschaft und untersuchte dieses Mal den Stapel «vor der Hochzeit» etwas genauer. Dabei stieß sie auch auf zwei Bilder, die Anna, Maximilian und Jonathan zeigten. Sie schaltete ihren Computer ein, und während sie wartete, dass er hochfuhr, machte sie sich zwei Schinkenbrote. Dann startete sie die Suchmaschine und stellte fest, dass es zumindest einen Roman- und einen Filmhelden dieses Namens gab, lustigerweise waren beide Figuren Ärzte.

Es dauerte nicht lange, und sie fand den Jonathan Kingsley, den sie suchte. Er arbeitete in der Sibelius-Klinik. Pia staunte mal wieder, was man im Internet so alles herausfinden konnte. Von Jonathan gab es praktischerweise sogar einen Lebenslauf. Aus diesem ging hervor, dass er schon seit Ende seines Studiums in der Klinik arbeitete, somit konnte sie ihn als Vater von Annas Sohn wohl ausschließen. Es wäre auch ein zu großer Zufall, dachte sie, dass der erste Schwarze, den sie mit Anna in Verbindung bringen konnte, der Vater war. Aber dennoch beschloss sie, ihn aufzusuchen. Er war schließlich ein guter Freund von Max und Anna. Sie hatte in der Klinik angerufen und erfahren, dass er Dienst hatte.

Sie fuhr durch das Steinbachtal, der Wald zu ihrer Linken glänzte in frühlingshaftem Grün. Zu ihrer Rechten lagen Villen am Hang. Nachdem sie ungefähr die Mitte des Tals erreicht hatte, sah sie im Augenwinkel das riesige Schild eines Maklerbüros und erkannte im nächsten Moment das Haus, von dem Claudia am Abend zuvor gesprochen hatte. Einem Impuls folgend, hielt sie an. Es war eine wunderschöne Bruchbude. Der riesige Balkon sah aus, als würde er im nächsten Moment abbrechen. Dennoch verströmte das Haus Charme. Pia stellte sich vor, hier zu wohnen, und sie musste sich eingestehen, dass es keine schlechte Vorstellung war. Eingewachsenes Grundstück, viele Räume, eine nur wenig befahrene Straße und ein Blick aufs Grüne. Leider eine Preisklasse zu hoch. Mit leisem Bedauern fuhr sie weiter bis ans Ende des Tals und bog in die Auffahrt der Sibelius-Klinik ein.

Sie hatte kaum Zeit, sich umzusehen, als schon eine adrett gekleidete junge Dame auf sie zukam.

«Ich bin Monika Behrens, kann ich Ihnen weiterhelfen?»

Pia stellte sich kurz vor und fragte nach Dr. Kingsley.

«Ich würde ihn gern privat sprechen», fügte sie noch hinzu.

Die Frau verschwand, und kurze Zeit später kam sie lächelnd zurück.

«Ich bringe Sie zu Dr. Kingsley.»

Sie wies einladend auf den Fahrstuhl.

Dr. Kingsley stand mitten im Raum. Er reichte ihr die Hand, und sie erkannte das Gesicht aus dem Jaguar. Auch er erinnerte sich.

«Ich muss gestehen, dass ich Sie vorhin nicht gleich erkannt habe, doch als Sie mir eben angekündigt wurden, hat es natürlich klick gemacht. Bitte setzen Sie sich, Frau Dr. Rosenthal.»

Er wies zu einer gemütlich wirkenden Sitzgruppe, auf der sie sich niederließen.

«Dr. Kingsley», begann Pia, ohne eine Gesprächspause eintreten zu lassen, «ich bin hier, weil ich so viele Jahre nach dem Tod meiner Schwester etwas erfahren habe, das für mich ein Rätsel ist. Ich will Sie nicht lange aufhalten, würde Ihnen aber gern einige Fragen stellen.»

Kingsley schwieg, nickte aber aufmunternd.

«Sie kannten meine Schwester, Sie waren mit ihr und Maximilian befreundet. Gab es irgendwelche Anzeichen, dass die Ehe der beiden nicht ganz in Ordnung war?»

Pia verdrehte innerlich die Augen. Sie drückte sich wirklich seltsam aus.

«Sie meinen, ob sie Streit hatten oder unglücklich waren?», vergewisserte sich Kingsley.

Pia nickte.

«Sie hatten eben erst geheiratet. Und kurz nach der Hochzeit mussten sie sich schon wieder trennen. Ich weiß nicht, ob sie für Streit genug Zeit hatten.»

«Können Sie sich vorstellen, dass meine Schwester eine Affäre hatte?»

Er lächelte. «Früher oder später vielleicht. Die beiden

waren sehr unterschiedlich. Ihre Schwester, Anna, war begabt, lebenslustig und voller Energie. Maximilian ist eher der ruhige, häusliche Typ.»

«Gab es jemanden, der Anna besonders nahestand?»

«Sie denken natürlich an einen Mann?»

Pia nickte.

Kingsley sah nachdenklich zum Fenster hinaus. Pia konnte nicht erkennen, ob er wirklich versuchte, eine Antwort zu finden.

«Mir fällt niemand ein. Doch ich war damals schon in Deutschland tätig und weiß nicht, mit wem Anna zusammengearbeitet hat oder mit wem sie befreundet war. Aber erlauben Sie mir die Frage, weshalb Sie plötzlich dieses Interesse am Liebesleben Ihrer Schwester entwickeln.»

Spätestens dieser letzte Satz zeigte Pia, dass er sich offenbar köstlich amüsierte.

«Das möchte ich gerne für mich behalten.»

Pia biss die Zähne zusammen und schluckte ihren Ärger hinunter. Kingsley war außer der Familie Sibelius der Einzige, der ihr etwas über Anna sagen konnte.

«Für mich ist alles sehr verwirrend. Ich kann Sie nur bitten, mir weiterzuhelfen, ohne dass ich ganz offen zu Ihnen bin. Wenn Sie eine Affäre meiner Schwester für immerhin möglich halten, können Sie sich vorstellen, was geschehen wäre, wenn sie von einem anderen Mann als Maximilian ein Kind bekommen hätte?»

Er zuckte mit den Schultern. «Sie hätte den Mund halten müssen, und keiner hätte es gemerkt. Und wenn Maximilian es trotzdem rausgefunden hätte, hätte er auch geschwiegen. Ich glaube nicht, dass er seine Eltern über ein uneheliches Kind seiner Frau informiert hätte. Und wenn Anna sich zur Scheidung entschlossen hätte, dann wäre dieser Sturm auch irgendwann vorübergezogen.»

«Und wenn das Kind schwarz gewesen wäre?»

Bei dieser Frage endlich schien Kingsleys Belustigung nachzulassen. Er schwieg.

Pia blieb am Ball. «Wenn Annas Geliebter kein Weißer gewesen wäre, sondern ein Schwarzer?»

Kingsley schwieg zunächst, doch dann sagte er mit leiser Stimme: «Das wäre perfekt gewesen.»

«Wie bitte?» Pia glaubte, sich verhört zu haben.

Er sah auf und blickte ihr direkt in die Augen. Dann beugte er sich vor. «Sie kennen doch Clara und Heinrich. Maximilian will seinen Eltern alles recht machen, ob es ihm selber gefällt oder nicht. Dieses hypothetische Kind, von dem Sie sprechen, wäre etwas gewesen, das nicht einmal Clara hätte gesellschaftsfähig reden können. Ihre Schwiegertochter hätte für alle offensichtlich ein uneheliches Kind gehabt, und dazu noch von einem Schwarzen.»

Pia dachte an Heinrichs Worte über den kleinen Skandal. Hatte Jonathan mit seiner Behauptung recht?

Er fuhr fort: «Das sind alles Vermutungen und Hypothesen. Meines Wissens hatte Anna keine Affäre und somit auch kein Kind, weder schwarz noch weiß.» Bei diesen Worten lächelte er wieder. «Ich fürchte, ich kann Ihnen nicht wirklich weiterhelfen.»

Pia atmete tief durch. Es konnte einfach nicht sein, dass die ganze Familie nichts von dem Kind wusste. Anna konnte doch nicht eine Schwangerschaft und eine Geburt hinter sich gebracht haben, ohne dass es jemand bemerkt hätte. Und wenn doch, was hatte sie mit dem Kind gemacht? Wo war der Junge bisher gewesen, wer hatte sich seiner angenommen? Warum hatte sich nach Annas Tod nicht jemand an die Familie gewandt und das Kind zur Sprache gebracht?

Aber sie schwiegen alle. Und auch Jonathan Kingsley war nicht besonders mitteilsam.

«Wo hat meine Schwester sich aufgehalten, nachdem Maximilian nach Deutschland zurückgekehrt war?»

«In ihrem Haus, nehme ich an.»

«Haben Sie sie in dieser Zeit kein einziges Mal gesehen?»

Er zögerte und verneinte schließlich. Bevor Pia etwas sagen konnte, sprach Jonathan Kingsley weiter.

«Wie kommt es, dass Sie nichts darüber wissen, Sie sind doch Annas Schwester?»

Pia entschied sich für die Wahrheit. «Weil wir uns auf der Hochzeit gestritten hatten. Danach ist der Kontakt abgebrochen.»

«Wie schade», sagte Kingsley und lächelte süffisant. Pia war sich sicher, dass er die Antwort gekannt hatte. Sie fühlte sich hilflos, und das ärgerte sie.

«Hatte meine Schwester in Afrika Freunde?»

«Keine, von denen ich weiß. Außer natürlich bei den Massai.»

«Wo waren Sie, als Sie von Annas Tod erfuhren?»

Jonathan lächelte. «Wollen Sie mich verhören?»

«Ich versuche, die Wahrheit herauszufinden. Ich will wissen, warum ich dreizehn Jahre lang Annas Kind nicht kennenlernen durfte. Ich könnte verstehen, dass die Familie Sibelius Gründe hat, mich zu belügen. Bei Ihnen verstehe ich es nicht.»

Jonathans Miene war verschlossen, als er aufstand. «Es tut mir leid, dass ich Ihnen nicht weiterhelfen konnte. Vielleicht sollten Sie die Quelle Ihrer Informationen noch einmal aufsuchen und in Frage stellen, bevor Sie mich der Lüge bezichtigen. Kann ich sonst noch etwas für Sie tun?»

Pia fühlte ihre Ohnmacht. Es gab nichts, womit sie diese Leute zwingen konnte, die Wahrheit zu sagen. Sie hätte Dr. Kingsley gern an den Schultern gepackt und geschüttelt. Sie stand auf und wollte eine Visitenkarte für Kingsley aus ihrer Tasche holen. Dabei sah sie die Akte mit dem Obduktionsbericht. Sie öffnete die Mappe und holte ein Foto heraus, auf dem ihr toter Neffe mit geschlossenen Augen und noch bekleidet auf dem kalten Stahl des Obduktionstisches lag. Sie war sich bewusst, dass sie eine Grenze überschritt. Es war unmoralisch und unprofessionell. Es war jedoch die einzige Möglichkeit, das arrogante Schweigen dieser Menschen zu durchbrechen. Sie legte das Bild auf den Tisch.

«Das ist der Grund meines plötzlichen Interesses. Und das ist auch meine Quelle. Wenn Sie mir noch etwas zu sagen haben, rufen Sie mich an.»

Sie sah, wie Jonathans Augen sich weiteten.

Ja, mein Lieber, dachte sie. So sieht der Tod aus. Sie drehte sich um und ging zur Tür. Sie hatte den Eindruck, er wollte noch etwas sagen, doch sie hatte gerade jetzt keine Lust, sich noch eine süffisante Bemerkung anzuhören. Sie ließ die Tür offen und verließ über das Treppenhaus die stille und gediegene Pracht der Sibelius-Klinik.

21

Maximilian Sibelius verließ erschöpft den OP. Es war nur ein Routineeingriff gewesen. Doch immer mehr gewann seine Unsicherheit die Oberhand, wenn er eine Operation leitete. Eine latente Übelkeit war zu seinem ständigen Begleiter geworden, sobald er einen OP betrat und Blut oder offenes Fleisch sah.

«Liegt heute noch etwas an?», fragte er seine Assistentin, während sie gemeinsam zu den Umkleideräumen gingen. Sie verneinte, und er atmete erleichtert auf. Zum Glück einer dieser kurzen Tage.

Der Besuch seiner Schwägerin am Morgen hatte auch nicht dazu beigetragen, den Tag schöner zu machen. Pia hatte ihn überrumpelt. Im ersten Moment hatte er geglaubt, Anna stünde vor ihm, mit kürzeren Haaren und einigen Fältchen im Gesicht. Aber es war nur eine kurze Schrecksekunde gewesen. Jedoch genug Zeit, um nach so langer Zeit wieder sein Gewissen zu wecken. Er war gut im Verdrängen. Aber was sollte er tun? Er wollte es allen recht machen, und das ging manchmal einfach nicht.

Bevor er sein Büro betrat, hielt ihn Frau Kleinhenz auf.

«Sie haben heute noch zwei Termine. Der nigerianische Botschafter möchte gern über seine Tochter mit

Ihnen sprechen. Ich habe ihm gesagt, Sie rufen bis spätestens 16 Uhr zurück. Und Frau Mbelele bittet um eine Visite. Ich habe ihr gesagt, Sie seien im OP beschäftigt und würden vorbeikommen, sobald es Ihre Zeit erlaubt.»

«Danke, Frau Kleinhenz.»

Er bat sie noch um einen Kaffee und betrat dann sein Büro. Hier setzte er sich in den großen bequemen Bürosessel und legte die Füße auf den Tisch. Aus der obersten Schublade holte er die neueste Ausgabe von *«Der Blinker»* und seufzte zufrieden. Im Herbst würde er endlich zwei Wochen freinehmen und mit Marlen zu einem Angelurlaub nach Kanada reisen.

Frau Kleinhenz klopfte leise und stellte ihm den Kaffee auf den Tisch, eine volle Thermoskanne mit einer großen Henkeltasse und einem kleinen Krug Milch. So wie immer. Nachdem sie gegangen war, goss er ein, trank einige Schlucke und vertiefte sich in einen Artikel über Lachsfang. Nach einigen Minuten glitt die Zeitschrift auf seinen Schoß, und er war eingedöst.

Ein lautes Klopfen weckte ihn. Er murmelte etwas, die Tür ging auf, und sein Besuch betrat den Raum. Max schwang die Füße vom Tisch und stand ruckartig auf.

«Mutter.»

«Grüß Gott, Maximilian.» Seine Mutter wandte sich um.

«Bringen Sie mir bitte auch eine Tasse, Irene.»

Clara Sibelius pflegte gegenüber Angestellten stets nur den Vornamen zu verwenden. Keine der Damen beschwerte sich darüber. Clara setzte sich ohne Aufforderung gegenüber Maximilian an den Tisch.

«Entschuldige den unangemeldeten Besuch, doch wir müssen etwas Wichtiges besprechen.»

Maximilian setzte sich wieder und sah zu, wie Irene Kleinhenz Kaffee für Clara einschenkte, sich entfernte und leise die Tür hinter sich schloss.

Er sah seine Mutter erwartungsvoll an. Clara nahm ihre Tasse zur Hand und trank bedächtig einen Schluck. Den kleinen Finger spreizte sie dabei ab. Maximilian fiel das wie immer auf. Als Kind hatte er sie danach gefragt. Doch geantwortet hatte sein Großvater:

«Weil deine Mutter eine Dame ist.»

«Und die anderen Frauen sind keine Damen?»

Sein Großvater hatte gelacht und ihn auf den Schoß genommen.

«Nicht alle. Aber einige schon. Wenn du groß bist, solltest du unbedingt eine Frau heiraten, die das auch macht. Du bist ein Sibelius. Du wirst Medizin studieren und ein guter Arzt werden, wie wir alle.»

«So wie mein Papa?»

Diese Frage hatte ein kurzes betretenes Schweigen verursacht. Großvater hatte etwas in seinen Bart hineingemurmelt und seiner Mutter die Antwort überlassen.

«Ja, so wie dein Papa.»

Anna hatte nie den kleinen Finger gespreizt.

«Ich will, dass du gefasst bist, wenn er es dir sagt.» Claras Stimme drang wieder in sein Bewusstsein.

«Entschuldige, kannst du bitte noch einmal von vorn beginnen. Ich bin wohl noch nicht ganz wach.»

Clara sah ihn vorwurfsvoll an. «Ich habe dir gerade mitgeteilt, dass dein Vater krank ist, sehr krank. Krebs im Endstadium.»

Maximilian sah sie ungläubig an.

«Wie bitte? Wieso im Endstadium? Hat er denn nichts bemerkt? Das kann doch nicht sein.»

Clara wiederholte noch einmal, was sie schon zweimal gesagt hatte.

«Es ist, wie ich gesagt habe. Wir können nichts mehr für ihn tun. Es ist nur noch eine Frage der Zeit. Du weißt selbst, wie schnell das gehen kann. Du bist Arzt.»

Ja, er war Arzt. Maximilian drehte sich zum Fenster. Er wollte nicht, dass seine Mutter ihm ins Gesicht blickte und jede Regung registrierte, während ihm die Gedanken durch den Kopf schossen. Sein Vater würde sterben, und er müsste die Klinik übernehmen. Er könnte nicht mit Marlen nach Kanada fliegen. Die Klinik war für ihn ohne Heinrich nicht vorstellbar. Wenn Jonathan ging, würde sowieso alles den Bach runtergehen. Und wenn er bliebe, würde er ihm endgültig das Leben zur Hölle machen. Er spürte nichts, wartete, dass sich Trauer oder Schmerz einstellte. Aber da kam nichts, nur die Sorge, dass ihn Heinrichs Tod noch enger an diese verfluchte Klinik binden würde.

«Und warum sagt er mir das nicht selbst?»

«Das wird er schon. Er weiß auch gar nicht, dass ich bei dir bin. Ich möchte nur, dass du vorbereitet bist.»

«Hast du Angst, ich würde in Tränen ausbrechen?»

«Ich habe Angst, dass du einem Impuls folgst und nein sagst.»

Sie wussten beide, wovon die Rede war.

«Glaubst du nicht, je mehr Bedenkzeit ich habe, desto größer die Gefahr, dass ich seine Nachfolge ablehne?»

Clara lächelte. «Nein, mein Junge. Du warst schon

immer vernünftig. Du weißt, dass es keinen anderen Weg gibt. Du bist der einzige Sibelius, auf dich kommt es nun an. Und vielleicht findest du ja doch noch eine Frau, und ihr bekommt Kinder. Männer können sich auch in späteren Jahren noch diesen Wunsch erfüllen.»

Maximilian lachte trocken und legte das Gesicht in die Hände. «Ich werde darüber nachdenken. Aber vielleicht tut Vater mir den Gefallen und entscheidet sich für Jonathan.»

«Da gibt es nichts zu entscheiden, du bist sein Sohn», sagte Clara und stand auf. «Pia war heute auch bei mir. Gibt es etwas, das du mir sagen möchtest?»

Es war eine vertraute Frage aus der Kindheit. Clara hatte nie gesagt «Du lügst» oder «Du verschweigst mir etwas». Immer hatte sie sich verständnisvoll neben ihn gesetzt, ihn gezwungen, ihr in die Augen zu schauen, und dann gefragt: «Gibt es etwas, das du mir sagen möchtest?»

Maximilian stand ebenfalls auf.

«Mutter, danke, dass du vorbeigekommen bist.»

Sie ging zur Tür, und als sie schon die Klinke in der Hand hatte, rief er ihr nach: «Es tut mir leid.» Als er ihre hochgezogenen Augenbrauen sah, fügte er hinzu: «Vaters Krankheit. Es ist sicher nicht leicht für dich.»

Sie nickte, und dann war sie draußen.

22

Heinlein lehnte an der Tür zum Obduktionsraum. Die Finger seiner linken Hand tippten nervös gegen den Türrahmen. «Wo steckt Pia?»

Karl zuckte mit den Achseln. «Sie hat sich heute freigenommen.»

«Rufst du sie nochmal an?», bat er Kilian, der gelassen die beiden mutmaßlichen Angehörigen des toten Jungen erwartete. Ein Mann wollte mit seiner Mutter die Leiche in Augenschein nehmen.

Kilian wählte Pias Nummer und wartete. Nachdem der Rufton mehrmals ertönt war, schaltete sich die Mailbox ein. «Sie geht nicht ran.»

«Dann müssen wir eben ohne sie die Identifizierung durchführen. Karl, du bist mit allem vertraut?»

Karl nickte.

Eine Stimme aus dem Treppenhaus rief: «Schorsch, deine Zeugen sind jetzt da.»

Heinlein stieg die Stufen hinauf, um sie abzuholen. Wenig später kam er mit ihnen zurück und stellte ihnen Kilian und Karl vor.

«Mein Name ist Jonathan Kingsley», sagte der Mann, «und das hier ist meine Mutter.»

Kilian erkannte in ihr die Frau vom Afrika-Festival, Ubunta, die Voodoopriesterin. Er überging seine Überraschung mit einem freundlichen Lächeln, sie unterließ jedes Anzeichen des Wiedererkennens.

Karl führte sie in den Kühlraum und schaltete die Neonbeleuchtung an. Das flackernde Licht fiel auf zwei Bahren, die in der Ecke des gekachelten Raums Klarheit bringen sollten. Trotz der weißen Tücher war schnell ersichtlich, welches der rund zwei Meter langen Gefährte Karl auswählen würde.

Er schob die Bahre direkt unter eine Neonröhre. Heinlein bat Kingsley und Ubunta auf die eine Seite, er und Kilian gingen zu Karl auf die andere.

«Ich bitte Sie nun zu bezeugen», begann Heinlein die immer gleiche Frage in dieser Situation, «ob dies Ihr Sohn beziehungsweise Ihr Enkel ist.»

Heinlein war irritiert. Er hatte erwartet, dass sich Jonathan Kingsley als der mutmaßliche Vater auf Kopfhöhe der Leiche begeben würde – das war die natürliche und übliche Reaktion. Doch stattdessen stand dort diese seltsame Frau – die Haare unter einem verschlungenen Kopftuch versteckt, schwarze Haut, die in der grellen Beleuchtung noch dunkler wirkte, und ein langes schwarzes Kleid, das sich an ihre Brüste schmiegte. War es die Kälte oder die furchtbare Bestätigung ihrer Ahnung, die sie zittern ließ? Heinlein und Kilian registrierten es aufmerksam.

Im Vergleich dazu zeigte Kingsley keine Anzeichen des Unwohlseins. Er wirkte ruhig und gefasst.

«Wenn Sie nun so weit sind?», fragte Heinlein.

Ubunta nickte, und Karl streifte das weiße Leichentuch bis auf die Brust zurück.

Kilian und Heinlein konzentrierten sich auf die Reaktion der beiden, als sie ins Gesicht des Toten blickten. Sie hätte unterschiedlicher nicht ausfallen können. Während Ubunta der Schreck in alle Glieder fuhr, blieb Kingsley scheinbar unbeeindruckt. Ungerührt fixierte sein Blick die Leiche auf der Bahre. Aber auch das Ausbleiben einer Reaktion sagte etwas aus, obwohl es in diesem Augenblick beide Kommissare überraschte.

«Ist das Ihr Sohn?», fragte Heinlein Kingsley.

Er nickte.

«Sie müssen mir eine für alle in diesem Raum verständliche Antwort geben», sagte Heinlein.

«Ja, das ist mein Sohn», antwortete Kingsley emotionslos.

«Wie heißt er?»

«Henry Jonathan Kingsley.»

Kilian wandte sich an Ubunta: «Ist das Ihr Enkel?»

Zu ihrem noch immer andauernden Zittern hatten sich Tränen gesellt. Sie liefen ihr über die Wangen.

Ubunta schluchzte und nickte.

«Sie müssen das laut und verständlich zum Ausdruck bringen», wiederholte Heinlein die unangenehme Vorschrift.

«Ja.»

Heinlein gab Karl das Zeichen. Er schlug das Leichentuch wieder über Henrys Gesicht.

«Ich stelle hiermit fest», führte Heinlein den Vorgang zu Ende, «dass die Leiche als Henry Jonathan Kingsley von seinem Vater und seiner Großmutter identifiziert worden ist. Bitte kommen Sie nun mit hoch in den Besprechungsraum, damit wir Ihre Personalien feststellen können.»

«Wir benötigen noch eine DNA-Probe von Ihnen», unterbrach Karl und meinte Kingsley, «damit wir sichergehen können. Es ist Vorschrift.»

«Was ist mit Henry passiert?», fragte Ubunta tränenerstickt.

«Sie heißen Mary Dari Kingsley?», las Heinlein aus ihrem Ausweis vor.

Sie nickte.

Im Besprechungsraum des Gerichtsmedizinischen Instituts, der ringsum mit Büchern und Ordnern bearbeiteter Fälle bis an die Decke gefüllt war, saßen sie um einen Tisch. Jonathan Kingsley saß neben seiner Mutter Ubunta, die sich inzwischen gefasst hatte, Kilian und Heinlein auf der anderen Tischseite.

Jonathan Kingsley verströmte noch immer eine rätselhafte Unberührtheit. Der Tod und der Anblick seines Sohnes Henry schienen ihm äußerlich nichts anzuhaben. Kilian beobachtete ihn. Er kämpfte mit dem Gedanken, wie er reagieren würde, wenn er ins Angesicht seines Sohnes blicken müsste, der ermordet im kahlen und kalten Abstellraum einer Gerichtsmedizin lag. Ein Schauer lief ihm über den Rücken.

Und noch ein Detail fiel ihm auf. Jonathan Kingsley ließ wenig äußere Gemeinsamkeiten mit seiner Mutter Ubunta erkennen. Selbst in der grellen Beleuchtung war sie eine Schwarzafrikanerin, während er weniger dunkel wirkte. Sein Gesicht war schmaler, ebenso die Nase, die Lippen dünner.

«Wieso nennen Sie sich Ubunta, wenn Ihr richtiger Name Kingsley ist?», fragte Heinlein.

Statt ihrer antwortete Jonathan, kühl und bestimmt, mit einem Hauch von Arroganz. «Ihr Stamm hat ihr den Namen verliehen.»

«Weshalb?»

«Sie ist ihr geistlicher Führer.»

«Was soll denn das sein?»

«Ihre Priesterin, eine Schamanin.»

Heinlein folgerte: «Deshalb bekommt man einen neuen Namen?»

Kingsley blieb seiner Linie treu – kühl, emotionslos, arrogant. «Sicher, genauso wie Ihr Papst auch nicht mehr Ratzinger heißt, sondern Benedikt.»

Heinlein widersprach. «Da herrscht ja wohl ein großer Unterschied.»

Der Mann ging nicht darauf ein, ein Lächeln, das Mitleid ahnen ließ, machte sich in seinem Gesicht breit.

«Was bedeutet Ubunta?», wollte Kilian wissen.

«Es steht für eine afrikanische Grundhaltung, eine Philosophie, die sich auf wechselseitigen Respekt und Anerkennung, Achtung der Menschenwürde und das Bestreben nach einer harmonischen und friedlichen Gesellschaft stützt. Der deutsche Begriff Humanität kommt dem am nächsten. Ubuntu oder Ubunta ist als erstrebenswertes Ziel in der Verfassung verschiedener afrikanischer Staaten verankert worden.»

Jonathan blickte abwartend auf Heinlein, ob er dem noch etwas hinzuzufügen hatte. Doch der ging nicht darauf ein. Stattdessen studierte er Kingsleys Pass.

«Jonathan Babafemi Kingsley», führte er aus. «Staatsbürger der Republik von Kenia, wohnhaft in der Leistenstraße …»

«Ich hatte noch keine Möglichkeit, mich umzumelden», kam Kingsley dem Vorwurf eines Gesetzesverstoßes zuvor. «Ich wohne erst seit rund vier Wochen in der Mergentheimer.»

Heinlein blätterte im Pass weiter. «Sie verfügen über eine permanente Arbeits- und Aufenthaltserlaubnis?»

«Ich arbeite seit rund zehn Jahren an der Sibelius-Klinik. Die dürfte auch Ihnen ein Begriff sein.»

«Sollte sie das?»

«Wir sind weltweit bekannt im Bereich der plastischen Chirurgie. Sollten Sie sich also entschließen, an Ihrem Äußeren etwas ändern zu wollen, rufen Sie mich an. Ich bin Spezialist, auch für schwierige Fälle.»

Wieder ein Lächeln.

Kilian schritt ein, bevor ein offener Schlagabtausch zwischen den beiden ausbrach. «Berichten Sie uns, wann Sie Henry das letzte Mal gesehen haben.»

«Am Eröffnungsabend des Afrika-Festivals», antwortete Ubunta überraschend. «Er wollte die Nacht bei seinem Vater verbringen und nicht wie abgesprochen bei mir.»

«Sie wohnen wo?», fragte Heinlein.

«Im Maritim.»

«Nobel.»

«Wieso brach er die Absprache?», fragte Kilian.

«Er wollte nichts mit dem Festival zu tun haben. Wir hatten einen kleinen Streit deswegen. In seinen Augen hat das Festival nichts mit Afrika zu tun.»

«Sondern?»

«Er hatte schon immer einen sehr eigenwilligen Geist. Für ihn zeigt das Festival nicht das wahre Gesicht Afrikas.

Daher hat er sich in der ganzen Zeit, in der wir nun in Würzburg sind, mehr in der Stadt und bei seinem Vater aufgehalten. Es war mir auch nicht ganz unrecht, da ich sehr beschäftigt bin.»

«Das heißt, er hat die Nächte zuvor in der Mergentheimer Straße, in der Wohnung seines Vaters, verbracht und nicht bei Ihnen im Maritim?»

Ubunta nickte.

«Wann hat er sich an diesem Abend von Ihnen verabschiedet?», fragte Kilian.

«Gegen zwanzig Uhr. Er wollte ein Taxi nehmen, und da der nächste Stand nicht weit entfernt ist, habe ich mir keine Gedanken gemacht.»

Sie schluchzte, und ihr Sohn nahm sie in den Arm.

Heinlein fragte Kingsley: «Kam er in dieser Nacht jemals bei Ihnen an?»

«Ja, sein Rucksack lag im Wohnzimmer, und im Badezimmer hatte er sich offenbar frischgemacht.»

«Offenbar?»

«Ja, ich war ja nicht zu Hause. Ich hatte an diesem Abend noch ein Patientengespräch in der Klinik.»

«Von dem Sie wann zurückgekehrt sind?»

«Sie meinen, nach Hause?»

Nicken.

«Kurz vor zwölf.»

«Und Sie haben sich keine Gedanken gemacht, dass Ihr Sohn nicht im Bett lag?», wollte Heinlein wissen.

«Ich hatte überhaupt keine Ahnung. Er sollte ja die Nacht bei seiner Großmutter verbringen.»

«Und der Rucksack, der im Wohnzimmer lag, hat Sie nicht stutzig gemacht?»

«Henry war ein sehr aufgeweckter Junge. Er kam und ging, wie es ihm beliebte, ohne dass wir uns Sorgen um ihn machen mussten.»

«Kann jemand bestätigen, dass Sie erst gegen Mitternacht in Ihre Wohnung zurückgekehrt sind?»

«Nein.»

«Wie lange hat Ihr Patientengespräch gedauert?»

«Bis elf Uhr, glaube ich.»

«Was haben Sie in der Zwischenzeit gemacht?»

«Ich habe einen Absacker genommen.»

«Wo?»

«Oben auf dem Nikolaushof, in der Bar.»

«Zeugen?»

«Bestimmt. Ich kenne aber die Namen nicht.»

Heinlein wandte sich an Ubunta. «Wo haben Sie sich zwischen zehn Uhr und Mitternacht aufgehalten?»

«Ich hatte ein Kundengespräch.»

«Mit wem und wo?»

«Mit den Geschäftsführern von Biomed. Wir aßen in der Fischbärbel.»

«Wie lange?»

«Bis kurz vor elf Uhr, glaube ich.»

«Und dann?»

«Ging ich zurück ins Hotel und habe mich schlafen gelegt.»

«Zeugen?»

«Der Rezeptionist hat mich kommen sehen.»

Eine Pause trat ein. Die Aussagen gingen Heinlein und Kilian durch den Kopf. Auch wenn es ungewöhnlich war, einem Dreizehnjährigen derart viel Freiraum zu lassen, gab es keinen Anhaltspunkt, dass an ihren Aussagen etwas nicht stimmte. Außer dass sie für den Todeszeitpunkt kein überprüfbares Alibi besaßen.

«Am nächsten Morgen», fragte Kilian, «haben Sie sich keine Sorgen um Henry gemacht?»

«Ich wähnte ihn ja bei meiner Mutter», antwortete Kingsley.

«Und ich dachte, dass er mit seinem Vater unterwegs war», sagte Ubunta.

«Sie können sich also nicht erklären, wo er in jener Nacht noch hinging?»

Kopfschütteln.

«Hatte er sonst noch Bekannte oder Freunde in der Stadt?»

«Nicht dass ich davon wüsste», antwortete Kingsley.

Tränen schossen in Ubuntas Augen. «Er war zum ersten Mal in der Stadt. Er kannte niemanden.»

Jonathan Kingsley nahm sie in den Arm. «Ich denke, das reicht jetzt», sagte er. «Sie sehen ja, in welchem Zustand sich meine Mutter befindet. Wenn Sie noch Fragen haben ... Sie wissen, wo Sie uns erreichen.»

Sie standen auf.

Heinlein ließ sie ziehen.

Doch Kilian hatte noch eine Frage: «Ich habe Sie vorhin am Telefon nicht ganz verstanden. Wer hat Ihnen gesagt, dass wir einen unbekannten toten Jungen in der Gerichtsmedizin haben?»

«Es stand doch in der Zeitung», ging Heinlein dazwischen.

Kingsley drehte sich um. «Dr. Rosenthal hat es mir gesagt.»

23

Pia war nach ihrem Besuch bei Jonathan Kingsley im Supermarkt vorbeigefahren. Hatte den Einkaufswagen mit Unmengen von Obst, Gemüse, Joghurts und Süßigkeiten vollgeladen. Sie wusste, dass sie nur einen Bruchteil dessen essen würde, was sie aus den Regalen holte. Zu Hause hatte sie alles ausgepackt und an seinen Platz gestellt. Zuerst wollte sie in der Badewanne entspannen, nachdenken und sich danach etwas zu essen machen. Doch dann kam der Anruf. Es war Sabine.

«Pia, du sollst sofort aufs Revier kommen. Befehl von Schorsch.»

«Was will er denn? Gibt es etwas Neues?»

Sabine wusste es nicht. Sie hatte nur den Auftrag, Pia aufs Revier zu beordern.

«Er hat gesagt, sofort. Und er ist stinksauer», fügte sie noch hinzu.

Pia zog sich an, nahm ihre Handtasche und verließ die Wohnung. Mit dem Auto war es um diese Zeit ein Katzensprung in die Weißenburgstraße. Sie fuhr am Main entlang und fragte sich, was Schorsch wollte. Sie befürchtete, dass es mit Annas Sohn zu tun hatte. Aber das konnte er nicht herausgefunden haben. Dennoch meldete sich ihr schlechtes Gewissen. Sie hätte es ihnen sagen müssen. Sie zuckte mit den Schultern. Gestern Abend hatte sie es schließlich versucht, doch Kilian und Heinlein waren zu beschäftigt gewesen. Sie stellte den Wagen ab und betrat das Polizeigebäude. Weder Kilian noch Heinlein waren in ihrem Büro. Sie wartete auf dem Gang und sah schließlich Sabine.

«Ich habe jetzt Feierabend. Aber bevor ich gehe, soll ich dich in Verhörraum zwei bringen. Was hast du ausgefressen?», fragte Sabine und musterte Pia neugierig. «So aufgebracht habe ich Schorsch noch nie erlebt.»

Sie folgte Sabine, und in ihrem Magen machte sich ein mulmiges Gefühl breit. Sie betraten den Verhörraum. Kilian stand ans Fensterbrett gelehnt, Heinlein saß am Tisch.

«Danke, Sabine. Pia, bitte setz dich.»

Er klang nicht aufgebracht, eher ernst, fand Pia. Wortlos ließ sie sich ihm gegenüber auf einem Stuhl nieder. Heinlein wartete, bis Sabine die Tür hinter sich geschlossen hatte, dann lehnte er sich vor.

«Kannst du mir sagen, was du dir dabei gedacht hast?»

«Was meinst du?»

Pia schaffte es nicht, ihm dabei in die Augen zu sehen. Deshalb bemerkte sie auch nicht, wie langsam vom Hals herauf die Röte in Heinleins Gesicht aufstieg. Sie war von der Lautstärke seiner Stimme überrascht und zuckte zusammen, als er sie anherrschte.

«Tu nicht so blöd. Du weißt die ganze Zeit, wer unser Mordopfer ist, und lässt uns im Dunkeln tappen.»

«Ich wollte doch ...»

Er ließ sie nicht ausreden.

«Du wolltest. Du hast aber nicht. Du läufst durch die

Gegend und führst eine private Ermittlung durch. Bist du noch zu retten?»

Er stand abrupt auf, entfernte sich einige Schritte vom Tisch und kehrte ihr nun den Rücken zu. Pia sah zu Kilian hinüber. Der stand seelenruhig am Fenster, offensichtlich nicht bereit, ihr beizuspringen.

«Schorsch, es tut mir leid. Ich wollte es euch doch sagen, aber ihr habt nicht zugehört.»

Heinlein schwieg, und Pia fuhr fort: «Es war ein Schock für mich, den musste ich erst verarbeiten. Und außerdem», sie stockte kurz, «außerdem bringt uns diese Erkenntnis doch auch nicht weiter. Was fängst du mit dieser Information jetzt an?»

Pia lehnte sich zurück, überzeugt, einen Punkt gemacht zu haben. Da Heinlein immer noch schwieg, fühlte sie sich sicher genug, eine Frage zu stellen, die ihr schon die ganze Zeit auf der Zunge lag.

«Wie habt ihr das überhaupt herausgefunden?»

Doch noch während sie die Frage stellte, wusste sie, was geschehen war.

«Wer hat gepetzt? Maximilian oder seine Eltern? Oder war es Kingsley?»

Er fuhr herum. «Du bist so überheblich, dass es zum Kotzen ist. Glaubst du wirklich, weil du studiert hast und einen weißen Kittel trägst, stündest du über dem Rest der Welt?»

Bei jedem Wort war er einen Schritt näher gekommen. Er stützte sich auf den Tisch und beugte seinen Kopf auf Pias Höhe.

«Du bist im Irrtum, wir sind einen großen Schritt weiter. Frau Allwissend hat nämlich dem Vater des Jungen die Bilder seines toten Sohnes einfach so auf den Tisch geknallt. Kannst du dir vorstellen, was in dem armen Mann vorgegangen ist? Kannst du das?»

Heinleins Stimme war noch lauter geworden.

«Ich habe dir gestern schon gesagt, dass du keine Alleingänge unternehmen sollst. Aber was ich sage, zählt wohl nicht. Was glaubst du eigentlich, was ich hier tue?»

Plötzlich schlug er voller Wucht mit der Handfläche auf den Tisch.

«Ich versuche nur, einen Mordfall zu lösen. Zufällig leite ich auch noch die Ermittlung. Aber das scheint hier niemanden zu interessieren. Ich bin doch nicht euer Hampelmann.»

Die Röte in seinem Gesicht war noch dunkler geworden. Pia hörte seine Worte, beobachtete ihn aber nun besorgt. Sie hatte Angst, dass er gleich die Hand auf sein Herz legen und nach Luft schnappen würde.

«Schorsch», versuchte sie ihn zu unterbrechen. Auch Kilian hatte seine lässige Haltung aufgegeben und machte eine beschwichtigende Geste. Aber es war nichts zu machen. Heinlein hatte sich in Rage geredet.

«Seit wir uns kennen, gibt es mit euch nur Schwierigkeiten. Dein sauberer Freund sucht nur nach einer geeigneten Möglichkeit, hier zu verschwinden. Es ist ihm zu provinziell. Er will in die große weite Welt. Nur leider macht er diese Drohung nie wahr. Eure Beziehungskiste behindert meine Arbeit. Und jetzt fängst du auch noch an, gegen mich zu arbeiten. Du bist Gerichtsmedizinerin. Du führst keine Ermittlungen durch. Du hast gefälligst der Polizei zuzuarbeiten. Und das bin in diesem Fall ich. Ich bin der leitende Kommissar in diesem Fall. Du hättest mich umgehend informieren und dich aus dem Fall heraushalten müssen. Du bist nicht objektiv. Du überschreitest deine Kompetenzen und hintertreibst meine. Das lasse ich mir nicht länger bieten.»

Dann ließ er sich erschöpft auf seinen Stuhl fallen, und alle drei schwiegen. Nach einigen Minuten unterbrach Pia zaghaft die Stille.

«Schorsch, es tut mir leid. Entschuldige.»

Er zeigte keine Reaktion, und sie versuchte es erneut.

«Lass uns darüber reden. Akzeptierst du meine Entschuldigung?»

Heinleins Antwort kam klar und deutlich: «Nein.»

Dann erhob er sich. «Ich werde kein Verfahren gegen dich anstrengen, wegen Behinderung der Ermittlungen. Aber geh mir aus den Augen. Und vergiss nicht, dich aus dem Fall rauszuhalten, sonst werde ich dafür sorgen.»

Er verließ grußlos den Raum. Pia wandte sich an Kilian.

«Ihr habt doch die Täter auch ohne diese Information schon fast überführt. Ich kann ja verstehen, dass er sauer ist. Aber warum regt er sich so fürchterlich auf?»

Während Kilian sie auf den neuesten Stand der Ermittlungen brachte, begann Pia, Schorschs Worte zu verinnerlichen. Der Vater des Jungen. Es war also Jonathan. Er war der Mann, mit dem Anna eine Affäre gehabt und ein Kind gezeugt hatte.

«Wie heißt er?», fragte sie Kilian.

«Wer?»

«Der Junge, Annas Sohn.»

«Henry. Er heißt Henry.»

Pia nickte. Und mit einem Mal war er lebendig. Der

tote Junge hatte einen Namen und war damit nicht mehr einfach nur der tote Junge, ihr Neffe oder Annas Sohn. Henry. Pia schluchzte. Sie konnte die Tränen nicht zurückhalten und schämte sich, dass Kilian ihren Ausbruch miterlebte. Aber sie konnte nicht aufhören. Als Kilian zu ihr kam und sie in den Arm nehmen wollte, schob sie ihn weg. Sie griff aber nach dem Taschentuch, das er ihr reichte. Nach einer Weile beruhigte sie sich. Sie stand auf und sagte, sie wolle jetzt nach Hause. Kilian bestand darauf, sie zu fahren, und sie gab nach. Sie ging gesenkten Kopfes durch die Flure. Zum Glück war es schon spät, und es waren nicht mehr viele Beamte unterwegs. Es wäre ihr peinlich gewesen, so verheult und zerzaust gesehen zu werden.

Die Fahrt verlief schweigend. Kilian wollte sie noch hineinbringen, aber sie lehnte ab. Bevor sie ausstieg, hielt er sie zurück.

«Ich will jetzt nicht noch mehr Stress machen. Dass dich die Erkenntnis, dass du einen Neffen hast, geschockt hat, kann ich gerade noch nachvollziehen. Aber kannst du mir erklären, wieso ich bis jetzt nichts von einer Schwester wusste?»

«Hätte es dich denn interessiert?»

«Natürlich, verdammt. Wir sind jetzt schon einige Zeit zusammen, wieso hast du mir das verschwiegen?»

Pia lehnte sich in den Sitz zurück und sah ihm in die Augen. Der Ton ihrer Stimme wurde spöttisch.

«Rede es doch nicht im Nachhinein schön. Hast du wirklich das Gefühl, wir sind schon lange zusammen? So richtig, mit gemeinsamen Unternehmungen und gemeinsamer Lebensplanung? Dann belügst du dich selbst.»

Sie wollte aussteigen. Doch Kilian war noch nicht fertig.

«Wie meinst du das? Wir bekommen ein Kind. Mehr Gemeinsamkeit geht ja wohl nicht.»

Sie lachte verbittert. «Ich will keinen Mann, der wegen des Kindes an meiner Seite ist. Ich habe nicht vor, dir das Kind vorzuenthalten. Ich wünsche mir für mein Kind auch einen Vater, der da ist. Aber wir brauchen deswegen nicht einen auf gemeinsame Zukunft zu machen. Wenn du mir das Gefühl gibst, dass dir an mir liegt, auch ohne das Kind, dann können wir weiterreden. Bisher war das nie der Fall. Ich will jetzt keine Einzelheiten aufzählen. Du musst nur in dich hineinhorchen, dann weißt du ja, ob du ein Gefühl für mich findest. Wahrscheinlich nicht.»

Sie stieg aus, und auch Kilian verließ den Wagen. Über das Autodach hinweg sagte er: «Was hättest du denn gern? Kitschige Liebesgedichte? Oder jede Woche Blumen, Schmuck, Pralinen? Das ist doch albern.»

Pia winkte ab und ging aufs Haus zu.

«Und was ist mit dir? Du überschlägst dich auch nicht gerade mit Liebesäußerungen. Wahrscheinlich bin ich der Idiot, der gerade zur Hand ist, wenn du einen brauchst, wofür auch immer.»

Sie blieb stehen und drehte sich um. «Du hast recht, du bist ein Idiot.»

Dann ging sie ins Haus und schlug die Tür hinter sich zu. Sie hörte noch, dass er ihr irgendetwas nachrief, konnte aber nicht verstehen, was es war. Als sie die Wohnung betrat, klingelte ihr Handy. Eine SMS.

Wenn es Dir nicht gutgeht oder Du etwas brauchst, ruf trotzdem an. Der Idiot.

24

Es war spät, und Pia hatte seit Stunden nichts gegessen. Sie blickte auf die vielen frischen Sachen im Kühlschrank und entschied sich dann für eine Tütensuppe. Sie brauchte etwas Wärmendes. Mit Schorsch hatte sie es sich gründlich verdorben. Das Schlimmste war, dass er recht hatte.

Sie vollführte die notwendigen Handgriffe mechanisch und ließ ihren Gedanken freien Lauf. Dabei hatte sie Anna und Jonathan vor ihrem geistigen Auge. Ein schönes Paar war das Erste, was ihr einfiel. Und doch passte es nicht. Sie hatte zwar schon akzeptiert, dass Anna ihren Mann betrogen hatte. Doch mit Jonathan war es doppelter Verrat. Jonathan Kingsley war ein Freund Maximilians, ein Freund der Familie.

Wenn sie sich richtig erinnerte, hatte die Familie Sibelius ihm das Studium in Deutschland finanziert. Was war geschehen, dass beide Maximilian hintergangen hatten? Und wie hatte er das aufgenommen? Wusste er überhaupt davon? Und wussten Clara und Heinrich es auch? Auf letztere Frage gab sie sich die Antwort selbst. Wohl kaum. Sonst würde er nicht weiterhin in der Sibelius-Klinik arbeiten und freundschaftlichen Umgang mit der Familie pflegen.

Pia aß ihre Suppe am Esstisch und hing ihren Gedanken nach. Dann ließ sie Badewasser einlaufen, startete den CD-Spieler und ließ sich in das warme Wasser gleiten. Sie strich über ihren Bauch. Bald würde er sich immer stärker nach außen wölben, und es konnte jeden Tag geschehen, dass sie die ersten Bewegungen des Kindes spürte. Was hatte Anna in diesem frühen Stadium der Schwangerschaft gedacht, war ihr eine Abtreibung in den Sinn gekommen? Das würde sie niemals erfahren. Sie hatte sich für das Kind entschieden und ab einem bestimmten Moment darauf gefreut. Auch sie selbst hatte anfangs ängstlich in die Zukunft geblickt. Sie war sich klar darüber, dass sie im ersten Jahr ihrem Job nicht nachgehen konnte.

Wahrscheinlich werde ich mich keine Sekunde von meinem Kind trennen können, dachte sie. Ich muss darauf achten, es nicht völlig zu verhätscheln. Aber andererseits konnte man einem Kind nicht genug Liebe schenken. Sie machte ihre Haare nass und verteilte das Shampoo.

Langsam massierte sie ihre Kopfhaut und hing dabei ihren Gedanken nach. Wie ein Mantra kam ihr immer wieder *keine Sekunde von meinem Kind trennen* in den Sinn. Sie stellte die Dusche an und spülte den Schaum aus den Haaren. Dann erhob sie sich langsam und stieg aus der Wanne. Während sie sich abtrocknete, ging es ihr immer wieder gebetsmühlenartig durch den Kopf: *keine Sekunde von meinem Kind trennen.* Sie schlüpfte in ihren Bademantel und ging wie betäubt zum Besenschrank im Flur. *Keine Sekunde von meinem Kind trennen.*

Anna hatte ihr Kind verlassen. Sie hatte das nur wenige Tage alte Baby verlassen und war in den Busch gefahren.

Unmöglich, dachte Pia. Bis vor kurzem hatte sie nichts von Henry gewusst. Deshalb hatte sie nicht an den Umständen von Annas Tod gezweifelt. Sie war im Busch unterwegs. Sie war Ärztin, sie war auf dem Weg zu oder von einem Kranken. Sie war unterwegs, um Medizinmänner zu befragen oder etwas in der Art. Aber mit dem frischgeborenen Henry wäre Anna niemals in den Busch gefahren. Sie musste ihre Tätigkeit sogar schon einige Monate zuvor eingestellt haben, sonst wäre ja jemandem aufgefallen, dass sie schwanger war. Anna konnte an diesem Tag überhaupt keinen Grund gehabt haben, sich im Busch aufzuhalten.

Pia zerrte die Schachtel vom Bord und kramte den Umschlag mit den Fotos des Wagens hervor. Sie setzte sich im Schneidersitz auf den Fußboden, und jetzt sah sie es. Während sie bisher nur darauf geachtet hatte, was auf den Fotos war, erkannte sie nun endlich, was nicht darauf war.

Die Fotos zeigten den Wagen von allen Seiten, außen wie innen. Es gab nicht die Spur eines Reservekanisters, weder für Benzin noch für Wasser. Ebenso gab es kein Anzeichen für ein Gewehr. Pia konnte sich noch genau erinnern, wie Anna ihr von ihrem Schießtraining erzählt hatte. Kein vernünftiger Mensch fuhr dort ohne ausreichend Wasser, ohne Reservekanister mit Benzin und ohne Gewehr durch die Wildnis.

Wie alle Entwicklungshelfer hatte ihre Schwester einen Vorbereitungskurs absolvieren müssen. Anna war gewissenhaft. Ausgerechnet als frischgebackene Mutter sollte sie alle Vorsichtsmaßnahmen über Bord geworfen haben? Unmöglich, dachte Pia.

Wie hatte sie das all die Jahre übersehen können? Die Schlussfolgerung aus ihren Erkenntnissen dämmerte ihr nur langsam. Anna war in eine Falle gelockt worden. Jemand hatte sie gezwungen, ohne jegliche Vorsichtsmaßnahmen in den Busch zu fahren. Jemand hatte sie betäubt und ausgesetzt.

Jemand hatte ihre Schwester ermordet.

Vierter und letzter Tag

25

«Sabine!», rief Heinlein quer durch den Raum.

Kilian schreckte von seiner Lektüre der Aussagen hoch, die Jonathan Kingsley und Ubunta tags zuvor gemacht hatten.

«Schorsch», sagte er, «geht es nicht etwas freundlicher?»

Heinlein war sich seines barschen Tons offenbar gar nicht bewusst, wie Kilian an dessen überraschtem Gesicht sehen konnte.

«Was gibt's?», fragte Sabine in der Tür.

«Setz dich zu uns, wir müssen was besprechen.»

Sie nahm sich einen Stuhl.

«Wir wissen», sagte Heinlein in die Runde, «dass rund achtzig Prozent aller Straftaten Beziehungstaten sind. Durch die Identifizierung des Jungen als Henry Jonathan Kingsley ergibt sich daraus für uns ein neuer möglicher Täterkreis.»

«Wer war der alte?», fragte Sabine.

«Diese Russlanddeutschen.»

«Und der Taxifahrer?»

Heinlein blickte hinüber zu Kilian, abwartend, was er dazu meinte.

«Möglich», antwortete er, «aber wenig wahrscheinlich. Seine Aussage klang plausibel, und er machte auf mich keinen verdächtigen Eindruck. Zudem haben wir von der Taxizentrale erfahren, dass er kurz nach dem Absetzen Henrys in der Mergentheimer eine neue Fahrt bekommen hatte.

Und diese Jungs, ich weiß nicht, ich traue ihnen Pöbeleien und ein paar Handgreiflichkeiten zu, aber einen Dreizehnjährigen, nahezu ohne Spuren zu hinterlassen, zu ertränken? Wenig überzeugend.»

«Trotzdem könnten sie es getan haben», fügte Heinlein hinzu.

«Sicher, wenn sie ihm in die Mergentheimer gefolgt wären und ihn beim Verlassen des Hauses abgepasst hätten.»

«Dazu hätten sie wissen müssen, wo er wohnt», ergänzte Sabine.

«Wissen wir denn schon, an welcher Stelle Henry in den Main geworfen wurde?», fragte Kilian.

«Ich habe mit den Kollegen des Wasserschutzes und der Feuerwehr gesprochen», antwortete Sabine. «Gemessen an der Fließgeschwindigkeit sei es kein Problem, dass ein rund vierzig Kilogramm schwerer Körper über Nacht aus dem Stadtgebiet bis zum Wehr in Erlabrunn treiben kann.»

«Es gibt aber ein paar Hindernisse, die er auf der Strecke überwinden muss», gab Heinlein zu bedenken.

Sabine nickte. «Laut Wasserschutz sei es kaum vorstellbar, die Schleuse und das Kraftwerk an der Alten Mainbrücke zu passieren, ohne dass ein lebloser Körper darin hängen bleibt.»

«Vielleicht hat ihn ein Schiff mitgeschleift», warf Kilian ein.

«Wir haben keine Verletzungen an seinem Körper gefunden, die so etwas vermuten lassen könnten», sagte Heinlein.

«Werden an der Schleuse überhaupt so spät noch Schiffe abgefertigt?»

Niemand wusste eine Antwort.

«Klär das ab», bestimmte Heinlein und meinte Sabine. «Das legt zumindest die Vermutung nahe, dass unser Täter keine große Ortskenntnis besitzt. Sonst hätte er mit dem Wehr in Erlabrunn rechnen müssen, oder ... er hätte ihn irgendwo im Wald vergraben. Eine Entdeckung der Leiche wäre damit weit schwieriger geworden. Wieso also der Wasserweg?»

«Du hast recht», pflichtete Kilian bei, «entweder kennt sich unser Mann hier wirklich nicht aus, oder er hat in Panik gehandelt. Er wollte so schnell wie möglich den Körper loswerden. Was liegt da näher als der Main.»

«Apropos Main», unterbrach Heinlein, «Kingsleys Wohnanlage ist direkt am Ufer entlang gebaut. Von dort aus wäre es ein Leichtes, einen Körper in der Nacht ungesehen in den Main zu werfen.»

«Aber die Wohnung liegt noch vor der Schleuse und dem Kraftwerk an der Alten Mainbrücke», meldete Sabine Zweifel an, «und außerdem würdest du Kingsley unterstellen, seinen eigenen Sohn getötet zu haben.»

«Oder jemandem, der Zugang zur Wohnung hatte», entgegnete Kilian. Zu Heinlein gewandt: «Ist dir gestern bei der Identifizierung nicht aufgefallen, wie seltsam gefasst dieser Mann war?»

Heinlein nickte. «Ich wüsste nicht, wie ich reagieren würde, wenn eines meiner Kinder dort aufgebahrt wäre.»

«Unvorstellbar», sagte Sabine. «Ich bete zu Gott, dass ich niemals diesen Gang antreten muss.»

«Entweder hat er Nerven aus Stahl, oder da stimmt was nicht.»

«Meine Rede», sagte Heinlein. «Deswegen sollten wir uns mal um diesen Herrn kümmern.»

Jemand klopfte an die Tür und öffnete sie zaghaft.

«Guten Morgen», sagte Pia. Sie blieb in der Tür stehen. «Kann ich hereinkommen?»

Heinlein drehte den Kopf weg. Kilian stand auf und zog einen Stuhl heran.

«Magst du Kaffee? Entschuldige, ich habe es vergessen. Soll ich dir einen Tee holen?»

Pia nickte, und Sabine erledigte es.

Sie wandte sich an Heinlein: «Schorsch. Es tut mir leid. Ich wollte deine Kompetenz nicht in Frage stellen. Ich will es auch nicht entschuldigen. Aber es war wirklich ein Schock für mich herauszufinden, dass meine Schwester ein Kind hatte. Ohne dass ich den blassesten Schimmer hatte. Und dass Henry tot war, als ich von seiner Existenz erfahren habe. Ich dachte auch wirklich, dass ihr die Täter habt. Und wenn ihr vorgestern Abend nicht so in euer Gespräch vertieft gewesen wärt, hätte ich es euch gesagt. Bitte, du musst mir glauben und meine Entschuldigung annehmen.»

Sie legte vorsichtig eine Hand auf seine Schulter und sagte noch einmal: «Bitte.»

Schorsch Heinlein nickte schließlich. «In Ordnung.»

Pia atmete erleichtert auf. «Es soll nicht wieder vorkommen. Deshalb bin ich auch hier.»

Er lehnte sich resigniert zurück. «Willst du damit sagen, dass du mir noch etwas verschwiegen hast?»

«Nein», sie schüttelte den Kopf, misstrauisch von Heinlein beäugt.

«Nein, ich habe dir sonst nichts verschwiegen. Aber als ich gestern nach Hause kam, ist mir einiges durch den Kopf gegangen, und dann kam mir ein furchtbarer Verdacht. Eigentlich ist es kein Verdacht, eher schon eine Gewissheit. Wenn wir herausfinden wollen, was mit Henry geschehen ist, müssen wir erst Annas Mörder finden.»

Heinlein blickte ungläubig drein.

«Du sollst mir keine Informationen vorenthalten, aber irgendwelche abenteuerlichen Spekulationen kannst du für dich behalten. Ich verstehe, dass es dir nicht gutgeht, und das alles in der Schwangerschaft, aber jetzt bleib mal auf dem Teppich.»

Pia hob beschwichtigend die Hände. «Ich weiß, es hört sich etwas konfus an. Aber gib mir fünf Minuten. Ich trinke meinen Tee und erzähle die Geschichte, und danach kannst du entscheiden, ob es Sinn macht oder nicht.»

Wie aufs Stichwort kam Sabine mit dem Tee herein und grinste erleichtert, als sie alle friedlich beisammensitzen sah.

«Nun denn», forderte Heinlein sie auf, «leg los.»

Pia begann mit Annas erstem Afrika-Aufenthalt. Sie erzählte von der Hochzeit, ihrem Schweigen, der Nachricht von Annas Tod. Dann berichtete sie, wie sie herausgefunden hatte, wer Henry war. Zum Schluss wiederholte sie ihre Gedankengänge des vergangenen Abends und legte die Fotos auf den Tisch. Heinlein und Kilian betrachteten sie eingehend.

«Wenn sie schon einige Zeit nicht gearbeitet hat, war

der Wagen vielleicht einfach nicht für den Busch ausgerüstet. Sie wurde zu einem Notfall gerufen, und es musste schnell gehen», wandte Kilian ein.

«Aber warum sie? Ein anderer Arzt musste sie in dieser Zeit vertreten haben. Warum nicht auch an diesem Tag?»

Pia gab sich nicht geschlagen. Doch in Kilians Blick waren weiterhin Zweifel zu lesen.

«Es ist möglich, was du sagst. Aber es erscheint mir etwas weit hergeholt. Deine Theorie basiert nur darauf, dass du sagst, eine Mutter verlässt ihr Neugeborenes nicht. Das kannst du doch nicht verallgemeinern. Vielleicht wollte sie sogar sofort wieder arbeiten. Vielen Müttern fällt doch die Decke auf den Kopf, wenn sie sich nur um Windeln und Milchfläschchen kümmern.»

Pia wusste nicht, was sie darauf erwidern sollte. Sie suchte nach einem Argument, als Heinlein sich einschaltete. Er hatte während ihres Berichts geschwiegen und war danach in seine eigenen Gedanken versunken.

«Sie hat recht», sagte er. «Sie hat verdammt nochmal recht.»

Kilian und Pia schauten ihn überrascht an. Pia hatte erwartet, Heinlein überzeugen zu müssen, und nun war ausgerechnet er es, der ihr sofort Glauben schenkte.

«Als Thomas und Vera geboren wurden, habe ich Urlaub genommen, den habe ich dann verlängert, und am liebsten hätte ich ihn immer weiter verlängert. Das war bei beiden so. Man möchte sie in Watte packen und immer mit sich herumtragen, damit ihnen nur ja nichts geschieht. Wenn deine Schwester nicht gerade an einer schweren Wochenbettdepression gelitten hat, dann stimme ich dir zu. Sie hätte das Kind nicht ohne einen triftigen Grund allein gelassen. Und wenn es diesen triftigen Grund gab, dann nur unter größten Sicherheitsvorkehrungen.»

Er sah Pia und Kilian nacheinander an.

«Macht euch darauf gefasst, dass sich euer Leben ändern wird. Ihr werdet auf euch selber viel mehr achtgeben, wenn das Kind erst da ist. Nicht um eurer selbst willen, sondern weil ihr ständig in der Angst schweben werdet, euer Kind könnte Halbwaise oder Waise werden.»

Kilian setzte an, um etwas zu sagen, doch Heinlein ließ sich nicht unterbrechen.

«Vergiss die Diskussion. Sie hat recht. Mein letztes Wort, und nun lasst uns überlegen, was das für die Ermittlung bedeutet.»

Pia hätte ihn am liebsten geküsst. Aber sie fürchtete auch, dass Heinlein gleich wieder feststellen würde, dass sie bei der Ermittlung nichts zu suchen hatte. Doch da täuschte sie sich abermals.

«Pia, du kannst erst einmal hier bleiben. Du weißt mehr über die Familie als wir und kannst die Fakten richtig zuordnen. Wenn ich es dir aber sage, verschwindest du ohne Widerrede. Und keine Alleingänge mehr! Kapiert?»

Bevor Heinlein weitersprechen konnte, klingelte sein Telefon. Es war Karl.

«Ich habe die Ergebnisse der Kieselalgenanalyse.»

Heinlein stellte auf Lautsprecher, damit die anderen mithören konnten.

«Wieso bist du nicht zu Hause? Es ist Sonntag.»

«Meine Frau ist verreist, und zu Hause fällt mir die Decke auf den Kopf.»

«Was hast du?»

«Ihr habt es eindeutig mit Mord zu tun. Die Kieselalgen im Blut des Jungen sind keine aus dem Main. Er ist mit Sicherheit an einem anderen Ort ertrunken. Aus eigener Kraft kann er nicht in den Main gelangt sein.»

«Wir wissen jetzt also mit Sicherheit, dass er ertränkt wurde, nicht aber, wo das geschehen ist?», fasste Heinlein zusammen.

«Ja und nein. Ich konnte natürlich keinen Vergleich mit allen Gewässern in der Umgebung Würzburgs machen, aber ich habe es einfach mal mit Leitungswasser versucht. Bingo.»

Heinlein bedankte sich und beendete das Gespräch.

«Henry ist also in einer Badewanne, in einem Wassereimer oder etwas Ähnlichem ertränkt worden», sagte er. «Wir können also von zwei Morden ausgehen. Mutter und Sohn, im Abstand von dreizehn Jahren. Wer hat ein Motiv?»

Heinlein wartete die Antwort nicht ab, sondern ging zur Wandtafel und nahm einen Stift in die Hand. Er schrieb Henrys Namen in die Mitte, dann wischte er ihn wieder weg und schrieb stattdessen Anna. «Bisher haben wir uns auf Henry konzentriert. Wenn man Außenstehende ausschließt, kämen nur Jonathan Kingsley und seine Mutter in Frage. Das Bindeglied ist aber Anna. Wenn wir ihren Tod mit einbeziehen, dann erweitert sich der Kreis der Verdächtigen um die Familie Sibelius.»

Um Annas Namen herum platzierte er die Namen aller Beteiligten, von denen sie wussten. Er fragte Pia nach den Beziehungen der Einzelnen zueinander aus, und am

Ende stand ein fast komplettes Soziogramm aller Beteiligten auf der Tafel, auch Pia war darunter.

Kilian war ehrlich beeindruckt. «Schorsch, wo hast du das denn gelernt?»

Heinlein fuhr unbeirrt fort: «Was sagt uns das?»

Nun musste auch Pia schmunzeln. Kilian antwortete als Erster. «Wir wissen zu wenig. Wir wissen zum Beispiel nicht, wer aus der Sibelius-Familie Kenntnis von Henrys Existenz hatte. Oder von Jonathans und Annas Affäre.»

Pia wiederholte ihre Überlegungen vom Vorabend. «Heinrich und Clara wussten es sicher nicht. Daran habe ich auch schon gedacht. Aber sie hätten die Beziehung zu Kingsley abgebrochen, wenn sie davon gewusst hätten.»

Heinlein setzte sich wieder an den Tisch und trank geräuschvoll einen Schluck Kaffee.

«Wir dürfen nicht außer Acht lassen, dass auch jemand außerhalb der Familie der Täter sein könnte. Oder dass es zwischen den zwei Morden keinen direkten Zusammenhang gibt und wir es mit zwei Tätern zu tun haben. Aber das wäre ein zu großer Zufall. Der Täter steht hier auf der Tafel, da bin ich mir sicher, wir müssen nur einen Weg finden, ihn einzukreisen.»

Kilian wiederholte für Pia, was sie von Jonathan Kingsley und Ubunta erfahren hatten. Sie fassten zusammen, was sie wussten. Dann forderte Heinlein sie auf zu überlegen, was sie nicht wussten.

Pia machte den Anfang. «Wir wissen nicht, was in den letzten Monaten vor Annas Tod geschehen ist. Das können wir aber von Kingsleys Mutter erfahren. Wenn Henry bei ihr aufgewachsen ist, muss er ja irgendwie zu ihr gelangt sein.»

«Bei der Gelegenheit können wir sie auch nach ihrem Ehemann befragen», fügte Kilian hinzu.

Heinlein winkte ab. «Wir sollten uns zunächst auf das Wesentliche konzentrieren. Vielleicht bleiben wir beim Motiv. Wir haben uns schwergetan, ein Motiv für den Mord an Henry zu finden. Bei Anna fällt mir da schon mehr ein. Wie hat Maximilian Sibelius reagiert, als er vom Seitensprung seiner Frau erfuhr?»

«Macht Sinn in Annas Fall. Doch warum soll er dreizehn Jahre später Henry umbringen?», wandte Pia ein und fuhr fort: «Es ist absolut unmöglich, dass Henry eine Erinnerung an seine Mutter hat. Er kann also nichts wissen, das Annas Mörder gefährlich werden könnte. Wenn, dann weiß er es von seiner Großmutter oder seinem Vater. Doch dann hätte der Mörder es auf sie abgesehen und nicht auf Henry.»

Sie blickten nachdenklich auf die Tafel.

«Was ist mit dem Erbe?»

Heinlein und Pia blickten auf Kilian.

«Er kann nichts erben», sagte Heinlein. «Er ist Annas und Jonathans Sohn. Er hat keinerlei Anspruch auf das Vermögen der Familie Sibelius.»

«Doch», widersprach Kilian unbeirrt. «Als er geboren wurde, waren Anna und Maximilian rechtmäßig verheiratet. Damit ist er rein juristisch ein eheliches Kind, mit allen Ansprüchen.»

Heinlein sah ihn entgeistert an. «Aber man konnte doch mit einem Blick sehen, dass er nicht das Kind der beiden war. Und woher nimmst du dieses Wissen überhaupt?»

Kilian druckste herum. «Pia und ich sind ja nicht verheiratet. Ich habe mich eben mal erkundigt, wie das ist. Mit Sorgerecht und Vaterschaft. Die haben da wirklich informative Broschüren beim Jugendamt.»

Pia war sprachlos. Heinlein nicht.

«Du meinst also, Henry war offiziell und juristisch der Sohn von Maximilian und damit auch sein Erbe?»

«Nicht unbedingt», überlegte Kilian laut. «Er hätte innerhalb von zehn Jahren die Vaterschaft anfechten können. Aber ...» Kilian verstummte.

«Aber was?», fragte Heinlein ungeduldig.

«Wir haben uns bisher noch nicht gefragt, wie es sein kann, dass Kingsley als Jonathans Vater auftritt. Es muss doch eine Geburtsurkunde existieren. Entweder hat er Behörden geschmiert, oder aber er hat ganz offiziell das Sorgerecht oder sogar die Elternschaft für Henry. Das wäre aber nur mit Maximilians Unterschrift juristisch haltbar.»

Pia dachte aufgeregt nach. Wenn Kilian richtiglag, dann hatte Maximilian gelogen. Dieser Gedanke brachte sie einen großen Schritt weiter. Entweder Kingsley hatte Henry auf illegale Weise juristisch zu seinem Sohn gemacht, dann konnten sie mit einiger Wahrscheinlichkeit davon ausgehen, dass die Sibelius-Familie nichts von dem Kind wusste. Oder Maximilian hatte sehr wohl davon gewusst und sich des Erben auf diese Art und Weise entledigt.

Heinlein war zu demselben Schluss gekommen. Er führte den Gedanken weiter.

«Wenn Anna ihren Mann nicht verlassen und Jonathan das Kind vorenthalten wollte, hätten wir für Kingsley ein mögliches Tatmotiv.»

«Glaubst du, dass er seinen Sohn umgebracht hat?», wandte Kilian ein.

Heinlein fuhr fort:

«Andererseits ist da Maximilian Sibelius. Wenn Kingsley auf legalem Weg Henrys juristischer Vater geworden ist, dann muss Maximilian davon gewusst haben. Er hat gelogen. Vielleicht war er eifersüchtig. Es ist aber nicht nachvollziehbar, dass er so lange gewartet hat, um auch Henry zu töten. Bislang ist Maximilian Sibelius unsere beste Spur. Vielleicht hatte er bisher keine Gelegenheit, wusste nicht, wo der Junge sich aufhält, keine Ahnung. An Anna hat er sich direkt gerächt, und Henrys Tod ist seine Rache an Jonathan.»

Danach wusste keiner etwas zu sagen. Sie schwiegen, bis Heinlein beschloss: «Das war das.» Dann stand er auf.

«Ich nehme mir Kingsley noch einmal vor. Kilian, du gehst zu Maximilian Sibelius. Mach kein Verhör daraus, nur ein informatives Gespräch.

Sabine, du bringst alles Verfügbare über den Sibelius-Clan in Erfahrung. Woher kommt das Geld, der Einfluss, die Klinik und so weiter.

Und du, Pia, gehst nach Hause und ruhst dich erst mal aus. Anschließend gehst du noch einmal die Unterlagen deiner Schwester durch und schaust, ob du etwas übersehen hast.»

Pia wollte protestieren, besann sich aber rechtzeitig eines Besseren. Sie war in der Probezeit.

26

Das Haus in der Sanderauer Rückertstraße wurde von sechs Parteien bewohnt. Eine von ihnen war Maximilian Sibelius. Das Namensschild war knapp gehalten und beschränkte sich auf den Nachnamen.

Kilian drückte den Klingelknopf und blickte nach oben. Nach der Logik der Klingelschilder und deren Anordnung am Türstock musste sich die Wohnung im dritten Stock befinden. Mit Sicherheit handelte es sich hierbei um Eigentumswohnungen.

«Ja, bitte», tönte es aus der Gegensprechanlage.

«Kilian, Kriminalpolizei. Ich möchte Sie sprechen.»

«Worum geht's?»

«Das würde ich Ihnen gern persönlich sagen.»

Ein kurzer Moment der Stille, dann: «Dritter Stock, links.»

Surren.

Kilian betrat das Treppenhaus. Die Decke war in Apricot gehalten, unterbrochen durch kleine Bahnen aus weißem Stuck, an den Wänden befanden sich keine Schrammen abgestellter Räder oder Kritzeleien spielender Kinder. Die Holztreppe führte im weiten Rund nach oben. Die Stufen blankgewienert und ohne erkennbaren Abtritt.

Eine ungewöhnliche Stille herrschte hier. Im Vorbeigehen warf Kilian einen Blick auf die Namensschilder. Als er im dritten Stock angelangt war, hatte er zwei Doktor- und einen Professorentitel gelesen.

Maximilian Sibelius empfing ihn in der Tür stehend.

Kilian wies sich aus und wurde hereingebeten. Die Wohnung war, wie er vermutet hatte, riesig. Er trat in eine Art Empfangszimmer, dahinter sah Kilian in ein üppig dimensioniertes Wohnzimmer, an der rechten Seite stand die Tür zu einem Gang mit weiteren Räumen offen. Diese Raumaufteilung war ungewöhnlich, ebenso wie die Einrichtung, die zu dem vierzigjährigen Sibelius nicht so recht passen wollte. Goldgerahmte, verzierte Spiegel, verschnörkelte Antiquitäten, Läufer über dem Parkett, bestickte Gardinen und Landschaftsbilder ließen eher auf ältere Bewohner schließen – peinlich auf Sauberkeit bedachte Bewohner allerdings. Die Räume waren wie geleckt, und selbst die Luft schien noch nie vom Pesthauch einer Zigarette getrübt worden zu sein.

Sibelius wies Kilian einen Platz auf der geschwungenen und mit blauem Damast bezogenen Chaiselongue zu. Er setzte sich ihm gegenüber, schlug die Beine übereinander und erwartete Kilians Anliegen. Die Atmosphäre entsprach der Sprechstunde bei einem teuren Psychologen.

«Ich ermittle in einem Tötungsdelikt», begann Kilian, der sich nicht wohl in der ihm zugewiesenen Rolle als Patient fühlte. Sibelius übernahm routiniert die Position des fürsorglichen Helfers und Arztes. «Der Name des Opfers lautet Henry Kingsley. Ist Ihnen dieser Name beziehungsweise das Opfer bekannt?»

«Kingsley», antwortete Sibelius ruhig und ohne Hast, «ja, ich kenne einen Jonathan Kingsley. Er arbeitet bei uns in der Klinik. Einen Henry kenne ich jedoch nicht. Wer soll das sein?»

«Der Sohn von Jonathan Kingsley. Wussten Sie nichts von ihm?»

Sibelius führte die Hand, die bisher ruhig auf seinem Bein gelegen hatte, zum Gesicht und rieb sich nachdenklich das Kinn.

«Das ist mir neu», antwortete er. «Kann es sein, dass uns Jonathan über all die Jahre ein Kind vorenthalten hat?»

«Ich weiß es nicht. Sagen Sie es mir.»

Wenn Sibelius jetzt noch einmal eine Frage mit einer Gegenfrage beantwortete, dann wäre Schluss mit diesem Patienten-Arzt-Rollenspiel, sagte er sich. Er stellte hier die Fragen.

«Wissen Sie», begann Sibelius, «Jonathan ist wie ein Bruder für mich und für meine Eltern wie ein Sohn. Wir haben zusammen studiert und arbeiten im selben Haus. Also, wenn es da etwas gibt, das wir nicht wissen, wäre das eine große Überraschung. Für uns alle.»

Er hatte wiederum die Frage nicht beantwortet. Dieser Sibelius wand sich wie ein Wurm, der ans Tageslicht gezogen wurde.

Kilian ließ nicht locker. «Dann wird es Sie sicherlich interessieren, dass Henry Kingsley auch der Sohn Ihrer verstorbenen Frau Anna Rosenthal war.»

«Auf gar keinen Fall», antwortete er, ohne zu zögern, und schickte schnell ein bemühtes Lächeln hinterher. «Ich, als ihr Ehemann, müsste das ja wohl wissen. Wir hatten keine Kinder. Leider. Ich glaube, hier liegt ein Irrtum vor.»

«Die Elternschaft ist bewiesen. Der DNA-Vergleich lässt keinen anderen Schluss zu.»

Sibelius erhob sich, ging ruhig ans Fenster, schaute hinaus und versuchte, seine Antwort gut abzuwägen. «Wissen Sie, jetzt, da Sie mich darauf aufmerksam machen, scheint sich eine Ahnung zu bestätigen, die ich damals schon hatte.»

«Sie meinen, dass Ihre Frau und Jonathan Kingsley ein Verhältnis hatten?»

«So weit würde ich nicht gehen. Ich würde es eher als eine Zuneigung beschreiben, eine platonische, eine kaum spürbare.»

«Aber dennoch mutmaßen Sie, dass da noch mehr war als eine gegenseitige Anziehungskraft.»

«Ob sie gegenseitig war, kann ich nicht beantworten. Jonathan hat nie darüber gesprochen.»

«Sie haben ihn nicht danach befragt?»

«Nein, wieso sollte ich? Wir waren und sind noch immer Freunde. Er hätte es mir bestimmt gesagt, wenn da was gewesen wäre.»

«Und Ihre Frau? Haben Sie sie je darauf angesprochen?»

«Natürlich nicht, es gab ja keine Anzeichen, nur eine leise Ahnung. Wegen so etwas bricht man doch keinen Streit vom Zaun.»

«Wäre es denn dazu gekommen?»

«Zu einem Streit?»

«Ja.»

Sibelius dachte nach, zumindest machte es den Anschein. «Ich weiß es nicht. Sie verstarb früh. Wenige Monate nach unserer Heirat verschwand sie im Busch. Ihre Leiche wurde nie gefunden.»

«Wie kam es dazu?»

«Sie wurde in der Nacht zu einem Patienten gerufen. Auf dem Weg dorthin muss ihr Jeep jedoch vom Weg abgekommen sein. Man fand ihn leer in den folgenden Tagen der Suche.»

«Und Ihre Frau?»

«Blieb verschwunden.»

Kilian wartete einen Moment. Doch dann warf er ein: «Seltsam. Finden Sie nicht auch?»

Sibelius drehte sich um. «Was meinen Sie?»

«Nun, eine Frau, die kurz zuvor entbunden hatte ...»

«Ich sagte Ihnen doch, dass wir kein Kind hatten.»

«Sie nicht, aber Ihre Frau mit Jonathan Kingsley.»

«Das glaube ich Ihnen nicht. Solange Jonathan nichts davon erzählt, gibt es kein gemeinsames Kind. Ich vertraue ihm. Es war niemals die Rede von einem Kind, weder meinem noch Jonathans.»

Sibelius wurde unruhig. «Ich denke, ich habe Ihre Fragen so weit beantwortet, wie ich konnte. Wenn ich Sie nun bitten dürfte ...»

Kilian stand auf. «Noch eine letzte Frage. Wo haben Sie sich vor drei Tagen zwischen 20 Uhr und Mitternacht aufgehalten?»

«Was soll die Frage?»

«Reine Routine. Wir überprüfen jeden, der in Verbindung mit dem Opfer steht.»

Sibelius setzte schon zur Gegenrede an, dass er in keiner Verbindung zu Henry gestanden hatte, unterließ es dann aber. Er wollte offensichtlich so schnell wie möglich die Befragung beenden.

«Ich denke, ich war zu Hause. Ja, es war mein freier Abend. Ich war hier.»

«Zeugen?»

«Nein, ich lebe allein.»

«Was haben Sie getan?»

«Gelesen, Musik gehört.»

«Gab es irgendwelche Telefonanrufe oder Besucher, die Ihre Angaben bestätigen können?»

«Ich lebe sehr zurückgezogen.»

«Wie lange wohnen Sie schon hier?»

«Mein ganzes Leben. Es ist die Stadtwohnung meiner Eltern.»

Sibelius ging an Kilian vorbei in Richtung Ausgang. Kilian folgte ihm. «Ihre Eltern wohnen außerhalb?»

«Wie man es sehen will. Ihr Anwesen liegt auf dem Dallenberg.» Sibelius öffnete die Tür.

Natürlich der Dallenberg, der Millionenhügel, ging es Kilian durch den Kopf. «Sie haben nach dem Tod Ihrer Frau nicht mehr geheiratet?»

Sibelius antwortete nicht. Er schloss einfach die Tür hinter Kilian.

27

Wenn Heinlein erwartet hatte, einem gramgebeugten Vater auf die mitfühlende Tour Informationen entlocken zu müssen, so hatte er sich getäuscht. Er fand Jonathan Kingsley nicht zu Hause vor, sondern an seinem Arbeitsplatz in der Sibelius-Klinik. Der Arzt ließ Heinlein fast zehn Minuten am Empfang warten. Als er schließlich kam, bat er ihn mit in die Cafeteria.

«Ich muss etwas essen und habe noch sehr viele Termine. Wenn es Sie also nicht stört, würde ich während unseres Gesprächs gern etwas zu mir nehmen.»

Sie setzten sich an einen Tisch abseits der anderen Besucher, und nachdem Kingsley für sich Nudelauflauf und Apfelschorle und für Heinlein ein Wasser bestellt hatte, lehnte er sich zurück.

«Wie kann ich Ihnen helfen, Herr Heinlein?»

«Kriminalhauptkommissar, Herr Dr. Kingsley. Wäre es nicht besser, sich ein paar Tage freizunehmen? Sie haben einen schweren Verlust erlitten.»

«Davon wird Henry nicht wieder lebendig. Es mag für Sie seltsam erscheinen, dass ich schon wieder meiner Arbeit nachgehe. Sie müssen es schon mir überlassen, wie und wann ich um Henry trauere.»

Heinlein nickte, aber verstehen konnte er es nicht.

«Nehmen Sie es mir nicht übel, aber uns Europäern

wird immer nachgesagt, wir seien so verkopft im Vergleich zu den Menschen von Ihrem Kontinent. Sie scheinen nicht gerade ein typischer Vertreter zu sein.» Heinlein war stolz auf sich, dass er es langsam lernte, sich politisch korrekt und dennoch verständlich auszudrücken.

«Nun, Herr Kriminalhauptkommissar, da sehen Sie mal wieder, wie viele Vorurteile und Klischees im Umlauf sind. Was wollen Sie also von mir wissen?»

Die Bedienung kam und stellte Essen und Getränke auf den Tisch. Als sie wieder allein waren, kam Heinlein direkt zur Sache.

«Können Sie eigentlich beweisen, dass Henry Ihr Sohn war?»

«Sie machen doch einen DNA-Vergleich.»

«Ich zweifle nicht daran, dass Sie Henrys leiblicher Vater sind. Aber wie beweisen Sie, dass er auch juristisch Ihr Sohn ist?»

Kingsley nahm etwas Nudelauflauf auf die Gabel und steckte sich den Bissen in den Mund. Während er langsam kaute, sah er auf seinen Teller. Heinlein verfluchte sich, dass er auf den Vorschlag mit der Cafeteria eingegangen war. Der Mann hatte zu viel Zeit zum Nachdenken.

«Er ist doch juristisch Ihr Sohn? Sie haben das Sorgerecht. Sie können einen Reisepass für ihn beantragen, ihn bei Schulen anmelden, Arztbesuche mit ihm machen?»

Kingsley sah auf. «Ja, das stimmt. Er war auch juristisch mein Sohn.»

«Wie kann das sein? Er war der Sohn von Anna Sibelius. Sie war mit Max Sibelius verheiratet. Somit war Henry auch das eheliche Kind der beiden. Und Anna Sibelius konnte in der kurzen Zeit zwischen der Geburt Henrys und ihrem Tod kaum etwas unternommen haben, um das zu ändern. Oder sind die Gesetze in Afrika anders? Sind Sie in der Geburtsurkunde als Vater aufgeführt? Gibt es überhaupt eine Geburtsurkunde?»

Der Arzt schob seinen noch fast vollen Teller von sich.

«Ich habe ihn adoptiert.»

«Jetzt, Herr Dr. Kingsley, sind wir an dem Punkt, der mich brennend interessiert. Erzählen Sie mir bitte alles darüber, wie es zu dieser Adoption kam. Vor allem interessiert mich natürlich, wer die Zustimmung dazu gegeben hat. Oder regelt man das in Afrika mit Geld?»

Kingsley lächelte. «Wahrscheinlich wäre es mit Geld zu lösen gewesen. Aber sehen Sie, ich lebe schon lange in Deutschland, habe hier studiert. Das färbt ab. Es war alles legal, auch nach deutschen Maßstäben.»

«Wer hat das Kind zur Adoption freigegeben?»

«Das Kind hatte einen Namen. Henry. Maximilian Sibelius hat die nötigen Unterschriften geleistet.»

«Hat er von dem Kind gewusst?»

«Ich hatte die Ehre, ihn davon in Kenntnis zu setzen. Aber wir sind uns schnell einig geworden. Welches Interesse hätte Max auch an Henry haben sollen? Er war», Jonathan strich vielsagend mit der Hand über die Haut an seiner Wange, «eindeutig nicht sein Sohn.»

Kingsley nahm einen Schluck aus seinem Glas und sah Heinlein abwartend an.

«Bitte lassen Sie sich nicht jedes Wort aus der Nase ziehen. Anna Sibelius verschwand und hinterließ einen nur wenige Tage alten Säugling. Man hat sie aber erst einige Jahre später offiziell für tot erklärt. Vorher haben Sie Henry nicht adoptieren können. Wie genau ist das abgelaufen?»

«Also gut.» Kingsley zog den Teller mit Nudelauflauf wieder zu sich und begann zu essen. Zwischen den Bissen berichtete er Heinlein, wie die Adoption vonstattengegangen war.

«Als Anna verschwunden war und der Wagen gefunden wurde, war klar, dass sie nicht wieder zurückkehren würde. Ich hatte mich also um Henrys Zukunft zu kümmern. Ich vereinbarte ein Treffen mit Maximilian und erzählte ihm von meiner Affäre mit Anna. Er hat es gefasst aufgenommen. Auch, dass die Affäre nicht folgenlos geblieben war. Wie gesagt, er hatte kein Interesse an Henry, und wir vereinbarten, dass er mir zunächst das Sorgerecht übertrug.

Ich musste dazu meine Ansprüche als leiblicher Vater Henrys anmelden und auch einen Vaterschaftstest machen. Nachdem Anna für tot erklärt worden war, unterzeichnete Max anstandslos die Adoptionspapiere, und ich wurde auch juristisch zu Henrys Vater. Er ist bei meiner Mutter in Nairobi aufgewachsen. Ich wollte, dass er Afrika als Kind kennen- und lieben lernt. Für Europa und Deutschland war später noch Zeit. Ich habe natürlich dafür gesorgt, dass er nicht nur Englisch, sondern auch Deutsch lernt. Henry war nach der Adoption nie wieder ein Thema zwischen Max und mir.»

«Wann war das?»

Kingsley sah ihn fragend an.

«Wann genau haben Sie Maximilian Sibelius über Henry informiert?»

«Das war kurz nach Annas Tod.»

«Wann genau?»

«Welche Rolle spielt das jetzt noch?»

«Wann genau?»

Kingsley überlegte eine Weile. «Es muss zwei Tage nach Annas Verschwinden gewesen sein. Aber jetzt sagen Sie mir, welche Bedeutung das hat?»

Heinlein ließ sich durch Kingsleys Fragen nicht ablenken. «Waren Sie in Deutschland, oder haben Sie das telefonisch erledigt?»

«Das war nicht nötig. Max war in Nairobi.»

Heinlein riss die Augen auf. «Maximilian Sibelius war in Afrika? Wann genau? Kam er vor oder nach dem Verschwinden seiner Frau?»

Kingsley sah Heinlein verständnislos an.

«Ich verstehe nicht, welche Bedeutung Ihre Fragen haben. Ich kann es Ihnen im Übrigen auch nicht genau sagen. Ich weiß nur, dass er schon in Nairobi war, als ich Kontakt zu ihm aufgenommen habe.» Er schwieg kurz und fuhr dann fort: «Aber jetzt, da Sie es ansprechen – ich habe ihn nie gefragt, weswegen er in Nairobi war.»

«Warum waren Sie eigentlich dort?»

Kingsley lächelte. «Ich bin Vater geworden. Außerdem hatte Anna mich gebeten zu kommen. Sie wollte mit mir wohl über Henrys Zukunft sprechen. Wenn ich es mir recht überlege, hätte es zu ihr gepasst, auch Maximilian zu einem Gespräch zu bitten. Sie war keine Geheimniskrämerin. Ihre Art war direkt. Sie kennen ja Annas Schwester, es liegt in der Familie.»

Heinlein ging nicht darauf ein. Er versuchte, die neuen Informationen einzuordnen. Es bestand die Möglichkeit, dass sowohl Jonathan Kingsley als auch Maximilian Sibelius zum Zeitpunkt von Annas Verschwinden ganz in der Nähe gewesen waren.

«Dr. Kingsley, können Sie sich vorstellen, dass Maximilian Sibelius von der Schwangerschaft und dem Kind wusste, bevor Sie es ihm mitgeteilt haben? Und dass er die Nachricht doch nicht so emotionslos hingenommen hat, wie Sie glauben?»

Kingsley schüttelte nachdenklich den Kopf.

«Ihre erste Frage kann ich nicht mit Sicherheit beantworten. Ich denke aber, dass Anna es mir gesagt hätte. Was die zweite Frage betrifft, bin ich mir sicher. Es war ihm egal. Ich finde Ihre Fragen sehr seltsam. Was hat das alles mit Henrys Tod zu tun?»

Heinlein sah ihm direkt in die Augen, bereit, jede noch so kleine Bewegung in seinem Gesicht zu registrieren.

«Weil, Dr. Kingsley, wir inzwischen nicht mehr ausschließen können, dass Anna Sibelius ermordet wurde.»

Nun konnte Heinlein eine deutliche Reaktion beobachten. Kingsleys Körper versteifte sich. Er legte seine Hände auf den Tisch und ließ den Kopf sinken.

«Das glaube ich nicht.»

Heinlein war sicher, dass Jonathan Kingsley nicht schauspielerte und dass seine Überraschung echt war.

«Es gibt sehr viele Indizien, die dafürsprechen. Wir tun uns sehr schwer, ein Motiv für den Mord an Ihrem Sohn zu finden. Wenn wir davon ausgehen, dass er nicht in der Nähe Ihres Hauses auf gewalttätige Rassisten oder einen Kinderschänder getroffen ist, dann gibt es einfach kein Motiv. Wenn wir aber den Mord an Anna Sibelius mit ins Bild ziehen, erscheint es zumindest sehr wahrscheinlich, dass wir es mit demselben Täter zu tun haben, und den müssen wir im Umfeld von Anna Sibelius suchen. Ich frage Sie noch einmal, ob es möglich wäre, dass es Maximilian Sibelius doch nicht so egal war, dass seine Frau ihn betrogen hat und einen Bastard geboren hat.»

Kingsley stand blitzartig auf und gestikulierte aufgebracht mit dem Finger in Heinleins Richtung.

«Nehmen Sie nie wieder dieses Wort in den Mund, wenn Sie von meinem Sohn sprechen.»

Zufrieden, dass er Kingsley endlich aus der emotionalen Reserve gelockt hatte, beeilte sich Heinlein, die Situation wieder zu entschärfen. «Entschuldigen Sie, Herr Dr. Kingsley, ich wollte Sie oder Ihren Sohn in keinster Weise verletzen. Es ist doch nur eine dumme Redensart …»

Kingsley beugte sich leicht hinunter, sein Kopf nur wenige Zentimeter von Heinleins entfernt.

«Ich will Sie aber trotzdem über diesen Begriff aufklären. Wussten Sie, dass das Wort Bastard ursprünglich den zwar nicht legitimen, aber anerkannten Sohn eines Adligen bezeichnete? Was aber weit mehr über einen Bastard aussagt, finden Sie in der Biologie. Bastard bezeichnet den Kreuzungsnachkommen genetisch unterschiedlicher Elternformen. Und das Wesentliche ist, dass sich ein Bastard in der Regel besonders gut entwickelt. Er ist vitaler und leistungsfähiger.»

«Sie meinen, so etwas wie eine Promenadenmischung bei Hunden?»

«Wenn Sie es so ausdrücken mögen.»

Er richtete sich wieder auf, trat einen Schritt zurück und musterte Heinlein von oben bis unten. «Ausnahmen bestätigen die Regel.»

Er wandte sich um und wollte sich entfernen.

«Einen Moment noch, Dr. Kingsley. Wer hat eigentlich den Namen für Henry ausgesucht. War das Anna?»

«Anna wollte einen afrikanischen Namen. Aber nachdem sie tot war, habe ich mich für Henry entschieden. Ich hoffe, das bringt Sie weiter.»

Er machte auf dem Absatz kehrt und verließ die Cafeteria. Heinlein lächelte in sich hinein. Er hatte in diesem Gespräch mehr erfahren, als er erwartet hatte.

28

Pia war froh, mit Heinlein Frieden geschlossen zu haben. Sie mochte ihn. Manchmal war er ruppig und manchmal gutmütig, auf jeden Fall war er ein Freund. Außerdem war sie erleichtert, nicht ganz von diesem Fall ausgeschlossen zu sein.

Sie war nach dem Gespräch direkt nach Hause gegangen, fühlte sich müde und traurig. Erst wollte sie sich etwas hinlegen, doch sobald sie ruhig dalag, war die Müdigkeit verflogen, und Trauer legte sich über sie.

«Schluss», sagte sie laut. Sie ging ins Bad, wusch sich das Gesicht und betrachtete sich im Spiegel.

Ich werde es herausfinden, dachte sie, ich werde dafür sorgen, dass euer Mörder gefasst wird. Dann werde ich um euch trauern. Aber erst werde ich meine Arbeit tun.

Sie nahm sich wieder den Karton vor, sah alles mehrmals durch, versuchte die Bilder unter verschiedenen Aspekten zu sehen, sie in verschiedene Variationen der Geschichte einzuordnen. Und erst beim fünften Mal stutzte sie bei der mit Bleistift geschriebenen Zahl auf Susannes Brief, die sie schon beim ersten Sichten des Kartons bemerkt hatte. Vielleicht eine Telefonnummer, aber ohne Vorwahl. Sie nahm den Zettel und ging zum Telefon. In Würzburg gab es diese Nummer nicht. Sie versuchte es mit der Vorwahl für Berlin, Susannes Wohnort. Auch kein Anschluss. Sie wählte die Auskunft und fragte nach der Vorwahl für Kenia. Erst als sie aufgelegt hatte, wurde ihr bewusst, dass sie das auch nicht weiterbrachte. Sie holte einen Atlas und stellte fest, dass die nächstgelegene Stadt von Annas Wohnort Nakuru hieß. Erneut rief sie die Auskunft an und ließ sich die Vorwahl von Nakuru geben und, einem Impuls folgend, auch gleich die von Nairobi.

Sie wählte. Eine Frauenstimme meldete sich. Pia stellte sich auf Englisch vor und fragte, mit wem sie verbunden war. Es war die Stadtverwaltung. Enttäuscht legte Pia auf. Dann probierte sie es mit der Vorwahl für Nairobi. Sie wurde von einer Bandansage begrüßt, zunächst auf Englisch, dann auf Deutsch. Es war die Niederlassung der Lufthansa in Nairobi. Genauer gesagt die Stelle für verlorene Gepäckstücke.

Nach längerem Grübeln wurde ihr klar, dass es nur eine Person gab, die ihr weiterhelfen konnte – Ubunta.

Heinlein hatte ihr die Adresse gegeben. Nun stand sie vor Zimmer Nummer 304 des Maritim und klopfte. Es dauerte nur ein paar Augenblicke, bis die Tür geöffnet wurde und Pia Henrys Großmutter gegenüberstand.

«Ich bin …» Ubunta führte den Satz zu Ende.

«… Annas Schwester.» Sie trat von der Tür zurück und machte eine einladende Handbewegung in den Raum. «Pia, nicht wahr? Anna hat oft von dir gesprochen.»

Hinter Zimmer 304 verbarg sich eine großzügige Suite mit Blick auf den Main. Pia ging zur Sitzecke und setzte sich, ohne auf eine weitere Aufforderung zu warten, aufs Sofa. Ubunta nahm neben ihr Platz. Die beiden Frauen sahen sich an und schwiegen. Pia war mit Fragen gekommen. Doch nun war ihr Kopf wie leergefegt. Zum ersten Mal, seit sie entdeckt hatte, dass Henry Annas Sohn war, saß sie einem Menschen gegenüber, der ihn gekannt hatte, als er noch am Leben war. Als er noch gespielt, gelacht, geweint hatte. Sie saß einem Menschen gegenüber, der um Henry trauerte. Der im Gegensatz zu ihr selbst genau wusste, um wen er trauerte. Sie sah es in Ubuntas Augen, ihrer Haltung, ihrem Schweigen.

«Es tut mir leid», sagte sie, «ich hätte ihn gern kennengelernt.»

Ubunta nickte. Sie legte einen Arm um Pias Schultern.

«Er hätte dich auch gern kennengelernt. Und ihr hättet euch ganz sicher gemocht. Er sah aus wie Jonathan, aber er hatte das Wesen seiner Mutter.»

Sie fühlte Ubuntas warme Hand auf ihrer Schulter, und ihre Augen füllten sich mit Tränen.

«Er bekommt bald einen Cousin.»

«Das hätte ihm gefallen. Er war allein. Natürlich hatte er Freunde, aber er hat sich immer eine große Familie gewünscht. Ich zeig dir etwas.»

Ubunta stand auf und ging ins Nebenzimmer. Als sie wiederkam, hatte sie ein kleines Fotoalbum in der Hand.

«Wir wollten dich besuchen. Das habe ich für dich mitgebracht.»

Gemeinsam betrachteten sie die Bilder, und Ubunta erzählte von Henry als Baby, als Kleinkind, als Schüler. Was sie erzählte und die Art, wie sie es erzählte, machte deutlich, dass Pia nicht mit Henrys Großmutter sprach, sondern mit der Frau, die für Henry wie eine Mutter gewesen war. Und sie begann zu begreifen, dass Ubuntas Verlust unermesslich größer war als ihr eigener.

«Ich habe es nicht gewusst», sagte sie schließlich. «Ich habe ihn erst kennengelernt, als er schon tot war. Und ich will verstehen, warum das so ist. Ich will auch verstehen, warum Anna sterben musste. Aber wenn du jetzt nicht darüber sprechen kannst, dann akzeptiere ich das natürlich.»

Ubunta schüttelte den Kopf.

«Jetzt ist nicht die Zeit für Trauer. Ich werde deine Fragen beantworten. Doch zuerst werde ich dir erzählen, von Anna und von Henry. Niemand von uns weiß, wann er stirbt. Sonst würden wir sicher manches anders machen. Sie wollte noch einige Dinge regeln und dann wieder Kontakt zu dir aufnehmen. Aber leider kam sie nicht mehr dazu.»

Ubunta stand auf und ging zum Telefon. Sie sprach leise in den Hörer und setzte sich wieder.

«Anna und Jonathan haben sich nicht geliebt. Mein Sohn ist ein komplizierter Mensch, und ich heiße nicht alle seine Handlungen gut. Anna kam zu mir, als ihre Schwangerschaft sich nicht mehr verbergen ließ. Sie war mit einem weißen Mann verheiratet und erwartete das Kind eines Schwarzen. Sie war nicht verzweifelt. Sie freute sich sehr auf das Kind. Aber sie stand unter starkem Druck. Sie wollte niemanden verletzen, musste Entscheidungen treffen.»

Es klopfte, und ein Hotelangestellter brachte Tee. Ubunta übernahm das Einschenken selbst.

«Wenn es ihr schlechtgegangen wäre, hätte sie sich

sicher früher an dich gewandt. Aber das war nicht der Fall. Sie sagte oft, sie müsse noch einiges organisieren und dafür den richtigen Moment abwarten.»

«Warum hat sie sich nicht von Maximilian getrennt?», fragte Pia.

«Ich weiß es nicht. Ich habe ihr angeboten, bis zur Geburt bei mir zu wohnen. Aber ich habe sie nicht mit Fragen bedrängt. Alles, was du jetzt hörst, hat sie von sich aus erzählt. Aber es war nicht viel. Das andere habe ich mir zusammengereimt. Sie hat einige Male telefoniert.»

«Hat sie Maximilian über die Schwangerschaft informiert? Oder ihre Schwiegereltern?»

«Ich weiß es nicht. Sie hat einmal sehr laut mit jemandem telefoniert. Ich kann dir aber nicht sagen, mit wem.»

Pia kaute an ihrer Unterlippe.

«Warum hat sie das Baby allein gelassen?»

Ubunta verstand nicht.

«Das Baby war nicht allein. Wenn sie mal wegmusste, war ich immer da.»

«An dem Tag, als sie starb, wohin wollte sie da?»

«Sie wollte in ihr Haus nach Nakuru und einige Sachen holen.»

«Wollte sie dort jemanden treffen?»

Ubunta dachte nach.

«Sie hat von einem Treffen gesprochen, aber ich habe es immer so verstanden, dass sie bei ihrer Rückkehr nach Nairobi noch einen Termin hatte. Aber eigentlich hat sie es nie so genau gesagt. Es wäre möglich, dass das Treffen dort stattfand. Sie hat so davon gesprochen, dass es sich nach einem geschäftlichen Termin angehört hat.»

«Die Stelle, an der man den Wagen gefunden hat, lag das auf der Strecke zwischen Nakuru und Nairobi, und wie weit ist das überhaupt?»

«Das Haus ist nicht in der Stadt, sondern ein ganzes Stück außerhalb in Richtung Nairobi. Es sind ungefähr siebzig Kilometer. Das war gut an einem Tag zu schaffen. Sie ist auch nicht selber gefahren, sie hat ein Taxi bestellt. Wir haben damals angenommen, dass sie für die Rückfahrt den Jeep genommen hat. Man hat den Wagen weit entfernt von der Straße gefunden.»

«Kannst du dir erklären, was sie dort gemacht hat?»

Ubunta schüttelte den Kopf.

«Nein, damals nicht und heute nicht. Die einzige Erklärung, die ich habe, ist, dass jemand Hilfe brauchte. Jonathan und ich haben oft und lange darüber gesprochen. Aber es gab nicht den kleinsten Hinweis darauf, dass sie einem Verbrechen zum Opfer gefallen ist. Es war alles noch da. Ihre Handtasche, mit Ausweisen und Geldbeutel. Und natürlich der Wagen selbst. Nur das Funkgerät fehlte. Aber wir haben alle angenommen, dass sie es mitgenommen hat, als sie den Wagen verließ.»

«Ist euch nie aufgefallen, was außer dem Funkgerät noch fehlte?»

Ubunta sah sie verständnislos an.

«Es gab keinen Reservekanister mit Benzin, kein Wasser, kein Gewehr.»

«Das kann nicht sein.» Ubunta schüttelte energisch den Kopf. «Das war immer im Wagen.»

«War es nicht. Ich habe mir die Bilder angesehen. Keine Spur von diesen drei Sachen.»

«Das kann einfach nicht sein.»

Pia war überzeugt, dass Anna in Nakuru ihren Mörder getroffen hatte. Wer war es, der im Haus gesessen und gewartet hatte, dass Anna kam? Es war ein gesichtsloser Schatten, der in Pias Vorstellung durch das Haus wanderte. In seinem Kopf ein Plan, der nur darauf wartete, in die Tat umgesetzt zu werden. Ein gesichtsloser Schatten, der dreizehn Jahre später Henrys Kopf unter Wasser drücken würde, bis sein kleiner Körper sich nicht mehr rührte.

«Gibt es irgendeinen Anhaltspunkt, mit wem sie sich getroffen hat? Jemand, den sie kannte, oder ein Fremder?»

«Es tut mir leid, Pia, aber ich weiß es einfach nicht. Warum fragst du das alles?»

Pia berichtete von ihrer Entdeckung, ihrer Schlussfolgerung, und schließlich erzählte sie Ubunta von Anfang an, wie sie erfahren hatte, wer Henry war, und von den folgenden Gesprächen.

«Ich kann nicht verstehen, warum uns das nicht aufgefallen ist. Ich musste mich um das Baby kümmern. Jonathan war ständig unterwegs. Wer sollte Anna umgebracht haben? Ich hoffe, du hast nicht Jon im Verdacht.»

«Wäre es möglich?»

Ubunta schüttelte energisch den Kopf. «Er ist mein Sohn. Es gab überhaupt keinen Grund dazu. Du kannst ihn fragen. Es steht mir nicht zu, für ihn zu antworten.»

Es hatte keinen Sinn weiterzubohren. Ubunta würde nicht ihren Sohn in Verdacht bringen, Anna umgebracht zu haben. Pia hatte zwar nicht alles erfahren, was sie wollte. Sie wusste nun aber, dass ihre Schwester sich freiwillig auf den Weg gemacht hatte. Sie hatte jemanden in ihrem Haus getroffen. Und dieser Jemand hatte zwischen Deutschland und Nairobi seinen Koffer verloren.

Oder Ubunta log.

29

Maximilian Sibelius hatte keinen überzeugenden Eindruck auf Kilian gemacht. Wie konnte es sein, dass Sibelius nichts von einer Schwangerschaft seiner Ehefrau gewusst haben wollte? Sicher, es gab Fälle, bei denen es Frauen geschafft hatten, Nachbarn und Freunde bis hin zur Geburt zu täuschen. Aber konnte das auch beim eigenen Ehemann gelingen? Kaum vorstellbar.

Sibelius hatte ihn belogen und wahrscheinlich seine Familie ebenso. Wieso tat er das?

Kilian saß im Auto vor der Wohnung Sibelius', als ein Anruf einging. Er griff zum Handy.

«Hast du schon mit Maximilian Sibelius gesprochen?», fragte Heinlein.

«Ja. Er will nichts von der Schwangerschaft seiner Frau gewusst haben.»

«Glaubst du ihm?»

«Nein, er lügt.»

«Das deckt sich mit dem, was mir Kingsley erzählt hat. Maximilian Sibelius hat, laut seiner Aussage, Henry zur Adoption freigegeben.»

«Wann soll er das gemacht haben?»

«Kurz nach dem Verschwinden von Anna.»

«Aber sie wurde doch erst ein paar Jahre danach offiziell für tot erklärt.»

«Sibelius soll noch nicht mal das Kind gesehen haben, sagt Kingsley. Ein paar Tage nach der Geburt haben sie sich in Kenia getroffen und die Papiere unterschrieben.»

«Steht fest, wann genau Maximilian Sibelius in Kenia war?»

«Kingsley wollte sich nicht festlegen. Kannst du das noch überprüfen?»

«Fragt sich nur, wie. Das ist über dreizehn Jahre her.»

«Lass dir was einfallen. Wie sieht es mit seinem Alibi aus?»

«Er will den ganzen Abend allein in seiner Wohnung gewesen sein.»

«Hast du die Nachbarn schon befragt?»

«Mach ich noch, wenngleich ich mir nicht viel davon verspreche. In diesem Haus ist alles wie geleckt, fast schon steril. Ich vermute, dass die Nachbarn keinen großen Kontakt miteinander haben.»

«Probier es trotzdem. Ach ja, noch was. Sabine hat sich über den Sibelius-Clan schlaugemacht. So wie es aussieht, sind die Sibelius mittlerweile in der fünften Generation Ärzte.»

«Was ist daran ungewöhnlich?»

«Dass alles Geld, alle Beziehungen und selbst der Name von Clara Sibelius stammen. Heinrich ist nur angeheiratet. Er hieß früher Trewitz und stammt aus einer Würzburger Arbeiterfamilie. Ein älterer Kollege hat Sabine erzählt, dass es damals zu einem regelrechten Krieg im Hause Sibelius gekommen sein soll, ob Clara den Hungerleider heiraten durfte oder nicht.»

«Sie hat sich schließlich durchgesetzt.»

«Scheint so.»

«Wie sieht es mit ihren Alibis für die Mordnacht aus?»

«Die sind wasserdicht. Clara und Heinrich haben vor rund fünfhundert geladenen Gästen an der Eröffnungsfeier auf der Bühne gestanden und eine Auszeichnung für ihre Verdienste entgegengenommen. Daran ist nicht zu rütteln. Und außerdem: Den Sibelius unterstellt man nicht einfach einen Mord. An denen verbrenne ich mir nicht die Finger.»

«Hast du Angst um deinen Job?»

Heinlein antwortete nicht sofort. «Ja», gab er schließlich zu.

Kilian schmunzelte ob der Verflechtungen und weitreichenden Konsequenzen, die Heinlein fürchtete. Während er das tat, sah er Maximilian Sibelius aus dem Haus kommen, in der Hand eine Reisetasche. Er hatte auch seine Kleidung gewechselt.

«Ich melde mich wieder», sagte Kilian und beendete das Gespräch.

Sibelius ging die Straße hinunter und stieg in einen alten Ford Fiesta ein. Kilian war überrascht. Jedes andere Auto hätte er ihm zugetraut, nur diesen alten, mitgenommenen Kübel nicht. Er startete den Wagen und beschloss, ihm zu folgen.

Die Fahrt ging über den Ring, Richtung Schweinfurt auf die Autobahn. Vorbei an Hammelburg, Richtung Bad Kissingen, bis er schließlich eine Ausfahrt nahm. Der Weg über Land führte ihn durch waldreiches Gebiet, vergessene Ortschaften hinein in die Abgeschiedenheit einer Dreihundert-Seelen-Gemeinde. Hier roch es nach Viehdung und bäuerlicher Glückseligkeit. Ein Schauer lief Kilian über den Rücken. Was wollte Sibelius hier?, fragte er sich.

Der Ford vor ihm scherte in eine Auffahrt ein, die zu einem Hof führte. Kilian verringerte die Geschwindigkeit und stoppte hinter einem Silo. Von hier aus hatte er einen guten Blick auf das, was sich vor seinen Augen abspielte. Sibelius verließ sein Auto. Der Hofhund rannte auf ihn zu, begrüßte ihn schwanzwedelnd. Dann kam eine Frau in Gummistiefeln, Schürze und Kopftuch aus dem Stall, in der Hand eine Mistgabel. Sie küsste ihn. Zusammen verschwanden sie im Haus, einem typischen Wohnhaus aus den sechziger Jahren mit angeschlossenen Ställen fürs Vieh.

Zehn Minuten vergingen, als das Geräusch eines Traktors Kilians Blick auf die Scheune lenkte. Maximilian Sibelius, inzwischen in Gummistiefeln, Handwerkeroverall und Schirmmütze, saß in dem offenen Gefährt und verließ damit den Hof. Auf dem Anhänger erkannte Kilian zwei blaue Plastiktonnen und eine Angelausrüstung.

Er überlegte, ob er ihm folgen sollte, unterließ es aber, da er sich von der Frau mehr versprach. Er ließ den Wagen an und fuhr auf den Hof. Der Hund kam herbeigerannt und bellte den fremden Gast an.

Der Befehl «Hella!» rief ihn zurück.

Kilian stieg aus. Die Frau kam auf ihn zu. «Grüß Gott», sagte sie.

Kilian reichte ihr die Hand und stellte sich als Bekannter Maximilians vor. «Ich bin gerade in der Gegend und dachte mir, dass ich ihn mal besuche.»

«Schön, dass ich endlich einen seiner Freunde kennenlerne», antwortete sie sichtlich erfreut. «Max ist da immer sehr eigen. Sie haben ihn um eine Minute verpasst, er ist zum Angeln gefahren. Soll ich Ihnen den Weg zeigen, oder wollen Sie hier auf ihn warten? Ich mache Ihnen gern einen Kaffee.»

«Danke, sehr freundlich. Ich denke, ich schau mal bei ihm vorbei.»

Sie ließ nicht locker. «Nur auf eine Tasse.»

Kilian stimmte schließlich zu und betrat mit ihr das Haus. Während sie Kaffee aufsetzte, machte es sich Kilian auf der Eckbank bequem. Er saß in einer typischen Wohnküche, die den Mittelpunkt der häuslichen Gemeinschaft bildete. An der Wand sah er in Passepartouts verewigte Schnappschüsse mit Maximilian Sibelius, der sein Anglerglück präsentierte, dann ein Bild beim Skifahren in der Rhön und schließlich Lagerfeuerromantik mit Zelt und aufgespießten Würsten. Sie trug die blonden, gewellten Haare darauf offen, so wie auch jetzt, als sie sich mit dem Kaffee zu ihm setzte. Sie mochte um die vierzig Jahre alt sein. Sommersprossen verliehen ihr einen natürlichen Charme, und ihr blitzsauberes Lächeln verriet, dass sie Gesellschaft schätzte.

«Sie wohnen recht abgeschieden hier draußen», eröffnete Kilian das Gespräch.

«Es kann schon einsam werden, besonders nachts, wenn Max nicht da ist.»

«Ist er denn oft fort?»

«Er arbeitet Schicht und wird manchmal zu Notfällen gerufen. Ich sage ihm immer wieder, er soll sich nach etwas anderem umschauen, aber bisher war noch nicht das Richtige für ihn dabei.»

«Die Klinik verlässt man ja nicht einfach so. Sie soll einen guten Ruf genießen.»

«Das stimmt schon. In dieser Zeit muss man froh sein, überhaupt eine Arbeit zu haben. Aber sie macht ihm ja selbst keine Freude mehr. Wenn es nach ihm ginge, dann würde er lieber heute als morgen aus der Stadt fortziehen.»

«Wieso macht er es nicht?»

«Er ist so schrecklich verantwortungsbewusst. Er kann seine Mitarbeiter nicht einfach im Stich lassen, sagt er. Aber er hat mir versprochen, dass er bald einen Schlussstrich ziehen wird.»

«Was meinen Sie damit?»

«Kündigen.»

«Das ist mir neu. Ich vermute, das wird nicht so einfach möglich sein. Er ist schließlich der auserwählte Nachfolger.»

«Niemand ist unersetzbar. Ich meine, nachdem sein Chef in Rente gegangen ist und die Position an ihn weitergegeben hat, wird das doch auch mit jemandem anderen möglich sein.»

Kilian war irritiert. Worüber sprach die Frau? Er musste vorsichtig sein. «Wie lange sind Sie schon zusammen?»

Sie dachte nach. «Es müssen jetzt schon sieben Jahre sein.»

«Eine lange Zeit. Keine Kinder?»

Die intime Frage brachte sie in Verlegenheit. «Max … er will keine mehr. Ich kann das nachempfinden. Dennoch, ich hätte nichts dagegen. Mal schauen, vielleicht wird es doch noch was.»

«Hatte er denn schon mal ein Kind?»

«Ja, mit seiner ersten Frau. Kind und Frau sind aber bei der Geburt gestorben. Schrecklich. Er hat es bis heute nicht überwunden.»

«Hat er Ihnen von den Umständen, die zu ihrem Tod führten, erzählt?»

«Er spricht nicht gern darüber. Sie sind bei einem Autounfall ums Leben gekommen. Sie wissen erstaunlich wenig über ihn. Woher kennen Sie sich?»

«Ich habe gerade in der Klinik zu tun.»

«Gehören Sie zum technischen Personal?»

«Ich verstehe nicht.»

«Zu den Zulieferern, mit denen Max zu tun hat. Technisches Material für die Krankenzimmer und die Operationssäle.»

Kilian verstand endlich. Maximilian hatte sich bei ihr als technischer Mitarbeiter der Sibelius-Klinik ausgegeben. «Nein, nein», antwortete er und gab sich ein Stück zu erkennen. «Ich bin bei der Polizei.»

Die Frau erschrak, fasste sich aber wieder. «Er hat doch hoffentlich nichts ausgefressen?»

«Sie müssen sich keine Sorgen machen. Dennoch würde ich gern wissen, wo er letzte Woche am Donnerstagabend war.»

«Hier natürlich, wie jeden Abend, wenn er nicht gerade Dienst hat.»

«Und an diesem Abend hatte er frei?»

«Ja, er kam sogar etwas früher als sonst, so gegen 19 Uhr.»

«Er war die ganze Zeit bei Ihnen?»

«Wir haben zusammen gekocht. Er hatte einen Wels

gefangen, ein Mordstrumm, den mussten wir in mehrere Portionen aufteilen und einfrieren.»

«Ging er nochmal weg?»

Sie überlegte. «Ja, zwei Stunden ungefähr. Er wollte noch etwas erledigen.»

«Wann war das?»

«Keine Ahnung, irgendwann vor Mitternacht.»

«Hat er gesagt, wohin er wollte?»

«In die Klinik, nehme ich an. Das ist nichts Ungewöhnliches. Ich frage schon gar nicht mehr danach. Aber wieso wollen Sie das wissen? Ich mache mir Sorgen.»

Kilian beruhigte sie, es handle sich nur um Routinefragen, die er stellen müsse. Dann bedankte er sich für den Kaffee und fragte sie, wo er Maximilian finden könne. Sie ging mit ihm vor die Tür und wies ihm den Weg.

Als Kilian beim Verlassen des Hofes in den Rückspiegel blickte, erkannte er eine beunruhigte und ahnungslose Frau, die mit einem Fremden zusammenlebte.

Kilian fand Maximilian Sibelius an einem See sitzend. Die Angel ruhte zwischen seinen Beinen, sein Blick war auf die stille Wasseroberfläche gerichtet. Als er Kilian kommen hörte, drehte er sich um und erschrak. «Was machen Sie denn hier?»

Kilian setzte sich neben ihn, schaute hinaus auf das Wasser und den Waldsaum, der den See einfasste. «Es ist schön hier draußen. Ruhig und unbelastet. So ganz anders als in der Stadt. Ich kann verstehen, dass man sich das nicht zerstören lassen will. Doch müssen Sie sich deswegen als ein anderer ausgeben?»

Maximilian wusste, dass Kilian auf dem Hof gewesen

war, ansonsten hätte er ihn hier draußen nicht gefunden. Er lenkte ein. «Haben Sie Marlen die Wahrheit gesagt?»

Kilian verneinte. «Das müssen Sie schon selbst machen. Irgendwann kommt der Zeitpunkt, dass sie sich nicht mehr mit dem Techniker aus der Sibelius-Klinik zufriedengibt.»

«Ich wollte die Sache schon längst geklärt haben, aber es kam immer etwas dazwischen.»

«Sie haben den Schwanz eingezogen.»

«Ja. Aber schlimmer sind die Lügen. Ich wünschte, ich könnte nochmals von vorn beginnen.»

«Wieso haben Sie überhaupt damit angefangen?»

«Es war alles so unkompliziert mit ihr. Sie mochte mich, den Menschen Max und nicht den Sibelius-Sohn. Ich wollte das nicht gefährden.»

«Wo haben Sie sich kennengelernt?»

«Ich kam eines Tages hier vorbei, warf die Angel aus, und plötzlich sah ich sie im Wasser schwimmen.»

«Und dann haben Sie sie an Land gezogen.»

«So ungefähr. Wir haben lange geredet, und dann hat sie mich zum Essen eingeladen, in ihr Bauernhaus, nicht weit von hier.»

«Fisch, nehme ich an.»

Maximilian nickte. «Bei ihr gibt es keine Zwänge, keine Erwartungen, keine Vorhaltungen.»

«Wieso stellen Sie sie Ihrer Familie nicht vor?»

«Als die nächste Frau Dr. Maximilian Sibelius? Meine Mutter würde einen Herzinfarkt bekommen.»

«Weil sie nicht ihren Erwartungen entspricht?»

«Sie kennen meine Familie nicht und die Regeln, die dort gelten. Marlen ist nicht gesellschaftsfähig.»

Kilian warf einen kleinen Stein ins Wasser und blickte den auslaufenden Ringen nach. «Wieso befreien Sie sich nicht daraus? Sie können mit Ihrer Ausbildung und Erfahrung an jedem Ort der Welt ein neues Leben beginnen.»

«Wenn es nur so einfach wäre. Marlen lebt ihr Leben hier, und ich habe Verpflichtungen der Familie gegenüber. Ich bin der einzige Nachkomme der Sibelius-Linie.»

«Ist es das wert, dafür sein Glück zu opfern?»

Maximilian ließ es auf sich wirken. «Ich bin hin und her gerissen. Lieber heute als morgen möchte ich alles hinschmeißen und mit Marlen auf und davon gehen. Doch dann schlägt mein schlechtes Gewissen durch, und ich sage mir, ich kann meine Eltern nicht mit der Klinik allein zurücklassen. Das würden sie mir nie verzeihen. Sie bauen auf mich.»

Kilian gestand ihm seine Unschlüssigkeit zu, wenngleich er anders handeln würde. Er war nicht in seiner Lage. «Ich nehme an, mit Anna hatten Sie dieses Problem nicht.»

Maximilian verneinte. «Sie war der große Star. Manchmal hatte ich das Gefühl, dass mein Vater sie mehr mochte als mich. Sie war zielstrebig, ehrgeizig und passte wie keine andere ins Portfolio.»

«Liebten Sie sie?»

Maximilian war irritiert. «Natürlich. Wieso nicht?»

«Sie hat Sie betrogen.»

«Davon wusste ich nichts.»

«Auch nicht, dass Jonathan ihr Liebhaber und der Vater des Kindes war?»

«Nein.»

Kilian erhob sich, wischte sich den Schmutz von den Händen. «Sie haben mich belogen, als ich Sie fragte, wo Sie in der Mordnacht waren.»

«Es tut mir leid. Ich wollte Marlen schützen.»

«Sie hat mir gesagt, dass Sie den ganzen Abend bei ihr waren. Außer für zwei Stunden. Wo waren Sie?»

«Ich musste in die Klinik. Ein Patient wollte mich vor seiner OP noch sprechen.»

«Zeugen?»

«Die Oberschwester. Sie können es gern überprüfen.»

«Das werde ich. Und noch etwas: Wann genau waren Sie in Afrika, als Ihre Frau starb beziehungsweise gestorben war?»

«Ist das wichtig?»

«Ja.»

«Das ist über dreizehn Jahre her.»

«Ich weiß. Wann sind Sie nach Afrika geflogen?»

«Ich glaube, einen Tag nach Annas Verschwinden, also einen Tag bevor Jonathan mich angerufen und mir vom Verschwinden Annas berichtet hatte.»

«Gibt es dafür einen Beweis?»

«Fragen Sie Jonathan.»

«Außer Jonathan.»

Maximilian dachte nach. «Alle Flüge nach Afrika gingen damals über das Firmenkonto. Es wird bestimmt ein Beleg dafür da sein. Die Steuerunterlagen liegen bei uns im Archiv, in der Klinik. Ich kann die Buchhaltung anrufen und sie bitten, den entsprechenden Beleg herauszusuchen.»

30

Pia verließ das Maritim und ging in Richtung Innenstadt. Sie brauchte etwas frische Luft. Das Gespräch mit Ubunta hatte ein tröstliches Gefühl hinterlassen. Doch richtig weitergebracht hatte es sie nicht. Wenn Anna nicht freiwillig von der Straße abgefahren war, dann war jemand bei ihr gewesen. Und dieser Jemand kam möglicherweise aus Deutschland. Wenn das zutraf, dann war dieser Jemand mit der Lufthansa geflogen und hatte bei der Ankunft in Nairobi sein Gepäck nicht vorgefunden.

Als sie die Juliuspromenade überquerte, fasste sie einen Entschluss und kramte ihr Handy aus der Handtasche. Sie selbst würde von der Lufthansa gar nichts herausbekommen. Wenn, dann konnten das nur Kilian oder Heinlein erledigen. Wahrscheinlich war es schon zu lange her, doch einen Versuch war es wert. Sie erreichte Heinlein und berichtete von der Telefonnummer und was sich dahinter möglicherweise verbarg. Dann steuerte sie über den Marktplatz und betrat das Schönborns.

Ein Kaffee und nichtssagende Gespräche fremder Menschen um sich herum waren genau das, was sie jetzt brauchte. Sie ging in den ersten Stock und setzte sich ans Fenster mit Blick auf das Falkenhaus. Sie bestellte einen großen Milchkaffee und Bruschetta. Ubunta hatte ihr geraten, sich mit Jonathan Kingsley zu unterhalten. «Es steht mir nicht zu, für ihn zu antworten.» Im Nachhinein betrachtet war es eine seltsame Wortwahl. Vorhin war es ihr nicht aufgefallen, doch nun hing ihr der Satz in den Ohren.

Ihr Handy klingelte, und Pia hatte Karl Aumüllers Stimme im Ohr.

«Da hat gerade jemand von der Missio angerufen. Sie wollen dich dringend sprechen. Ich wollte deine Handynummer nicht einfach so weitergeben, habe aber versprochen, dich sofort zu unterrichten. Ist was passiert?»

«Nicht dass ich wüsste.» Sie notierte den Namen und die Nummer und verabschiedete sich von Karl. Sie konnte keinen Zusammenhang zur Missionsärztlichen Klinik herstellen, und schon gar keinen dringenden. Sie wählte, und als jemand sich meldete, verlangte sie nach Schwester Franziska. Es dauerte einige Minuten, und schließlich erfuhr sie den Grund des Anrufs.

«Herr Dr. Sibelius möchte Sie gern sprechen.»

«Meinen Sie Maximilian oder Heinrich Sibelius?»

«Dr. Sibelius senior. Er hat ausdrücklich um einen persönlichen Besuch gebeten, keinen Anruf.»

«Was macht er denn bei Ihnen. Ist etwas passiert?»

«Das erklärt er Ihnen am besten selbst. Er liegt auf Zimmer 211. Sie können jederzeit kommen.»

Damit beendete Schwester Franziska das Telefonat und ließ eine verwunderte Pia zurück. Sie trank ihren Kaffee, bezahlte und machte sich auf den Weg zu ihrem Auto. Was wollte Heinrich von ihr, und was machte er in der Missio? Sie wusste, dass es keinen Sinn machte, darüber nachzudenken, da sie es so oder so gleich erfahren würde.

Wieder am Maritim angekommen, stieg sie in ihren Wagen. Bevor sie losfuhr, rief sie noch einmal im Büro von Heinlein und Kilian an, bekam aber nur Sabine an den Apparat. Die Kommissare waren unterwegs. Pia brauchte fast zwanzig Minuten zur Missio, da der Berliner Ring wie immer verstopft war. Sie fuhr mit dem Aufzug in den zweiten Stock und fand sofort Heinrichs Zimmer. Sie klopfte, und als keine Antwort kam, drückte sie die Tür auf und steckte den Kopf ins Zimmer. Heinrich lag in einem freundlichen, hellen Einzelzimmer. Seine Augen waren geschlossen, und Pia betrat auf Zehenspitzen den Raum.

«Ich schlafe nicht.»

«Was ist denn passiert, Heinrich?» Pia ging ans Bett und sah ihm ins Gesicht.

«Ich mache es kurz. Prostatakrebs, Metastasen in den Knochen. Heute Morgen bin ich auf der Treppe gestürzt, ein Rückenwirbel ist dabei zusammengebrochen. Ich kann meine Beine nicht mehr bewegen. Ich hoffe, dass es schnell geht. Sag bitte nichts. Hol dir einen Stuhl und setz dich.»

Pia zog einen Stuhl ans Bett.

«Es tut mir leid, aber sicher gibt es doch …»

Heinrich unterbrach sie.

«Wir wollen nicht über meine Krankheit sprechen. Das tun die Ärzte schon zur Genüge.»

«Kann ich etwas für dich tun?»

«Du wunderst dich sicher, warum ich dich hergebeten habe.»

Pia lächelte und nickte. Sie war erschrocken über Heinrichs Eröffnung, doch wenn sie ehrlich war, ging das

Gefühl nicht sehr tief. Sie kannte ihn nicht sehr gut, und mehr als ein Bedauern, wie sie es auch einem Fremden entgegengebracht hätte, war es nicht. Das Gefühl wurde zudem von Neugierde überlagert.

«Als du uns neulich besucht hast, war ich nicht ganz ehrlich zu dir.»

Er bat Pia um einen Schluck Wasser. Sie nahm das Wasserglas vom Nachttisch und reichte es ihm. Er trank einige Schlucke.

«Könntest du das Rückenteil aufrichten? Ich würde gern etwas aufrechter liegen, wenn ich schon nicht sitzen kann.»

Pia hantierte am Bett herum, bis sie den richtigen Hebel gefunden hatte. Dann setzte sie sich wieder.

«Ich habe es gewusst», sagte Heinrich. Er rollte das Glas in den Händen, und Pia beobachtete seine langen und äußerst biegsamen Finger.

«Anna hat mich angerufen und es mir gesagt.»

Pia musste nicht nachfragen, was er meinte.

«Wieso hast du mich belogen?»

Er sah auf seine Hände hinunter und lächelte verlegen.

«Es war doch alles so lange her. Wenn du mich allein angetroffen hättest, hätte ich es wahrscheinlich gesagt. Aber ich wollte Clara nicht so lange Zeit später aufregen.»

Es war nicht mehr zu ändern. Jetzt wusste sie zumindest, dass die Möglichkeit bestand, dass auch andere es gewusst hatten.

«Wann und warum hat sie es dir gesagt?»

«Sie hat mich irgendwann angerufen und mir geradeheraus gesagt, sie sei schwanger von einem anderen. Du kennst mich nicht so gut wie Anna. Sie wusste genau, dass sie sich damit an mich wenden konnte. Ich bin nicht gefühlsduselig. Beziehungen zwischen Männern und Frauen sind immer kompliziert, und worauf es ankommt, ist nicht die fleischliche Treue. Die Ehe ist wichtig, die Treue zur Familie, und die Ehe ist die kleinste Einheit von Familie. Das habe ich ihr auch gesagt. Ich habe ihr zu einer Abtreibung geraten und dazu, Maximilian nichts davon zu erzählen.»

Aber Anna hatte sich anders entschieden. Gegen die Familie, zumindest gegen diese Art von Familie, und für ihr Kind.

Heinrich fuhr fort: «Als Familienmitglied standen ihr beruflich alle Wege offen. Clara und ich haben Kontakte und Einfluss. Das ist der Vorteil eines guten Namens.»

«Es ist aber nicht dein Name», entfuhr es Pia. Sie bereute es sofort. Das tat nichts zur Sache, und wieso sollte sie einen alten sterbenden Mann daran erinnern, dass er alles, worauf er stolz zurückblicken konnte, nicht aus eigener Kraft erreicht hatte. Doch Heinrich war von ihrem Einwand nicht beleidigt. Er lächelte.

«Ich war schon immer ein emanzipierter Mann. Ich war ein guter Arzt, ein sehr guter sogar. Der Name hat mir viele Türen geöffnet, die ansonsten verschlossen geblieben wären. Du weißt doch, wie es ist. Wir brauchen uns da nichts vorzumachen. Versteh mich bitte nicht falsch. Ich habe Clara geliebt. Sie war immer die richtige Frau für mich. Sie hat alles, was ich nicht habe, nicht nur den Namen.»

Pia war froh, dass Heinrich beschlossen hatte, sein Gewissen zu erleichtern. Aber so einfach wollte sie es ihm nicht machen.

«Anna hat das Kind bekommen.»

Seine Reaktion kam spontan. «Woher willst du das wissen?»

«Weil Annas Sohn am Freitagmorgen auf meinem Obduktionstisch lag. Er ist tot. Hier in Würzburg ermordet.»

Heinrich brauchte einige Minuten, um sich zu fassen.

«Das tut mir sehr leid. Wie hast du ihn erkannt?»

Pia wischte die Frage mit einer Handbewegung beiseite.

«Wusstest du, von wem das Kind ist?»

«Das war nicht wichtig.»

«Es war von Jonathan.»

Pia wusste nicht, was sie erwartet hatte. Vielleicht, dass Heinrich Jonathan mit einem Schimpfwort bedachte, gefolgt von einem «Nach allem, was ich für ihn getan habe». Doch es kam nichts. Heinrich schwieg.

«Hast du es wirklich nicht gewusst?», vergewisserte sich Pia.

Heinrich schüttelte langsam den Kopf und sagte: «Das ändert alles.»

Pia wartete neugierig, was nun folgen würde. Sie war enttäuscht, als Heinrich sagte: «Würdest du mich jetzt bitte allein lassen?»

«Warum ändert das alles?»

«Ich habe alles falsch gemacht. Und es hat auch keine Bedeutung mehr. Ich brauche jetzt etwas Ruhe.»

Pia konnte schlecht darauf bestehen, das Gespräch

fortzuführen. Sie stand auf und verabschiedete sich. Heinrich war mit den Gedanken an einem anderen Ort. Er murmelte etwas, das nach Verabschiedung klang, und Pia verließ sein Zimmer.

Sie fuhr mit dem Aufzug ins Erdgeschoss, und als sie den Wegweiser zur Cafeteria sah, verspürte sie Appetit auf ein Stück Kuchen. Sie wählte Käsekuchen und setzte sich an einen der runden Tische.

Das Gespräch mit Heinrich Sibelius ging ihr nicht aus dem Kopf. Hatte er sich wirklich nur entschuldigen wollen? Dafür hätte ein Anruf gereicht. Sie standen sich nicht so nahe, als dass er sich vor seinem Tod hätte von ihr verabschieden wollen. Steckte in seinen Worten irgendwo eine versteckte Botschaft?

Das ändert alles.

Eine ähnliche Frage hatte das Gespräch mit Ubunta bei ihr hinterlassen.

Es steht mir nicht zu, für ihn zu antworten.

Sie sah Heinrich in seinem Bett liegen, wie er das Glas in seinen Händen hin- und herrollte. Er hatte wie ein kleiner Schuljunge gewirkt, der etwas angestellt hatte und anschließend den Einsichtigen spielt. Sie brauchte einen Moment, um zu verarbeiten, was ihre Beobachtung bedeutete. Sie ließ sich die Fakten noch einmal durch den Kopf gehen. Dann telefonierte sie mit Karl, der ihr bestätigte, dass ihre Erinnerung sie nicht trog. Sie versuchte sich zu entscheiden. Sie konnte wieder nach oben gehen und Heinrich mit ihrer Frage konfrontieren. Oder auch noch einmal zu Ubunta gehen. Aber alle hatten es bisher vorgezogen, zu lügen und zu verschweigen.

«Nein.» Pia sagte es so laut, dass einige Besucher

der Cafeteria sie verwundert ansahen. Sie achtete nicht darauf. Sie würde erst den hieb- und stichfesten Beweis erbringen, danach war wieder Zeit für Gespräche.

Sie fuhr erneut in den zweiten Stock und betrat Heinrichs Zimmer.

«Entschuldige, dass ich noch einmal störe. Ich kann meinen Autoschlüssel nicht finden. Kann es sein, dass ich ihn hier habe liegenlassen?»

Heinrich winkte sie herein.

«Du musst selber nachschauen, ich kann leider nicht für dich unters Bett kriechen.»

Pia beugte sich hinunter und hielt Ausschau nach etwas, das für ihre Zwecke geeignet war. Doch natürlich war unter dem Bett nichts. Sie erhob sich. Auf dem Nachttisch stand das Glas.

«Kann ich dir noch etwas bringen?»

Heinrich wehrte ab, und Pia wusste, dass sie nun gehen musste. Die Tür ging auf, und sie wurde erlöst. Zwei Ärzte und eine Schwester betraten den Raum. Während sie sich auf Heinrich konzentrierten und er ihnen entgegensah, griff Pia blitzschnell nach dem Glas und der Serviette, die danebenlag.

«Dann will ich nicht weiter stören», sagte sie und verabschiedete sich.

31

Es gab schon immer geschäftstüchtige Würzburger, dachte Kilian, als er ins Steinbachtal eingebogen war. Auf mittlerer Höhe des über zwei Kilometer langen Tals, das zur einen Seite mit Wald bewachsen und zur Rechten von Villen und Seniorenheimen gesäumt war, kam er an dem Verwaltungsgebäude der Kneipp-Werke vorbei. Es glich einem von Bäumen eingefassten großzügigen Landhaus aus der Jahrhundertwende.

Seine Mutter hatte ihm die Geschichte erzählt, wie der Würzburger Apotheker Leonhard Oberhäußer und der Urvater der Naturheilverfahren Sebastian Kneipp sich darauf geeinigt hatten, «pharmazeutische und kosmetische Produkte sowie diätetische Lebensmittel mit dem Namen und dem Bilde des Herrn Pfarrer Sebastian Kneipp zu entwickeln, herzustellen und zu vertreiben».

Das war vor rund hundert Jahren. Damals war von alternativen Heilmitteln kaum die Rede gewesen, geschweige denn von einem Massenmarkt à la Ökomärkte und Body Shop. Der Apotheker der Engel-Apotheke hatte eine himmlische Eingebung erhalten, was sich zukünftig verkaufen ließ. Heute fand man in nahezu jeder Apotheke und Drogerie Kneipp-Produkte, und das nicht nur in Deutschland, sondern auch in der Schweiz, den Niederlanden und den USA.

Kilian bog wenige Meter weiter in die kurze Auffahrt der Sibelius-Klinik ein. Er war das letzte Mal vor über zwanzig Jahren hier gewesen. Seitdem hatte sich nicht viel verändert. Noch immer klebte dieses Juwel einer vornehmen Jugendstilvilla am Hang, ohne lautstark um Patienten werben zu müssen. Mit einer AOK-Mitgliedskarte kam man hier nicht weit. Wenn jemand eines der begehrten Betten für die Dauer seines Aufenthalts hatte buchen können, dann hatte er sich als Privatpatient ausgewiesen.

Kilian parkte neben einem dezent wirkenden Jaguar.

Eine etwa zwanzigjährige Frau, in seinen Augen eigentlich noch ein Mädchen, erwartete ihn. Der Empfangsbereich mit Rezeption glich mehr einer Hotellobby als einem Krankenhaus. Sie saß in einer der bequem wirkenden bordeauxroten Ledergarnituren. In den anderen nahmen Patienten, überwiegend Schwarze, ihren Tee und Gebäck. Als sie ihn sah, erhob sie sich und kam auf ihn zu. Sie trug ein legeres Freizeitkostüm, wie alles in diesem Haus passend, nur nicht aufdringlich.

«Alexandra May», stellte sie sich vor und reichte ihm die Hand.

«Vielen Dank», antwortete Kilian, «dass Sie an einem Sonntag Zeit gefunden haben. Es wird hoffentlich nicht lange dauern.»

Sie nahm die Entschuldigung mit einem professionellen Lächeln entgegen und ging voran.

«Können Sie mir sagen, um welchen Zeitraum es sich genau handelt?», fragte sie. «Das würde die Suche erheblich erleichtern.»

«Laut meinen Informationen muss der Flug im Juli vor dreizehn Jahren gewesen sein.»

Sie stiegen in den Keller hinunter, durchquerten einen langen Gang, bis sie schließlich ins Archiv gelangten, das sich in einem beachtlichen Gewölbe befand. In der Mitte des Raumes stand ein Tisch mit Computern und Scannern, ringsum Regale. Sie fuhr einen Rechner hoch und gab in die Eingabemaske die Jahreszahl und den Monat ein.

«Wir haben die Digitalisierung aller Unterlagen noch nicht vollständig abgeschlossen», sagte sie, während das Programm die Datenbank durchforstete. «Wir arbeiten uns gerade zu den neunziger Jahren vor. Der Beleg, nach dem Sie suchen, wird vermutlich noch nicht erfasst sein und dürfte sich in einem der Ordner verstecken. Das könnte dann etwas dauern.»

Kilian nickte mit Blick auf die prallgefüllten Regale. «Das scheint mir eine Lebensaufgabe zu sein, die Sie hier unten zu bewältigen haben.»

Sie schmunzelte. «Ich bin nun die Vierte, die sich daranwagt. Meine Vorgänger drangen bis zum Jahrtausendwechsel durch. Ich habe mir bis zum Ende meines Trainee-Programms die Neunziger vorgenommen. Mal sehen.»

«Wofür die ganze Arbeit? Ich meine, Rechnungen vergangener Jahre zu digitalisieren erscheint mir nicht gerade zukunftsweisend.»

«Im Gegenteil. Je genauer wir auf die Wertentwicklung der Sibelius-Klinik in den letzten zwanzig Jahren zurückgreifen können, desto besser lassen sich Investitionsmodelle erstellen.»

«Benötigt die Klinik denn Investitionen?»

Wieder ein Schmunzeln. «Was glauben Sie denn, was eine moderne Herz-Lungen-Maschine oder ein Computertomograph kosten?»

«Keine Ahnung.»

«Sehr viel, glauben Sie mir.»

Sie erhob sich und verschwand in einer der Regalschluchten. «Kommen Sie», rief sie Kilian zu. Er folgte und fand sie auf einer Leiter stehend.

«Können Sie mir kurz damit helfen?», sagte sie und reichte ihm mehrere Ordner.

Vollbepackt gingen sie an den Tisch zurück.

«Das alles ist der Monat Juli. Wie ich befürchtet hatte, ist er noch nicht in der Datenbank. Damit bleibt nur noch die Suche per Hand.»

Kilian fühlte sich unwohl bei dem Gedanken, der jungen Frau den Sonntag zu ruinieren. Dennoch, er musste den genauen Termin für Maximilians Flug nach Afrika in Erfahrung bringen.

Sie las es in seinem Gesicht und machte sich an die Arbeit.

«Kann ich Ihnen dabei helfen?», fragte sein schlechtes Gewissen.

«Nein, Sie bringen mir wahrscheinlich alles durcheinander. Gehen Sie einen Kaffee trinken, ich rufe Sie dann.»

«Ich hole Ihnen am besten auch einen.»

«Mit Milch, ohne Zucker», antwortete sie und klappte den ersten Ordner auf.

Kilian ging zur Tür, wandte sich aber noch einmal um. «Wie kann ich herausfinden, ob einer der Ärzte vor ein paar Tagen Dienst hatte?»

«Oberschwester Mathilda, zweiter Stock», antwortete sie, ohne aufzublicken.

Wie er es vermutet hatte, glaubte sich Kilian eher im

Vier Jahreszeiten als in einer Klinik. Frische Blumen entlang der mit Teppichen ausgelegten Gänge, an den Wänden eine Mischung aus alten Meistern und den Shootingstars der heutigen Kunstszene, nichts wirkte aggressiv, sondern eher ideenreich. Die Zimmer waren mit elektronischen Schlössern versehen, die Knäufe schimmerten golden. Niemand war zu sehen, kein Geräusch belästigte den Gang zum Schwesternzimmer.

«Oberschwester Mathilda?», fragte Kilian eine Frau, die allein am Tisch saß.

Sie erhob sich. «Ihr Dienst beginnt um 20 Uhr. Kann ich Ihnen weiterhelfen?»

«Mein Name ist Kommissar Kilian. Dr. Maximilian Sibelius sagte mir, dass er am Donnerstagabend nochmal kurz im Haus war, um ein Patientengespräch zu führen. Wissen Sie etwas davon?»

«Donnerstag», bemühte sie ihre Erinnerung. «Warten Sie.»

Sie ging zu einem Schrank, holte ein abgegriffenes Buch heraus und blätterte darin. «Donnerstagabend hatte Dr. Fehrenbach Dienst. Ich kann nicht sehen, ob Dr. Sibelius im Haus war.»

«Hatten Sie Dienst?»

«Nein, Oberschwester Mathilda.»

Kilian schrieb seine Telefonnummer auf einen Zettel. «Können Sie ihr ausrichten, mich anzurufen?»

«Sicher.»

«Ist denn Dr. Fehrenbach zu sprechen?»

«Der hat Urlaub. Aber versuchen Sie es doch unten an der Rezeption. Ich glaube, Herr Günther hatte an diesem Abend Dienst.»

Kilian bedankte sich und machte sich auf den Weg. Die zwei Stockwerke hinunter in die Empfangshalle wurde er von zwei Patienten begleitet, die sich über die politischen Verhältnisse in Nigeria unterhielten. Es ging um Öl, Förderrechte und an welche Partner sie zu vergeben seien. Der eine favorisierte die USA, der andere votierte für die Chinesen und ihren unstillbaren Hunger nach Energie.

«Wie wär's mit Deutschland?», warf Kilian ein.

«Wofür brauchen Sie noch Öl? Sie haben die besten Unternehmen für alternative Energien im Land», erklärte der eine verwundert.

«Das stimmt», pflichtete der andere ihm bei. «Außerdem sind Sie ja schon im Kongo aktiv.»

«Als Schutzmacht für die Wahlen», antwortete Kilian.

«Sicher. Es wird sich für Sie und Ihr Land lohnen.»

Wie versprochen fand er einen älteren Mann, Ende sechzig, hinter der Rezeption. Er lächelte Kilian an. «Kann ich Ihnen behilflich sein?»

Kilian wiederholte seine Frage nach dem kurzen Besuch Maximilians an jenem Abend.

Der Mann dachte nach. «Ich bin mir nicht sicher. Aber ich glaube nicht. Genauer müsste es …»

«Oberschwester Mathilda wissen», unterbrach Kilian.

Ein freundliches Nicken.

Wenn es nicht bald jemanden gäbe, der Maximilians Angaben bestätigte, sagte sich Kilian, dann geriet der Herr Doktor gehörig in Bedrängnis.

«Hier ist er», sagte eine Stimme an seiner Seite.

Es war Alexandra May. Sie reichte ihm eine vergilbte Rechnung.

«Was ist das?», fragte er.

«Der Buchungsbeleg für den Flug nach Kenia.»

Kilian nahm den Zettel. Ja, es stimmte. Da stand Maximilian Sibelius, Frankfurt–Nairobi, zwei Tage nach Annas Tod.

32

Am liebsten wäre Pia ins Labor gegangen, ohne jemanden zu treffen und ihre Anwesenheit erklären zu müssen. Das ging aber nicht, da sie die Unterlagen der laufenden Untersuchung benötigte. Das Ergebnis von Jonathans DNA-Analyse hatte sie noch nicht gesehen. Es blieb ihr nichts anderes übrig, als Karl aufzusuchen. Sein Büro war leer.

Sie warf einen Blick in den Obduktionssaal, und auch dort war niemand. Karl war noch nicht nach Hause gegangen, sonst wäre sein Büro abgeschlossen gewesen. Eine leise Stimme versuchte sie davon abzubringen, doch Pia ging zurück in Karls Büro, schloss leise die Tür hinter sich. Wie sie vermutet hatte, lag die Akte auf seinem Schreibtisch. Er hatte sie bei ihrem Anruf geholt und noch nicht wieder zurückgebracht. Sie nahm die Akte und ging dann ins Labor.

Aus ihrer Tasche holte sie das Wasserglas, aus dem Heinrich getrunken hatte. Es dauerte nur einige Minuten, und sie stellte erleichtert fest, dass verwendbares Material vorhanden war. Sie machte sich an die Arbeit. In Gedanken versuchte sie zu ergründen, welche Bedeutung es hatte, wenn sich ihre Vermutung bestätigte. Sie war so vertieft, dass sie nicht hörte, wie die Tür aufging. Erst als Karl direkt neben ihr hüstelte, hob sie erschreckt den Kopf.

«Überstunden?» Um seinen Mund spielte ein süffisantes Lächeln. «Ich würde meine Akte gern wieder mitnehmen.»

Pia lächelte verlegen und suchte in seinem Gesicht nach einem Anzeichen für Ärger. Da war aber nichts.

«Karl, es tut mir leid. Ich konnte dich nicht finden. Ich weiß, ich hätte warten sollen, aber es ist dringend.»

Karl winkte ab.

«Ist schon gut. Aber du hättest dir den Umweg über mein Büro sparen können. Ich habe die Akte für dich kopieren lassen. Ich habe mir gedacht, dass du alle Ergebnisse selber genau unter die Lupe nehmen willst. Liegt alles auf deinem Tisch.»

Nun war Pia nicht nur verlegen, sondern beschämt. Sie klaubte alle Unterlagen zusammen und hielt sie Karl hin.

«Dann hole ich wohl mal besser meine Kopien. Ich danke dir.»

«Spar dir den Weg. Kann ich dir helfen? Hast du eine Spur?»

Pia zögerte. Dann gab sie sich einen Ruck.

«Es ist keine Spur. Eher eine begründete Vermutung. Ich weiß aber nicht, ob uns das weiterbringt.»

Sie berichtete von ihrer Beobachtung. Karl sah sie zweifelnd an.

«Heinrich und Henry haben beide hypermobile Gelenke», fasste Karl zusammen. «Ich gebe zu, dass diese Besonderheit nicht so häufig vorkommt, aber Heinrich kann wohl kaum Henrys Vater sein.»

«Jonathan ist Henrys Vater. Nach wem hat Jonathan seinen Sohn wohl benannt? Wenn meine Vermutung zutrifft, dann laufen alle Fäden in der Familie Sibelius zusammen. Daraus ergibt sich ein Motiv, das sowohl für den Mord an Anna als auch an Henry einen Sinn ergibt.»

«Lass uns doch erst einmal feststellen, ob du recht hast.»

Sie arbeiteten konzentriert, und dann blieb nur noch das Warten auf ein Ergebnis. Karl fragte Pia nach den Hintergründen aus, und Pia erzählte von Anna und der Familie Sibelius. Sie brachte ihn auf den neuesten Stand der Ermittlungen. Als der Drucker das Ergebnis ausspuckte, verglichen sie es mit der DNA-Analyse, die von Jonathan gemacht worden war, und das Ergebnis war eindeutig.

«Ich hatte recht», rief Pia. «Jonathan ist Heinrichs Sohn.»

«Das bedeutet, dass Heinrich Sibelius und Ubunta ein gemeinsames Kind haben – Jonathan. Und dass deine Schwester und dieser Jonathan die Eltern von Henry sind. Ergo ist Henry der Enkel von Heinrich Sibelius.»

Karl kratzte sich am Kopf.

«Das ist doch alles ein einziger Wirrwarr. Was bedeutet das denn jetzt?»

«Es bedeutet, dass Henry neben Maximilian der einzige Nachkomme der Familie Sibelius gewesen wäre. Und damit auch, nach Maximilian, der einzige Erbe.»

«Er hätte nur Anspruch auf den Pflichtteil gehabt.»

Pia schüttelte nachdenklich den Kopf.

«Du hast den alten Sibelius noch nie über Familie reden gehört. Diese ganzen Eigen-Fleisch-und-Blut-Argumente.»

«Andere Möglichkeiten, an das eigene Fleisch und Blut zu übergeben, hat er doch nicht. Er hätte über Henrys Existenz glücklich sein müssen.»

Diesem Argument hatte Pia nichts entgegenzusetzen.

33

Als Ubunta die Missionsärztliche Klinik betrat, war die Nacht schon angebrochen. Die Klinikflure waren in helles Neonlicht getaucht. Sie fragte nach dem Weg zu Heinrichs Zimmer, und als sie aus dem Aufzug stieg und sich, wie ihr beschrieben worden war, nach links wandte, lief sie geradewegs auf Clara Sibelius zu. Clara stand vor Heinrichs Zimmer und diskutierte mit einer Schwester.

«Es tut mir leid, Frau Sibelius, wir richten uns nach den Wünschen unserer Patienten, und Dr. Sibelius hat ausdrücklich verlangt, dass er niemanden sehen will, auch keine Familienangehörigen. Bitte haben Sie Verständnis und respektieren Sie den Wunsch Ihres Mannes.»

Damit wandte sie sich um und entfernte sich.

«Ich will Dr. Maurer sprechen. Sofort», rief Clara ihr hinterher. In diesem Moment sah sie Ubunta und blieb stehen.

«Was wollen Sie denn hier?»

Ubunta kam auf zwei Schritte heran.

«Ich möchte zu Heinrich.»

«Nun, da sind Sie umsonst gekommen. Mein Mann will niemanden sehen.»

Ubunta lächelte.

«Er hat mich herbitten lassen.»

Sie ließ Clara stehen und ging zum Schwesternzimmer. Sie stellte sich vor und fragte nach Heinrich. Die gleiche Schwester, die kurz zuvor mit Clara gesprochen hatte, nickte und forderte sie auf mitzukommen. Sie führte Ubunta an einer fassungslosen Clara vorbei, schloss die Tür auf und bat Ubunta einzutreten, dann schloss sie hinter ihr die Tür wieder ab. An dem aufgeregten Wortwechsel, der ins Zimmer drang, konnte Ubunta erkennen, dass Clara noch nicht aufgegeben hatte.

«Guten Abend, Heinrich.»

Heinrich lächelte sie an und wies mit der Hand auf einen Stuhl, der neben seinem Bett stand.

«Danke, dass du gekommen bist, Mary. Ich weiß, dass es dir nicht leichtfällt.»

«So schlimm ist es nicht. Es ist alles schon sehr lange her. Es erschien mir unnötig, dass wir uns wiedersehen. Es gab keinen Anlass. Doch das hat sich ja jetzt geändert.»

«Es tut mir leid.»

«Was tut dir leid?»

Heinrich machte eine hilflose Geste mit der Hand.

«Wie alles gekommen ist. Ich wollte alles richtig machen. Aber es ist mir nicht gelungen. Ich dachte, ich hätte gut für Jonathan gesorgt.»

Ubunta sah ihn unverwandt an.

«Ich weiß nicht, was du von mir willst. Was Jonathan angeht, mache ich dir keine Vorwürfe. Daran tragen wir gemeinsam die Verantwortung. Mir wäre es lieber gewesen, Jonathan wäre in Afrika geblieben. Es war seine Entscheidung. Falls du also irgendeine Art von Absolution willst, kannst du sie haben. Was aber Henry angeht, werde ich dir nicht verzeihen. Wie auch immer du an seinem Tod beteiligt warst. Damit musst du selbst fertigwerden.»

«Er war auch mein Enkel.»

Ubunta schüttelte langsam den Kopf.

«Er kann gar nicht dein Enkel gewesen sein, weil Jonathan niemals dein Sohn sein durfte. Hättest du Jonathan als deinen Sohn anerkannt, hättest du auch einen Enkel gehabt, und wahrscheinlich wäre das alles nicht geschehen. Aber du hast dich um Jonathan gekümmert wie um ein Patenkind, das kleine arme Waisenkind aus Afrika, dem der große Dr. Sibelius alle Türen zu einer strahlenden Zukunft öffnet. Er durfte dein Vorzeigestudent, dein Lieblingsmitarbeiter und dein bester Gesprächspartner und Freund sein. Nur nicht dein Sohn. Und genau das war es, was er sein Leben lang wollte. Nur dein Sohn sein.»

«Aber er war doch mein Sohn. Das wusste er auch. Warum hätte ich das sonst alles für ihn getan? Ich war immer für ihn da, und ich konnte mir keinen besseren Sohn wünschen.»

Ubunta lachte bitter.

«Warum ist es dir dann so schwergefallen, aller Welt zu sagen, dass er dein Sohn ist?» Sie winkte ab. «Du brauchst nicht zu antworten. Wir wissen beide, warum du das nicht getan hast. Es war deine Entscheidung. Ich trage dir das nicht nach. Aber, wie gesagt, Henry ist eine andere Sache. Henry …»

Sie brach ab und schluckte. «Du bist schuld an Henrys Tod.»

Heinrich schloss die Augen.

«Wieso habt ihr mir verschwiegen, dass ich einen Enkel habe?»

Ubunta zuckte mit den Schultern.

«Es war Jons Entscheidung. Doch ich war einverstanden. Ich wollte Henry ersparen, dass es ihm wie Jonathan ergeht. Ich wollte ihn von dir und deiner Familie fernhalten.»

Sie schwiegen. Jeder hing seinen Gedanken nach. Ubunta brach schließlich das Schweigen.

«Du kannst nicht alles haben, Heinrich. Der beste Weg für dich ist nicht der beste Weg für alle anderen Beteiligten. Und darum ist es doch immer gegangen, nicht wahr? Den besten Weg für dich zu finden. Wenn du dich in dem Glauben wiegst, das Beste für Jonathan getan zu haben, was dir möglich war, dann belügst du dich. Du hast erst entschieden, was das Beste für dich ist, und auf dieser Basis hast du getan, was du für Jonathan tun konntest.

In deinen Augen mag es viel gewesen sein. In meinen Augen war es nichts. Mein Sohn hätte seinen Weg auch ohne dich gemacht, und vielleicht wäre er dabei glücklich geworden. So hast du ihn immer auf Armlänge in deiner Nähe gehalten. Immer in der Hoffnung, eines Tages deinen Ansprüchen zu genügen und von dir anerkannt und an Maximilians Seite gestellt zu werden.

Du bist kein dummer Mensch. Du weißt, dass Menschen, die hoffen, niemals etwas tun würden, das diese Hoffnung zerstören könnte. Du hast ganz genau gewusst, dass Jonathan niemals gerichtlich einfordern würde, was ihm zusteht. Denn er hoffte auf etwas anderes, das er durch eine juristische Auseinandersetzung verlieren würde – deine Zuneigung und Anerkennung.»

«Das ist nicht wahr», fuhr Heinrich auf. «Das hört sich kalt und berechnend an.»

«Es ist kalt und berechnend. Doch du hast es dir leichtgemacht. Du hast nie so weit gedacht. Dadurch musstest du dir selbst nicht ins Gesicht sehen. Aber lass gut sein. Du wirst das jetzt nicht mehr ändern können.»

«Ich habe dabei vor allem immer an Clara gedacht. Sie hat so viel für mich getan. Sie ist meine Frau. Das konnte ich ihr nicht antun. Das musst du doch verstehen.»

Ubunta stand auf. Sie sah auf Heinrich herab und neigte leicht den Kopf zur Seite.

«Auch wenn du im Sterben liegst, Heinrich, ich werde dich nicht belügen. Du hast das nicht für Clara getan. Du hast es für dich getan. Du brauchst sie, hast sie immer gebraucht. Sie ist der passende Rahmen für dich. Ich mag sie nicht, aber hör endlich auf, deine Frau für alles verantwortlich zu machen. Warst du damals etwa nicht erleichtert, als ich keine Ansprüche an dich stellte?»

«Ich werde es wiedergutmachen», sagte Heinrich leise.

Ubunta fasste nach seiner Hand und drückte sie vorsichtig.

«Lass es gut sein, Heinrich. Du kannst es nicht wiedergutmachen. Du kannst Henry nicht wieder lebendig machen. Sei lieber vorsichtig, dass du es nicht noch schlimmer machst.»

Sie ließ seine Hand los und wandte sich zur Tür. Er rief sie noch einmal zurück.

«Darf ich dich um etwas bitten?»

«Wenn es in meiner Macht steht.»

Er nahm ihre Hand und legte etwas hinein. Als sie ihren Blick senkte, sah sie eine kleine Holzskulptur.

«Der Massai-Talisman hat mir am Ende kein Glück

gebracht», sagte Heinrich. «Es wird Zeit, dass ich auf mein Herz höre. Wenn ich tot bin, möchte ich zurück nach Afrika. Kümmerst du dich darum?»

«Wenn deine Frau es zulässt.»

«Ich werde entsprechende Verfügungen hinterlassen.»

Ubunta nickte.

«Leb wohl.»

Heinrich betätigte den Klingelknopf, und kurz darauf öffnete dieselbe Schwester wie vorhin die Tür. Ubunta verließ Heinrichs Zimmer. Auf dem Flur saß Clara und blickte sie kalt an. Ubunta nickte ihr kurz zu und ging dann in Richtung Aufzug. Auf dem Weg dorthin spürte sie Claras Blick im Rücken.

34

Nach der Entdeckung, dass Jonathan Kingsley Heinrichs Sohn war, hatte Pia beschlossen, Heinrich noch heute aufzusuchen. Der Anruf erreichte sie, als sie vor der Missionsärztlichen Klinik einen Parkplatz suchte. Eine Schwester richtete ihr aus, dass Heinrich um einen Besuch bitte. Trifft sich gut, dachte Pia. Sie war nicht überrascht, Clara vor Heinrichs Zimmer zu sehen. Sie hatte sogar erwartet, auch Max und vielleicht sogar Jonathan Kingsley anzutreffen. Sie begrüßte Clara und setzte sich neben sie.

«Wird er gerade untersucht?»

Clara schüttelte den Kopf.

«Du bist umsonst gekommen, meine Liebe, Heinrich will niemanden sehen.»

Pia hob erstaunt die Augenbrauen.

«Sitzt du hier draußen und passt auf, dass niemand Unbefugtes hineingeht? Das kann doch eine Schwester übernehmen. Soll ich jemanden holen?»

Clara schüttelte den Kopf.

«Es ist sehr lieb von dir, dass du kommst. Aber wie gesagt, er will niemanden sehen.»

In diesem Moment kam eine Schwester.

«Sind Sie Frau Dr. Rosenthal?»

Pia stand auf.

«Ja, ich wollte zu Dr. Sibelius.»

«Er erwartet Sie schon. Kommen Sie.»

Die Schwester steckte den Schlüssel ins Schloss.

«Was soll das heißen?», meldete sich Clara zu Wort. «Kann hier jeder kommen und gehen, wann er will?»

Die Schwester öffnete die Tür, und Pia ging hinein, ohne zu hören, wie sich das Gespräch zwischen Clara und der Schwester entwickelte.

Heinrich war wesentlich blasser als am Nachmittag. Seine Nase wirkte spitz, und die Haut hatte einen leicht gelblichen Ton angenommen. Pia kannte diese Zeichen. Heinrich bereitete sich auf den Tod vor. Er winkte sie heran, und sie setzte sich wie am Nachmittag auf den Stuhl an seinem Bett.

«Pia, ich habe dich hergebeten, weil ich dich um etwas bitten möchte. Mir ist niemand eingefallen, der besser geeignet wäre, mir diese Bitte zu erfüllen.»

Pia lehnte sich zurück und sah ihn abwartend an.

«Ich muss vor meinem Tod noch einige sehr wichtige Dinge bereinigen. Dazu brauche ich deine Hilfe.»

Pia wollte etwas sagen, doch Heinrich unterbrach sie:

«Ich werde anschließend deine Fragen beantworten. Lass uns zuerst diese Sache erledigen. Kannst du bitte Papier, Schreibzeug und einen großen Umschlag besorgen?»

Pia hatte tatsächlich Fragen, die sie Heinrich stellen wollte, doch sie beschloss, sich zu gedulden. Sie klingelte nach der Schwester und wartete wortlos, bis die Tür aufging. Sie bat die Schwester, ihr die von Heinrich gewünschten Dinge zu bringen.

Clara stand auf und kam zu ihr.

«Was geht hier vor, Pia? Warum bist du hier, und was will er schreiben?»

Pia antwortete nicht, lächelte nur und zuckte bedauernd mit den Achseln. Clara fasste sie am Arm.

«Pia, er ist nicht mehr bei sich. Er will mich nicht sehen. Ich weiß nicht, was sie ihm gegeben haben, aber ganz offensichtlich kann er keine Entscheidungen mehr treffen. Ich gehe jetzt hinein und sehe, wie es ihm geht.»

Sie wollte Pia beiseiteschieben, doch die wich keinen Zentimeter.

«Ich weiß nicht, was zwischen euch vorgeht, Clara. Aber glaub mir, Heinrich ist ganz er selbst und weiß genau, was er tut.»

«Was tut er denn?»

«So genau weiß ich das noch nicht.»

Die Schwester kam mit den Schreibutensilien. Pia nahm ihr alles ab und ging wieder ins Zimmer.

«Was jetzt?»

«Sieh einfach zu, was ich tue.»

Er begann zu schreiben, und Pia beobachtete, wie er, ohne zu zögern, erst eine, dann zwei und schließlich fünf Seiten mit seiner eleganten, ausladenden Schrift füllte. Sie versuchte nicht zu entziffern, was er schrieb. Als er geendet hatte, bat er sie um einen Umschlag. Er steckte die beschriebenen Seiten hinein und schrieb in großen Buchstaben «Testament» auf den Umschlag, darunter eine Adresse. Nun wusste Pia, was der Umschlag enthielt, wenn auch nicht im Detail.

«Nun, liebe Pia, bitte ich dich, mir in deiner Eigenschaft als Ärztin schriftlich zu bestätigen, dass ich im Vollbesitz meiner geistigen Kräfte bin. Solltest du mich irgendwie noch untersuchen wollen, um dir sicher zu sein, so kannst du das tun.»

«Nicht nötig», sagte Pia. «Was bekommst du gegen die Schmerzen?»

«Nur Tramadol. Das kann dir mein Arzt bestätigen.»

Pia nahm ein Blatt Papier und schrieb auf, worum Heinrich sie gebeten hatte. Sie datierte, unterschrieb das Papier und reichte es Heinrich. Er steckte es zu dem Rest in den Umschlag und klebte diesen zu.

«Nimm das bitte an dich. Morgen bringst du es zu meinem Anwalt. Er weiß, was er damit tun soll.»

«Ich nehme an, du hast soeben dein Testament geändert. Hat es etwas damit zu tun, dass du heute von mir erfahren hast, dass Henry Jonathan Kingsleys Sohn war und somit dein Enkel?»

Heinrich sah sie überrascht an.

«Woher weißt du das?»

«Das ist doch egal. Seit Henrys Leiche gefunden wurde, seid ihr alle damit beschäftigt, mich zu belügen. Also habe ich in alle Richtungen ermittelt. Dabei ist auch herausgekommen, dass Jonathan dein Sohn ist. Weiß Clara das eigentlich?»

«Ich glaube ja.»

«Du glaubst? Habt ihr nie darüber gesprochen? Sie hätte dir doch sicher die Hölle heißgemacht, wenn sie es gewusst hätte?»

Heinrich seufzte.

«Vielleicht hätte sie das getan, vielleicht aber auch nicht. Von meiner Beziehung zu Mary hat sie gewusst. Den Rest hat sie wahrscheinlich geahnt. Aber sie hat nie etwas gesagt. Schließlich habe ich ihr keine Schande gemacht.»

Pia lachte.

«Ihr mit eurem seltsamen Ehrbegriff. Du hast sie betrogen. Was könnte schlimmer sein?»

«Ich hätte Jonathan als meinen Sohn anerkennen können. Dann hätten alle gewusst, dass ich sie betrogen habe.»

«Ach ja, du hast die Form gewahrt.»

«Ich weiß, dass du kein Verständnis dafür hast. Deine Schwester war vernünftiger. Das habe ich zumindest geglaubt.»

Pia spürte, wie sich ihr Magen verkrampfte.

«Bist du dir im Klaren darüber, dass meine Schwester dieses Verständnis, wie du es nennst, mit dem Tod bezahlt hat?»

Heinrich sah sie verständnislos an.

«Meine Schwester hat ihre Schwangerschaft nicht an die große Glocke gehängt. Sie hat ihr Kind still und heimlich in Afrika zur Welt gebracht. Auch sie hat der Familie Sibelius keine Schande gemacht. Und damit sie dazu auch später nie die Möglichkeit haben konnte, hat einer von euch dafür gesorgt, dass sie verschwindet. Sag mir, Heinrich, ist der unbefleckte Name der Familie Sibelius zwei Menschenleben wert? Und was ist bei der Sache eigentlich die Schande? Ein uneheliches Kind? Seid ihr wirklich so von gestern? Oder weil er ein Mischling ist? Hättest du Jonathan als deinen Sohn anerkannt, wenn seine Mutter eine Weiße wäre? Und hättet ihr ein weißes Stiefenkelkind vielleicht akzeptiert?»

Heinrich unterbrach ihre Fragenflut.

«Wir sind doch keine Rassisten. Du weißt selbst, wie viel wir für Afrika und die afrikanische Bevölkerung tun.»

«Ach komm, Heinrich. Meinst du die afrikanischen Diplomaten, die sich in deiner Klinik behandeln lassen? Entschuldige, ich habe die Handvoll armer kleiner afrikanischer Alibi-Kinder vergessen, die ihr jedes Jahr auf eure Kosten nach Deutschland holt und behandelt.»

Pia biss sich auf die Unterlippe. Es war nicht der richtige Zeitpunkt, um Heinrich Sibelius grundsätzliche Vorhaltungen zu machen. Sie schwieg, und es dauerte einige Minuten, bis Heinrich wieder das Wort ergriff.

«Es tut mir sehr leid, wenn du diesen Eindruck hast. Ich versichere dir, es ist nicht so. Ich wäre gern in Afrika geblieben. Als Clara von Mary erfuhr, hat sie mich vor die Wahl gestellt, sie oder Afrika. Wäre sie nicht gewesen, würde ich immer noch in Afrika praktizieren.»

Pia hob beschwichtigend die Hand.

«Schon gut. Wieso liegst du eigentlich nicht in deiner eigenen Klinik?»

Heinrich lächelte.

«Das wäre nicht gut für die Moral meiner Patienten. Stell dir vor, dein behandelnder Arzt stirbt im Nebenzimmer. Nein, das wäre schlecht fürs Geschäft.»

Pia wusste, dass ihr Besuch bei Heinrich zu Ende war, und sie wusste auch, dass sie ihn nie wiedersehen würde.

«Ich muss dich etwas fragen.»

Sie sah ihm direkt in die Augen.

«Weißt du, wer Henry und meine Schwester umgebracht hat?»

Er wich ihrem Blick nicht aus.

«Glaubst du, ich war es?»

«Ich weiß es nicht. Es war einer von euch. Wer genau, kann ich noch nicht sagen.»

«Ich war es nicht.» Heinrich wandte den Blick ab und sah zum Fenster, das nur noch ein schwarzes Viereck war.

«Vielleicht wirst du herausfinden, wer es war. Ich glaube aber nicht, dass du es wirst beweisen können, und es spielt auch keine Rolle mehr.»

Pia erhob sich.

«Du täuschst dich. Und ich werde einen Beweis finden. Ich hoffe nur, dass du es nicht warst, denn bis dahin wirst du tot sein. Ich möchte aber, dass der Mörder vor Gericht kommt.»

Heinrich lächelte und nickte.

«Das kann ich verstehen, und ich nehme dir deine Worte nicht übel. Ich wünsche dir Glück.»

Pia klingelte. Dann nahm sie den großen Umschlag an sich, hob die Hand zum Gruß und ging durch die Tür, die sich inzwischen geöffnet hatte. Als sie auf dem Gang stand, atmete sie erst einmal tief durch.

«Was hat er von dir gewollt?»

Pia fuhr herum. Direkt neben ihr stand Clara. Sie blickte an Pia hinunter auf den Briefumschlag.

«Ein neues Testament ist nie und nimmer haltbar. Das werde ich anfechten. Pia, sei vernünftig. Er ist todkrank. Er weiß nicht, was er tut. Gib es mir. Wir vergessen, dass es existiert.»

Pia wich zurück.

«Heinrich ist bei klarem Verstand. Ich weiß nicht, was hier drinsteht. Warum macht dir ein neues Testament so sehr Angst?»

«Es macht mir keine Angst. Ich will nur vermeiden, dass er uns blamiert. Dass er sich blamiert.»

Pia nickte nachdenklich.

«Ich glaube, ich verstehe. Du hast Angst, dass in dem Testament etwas steht, das die Form verletzt, etwas, das der Familie Schande macht.»

«Ja, etwas in der Art. Du weißt, wie Männer in dem Alter sind. Sie werden auf einmal sentimental oder glauben, Gefühle zu entwickeln, die ihnen nur jemand einredet.»

Pia grinste.

«Von jungen Mädchen hat Heinrich mir gar nichts erzählt. Wie auch immer. Ich werde seine Bitte respektieren und diesen Umschlag morgen bei seinem Anwalt abliefern.»

Pia sah, dass Clara die Fäuste geballt hatte, und sie konnte es nicht lassen, ihr neues Wissen zu nutzen.

«Reg dich nicht auf. Die Änderung ist sicher ganz harmlos. Er wird wahrscheinlich dafür sorgen, dass keiner seiner Söhne sich benachteiligt fühlt.»

«Wir haben nur einen Sohn.» Auch wenn Claras Körper eine andere Reaktion zeigte, war ihre Stimme kalt und regungslos.

«Das gilt für euch beide. Aber Heinrich hat wohl noch einen zu bieten. Das kommt in den besten Familien vor.»

Claras Mund zuckte, dann drehte sie sich um und ging hocherhobenen Hauptes in Richtung Aufenthaltsraum.

35

Als Kilian die Tür zu seinem Büro öffnete, hatte er nicht damit gerechnet, auf Heinlein zu treffen. Er saß grübelnd im Halbdunkel an seinem Arbeitsplatz.

«Was machst du hier?», fragte Kilian. «Hast du kein Zuhause? Es ist Sonntagabend.»

Heinlein strich sich müde durch die Haare. «Ja, ja, ich weiß. Was ist mit dir? Lässt dich Pia wieder mal nicht rein?»

Kilian setzte sich ihm gegenüber und schaltete die Tischlampe ein. Enttäuscht gab er zu: «Ich habe sie heute noch gar nicht gesehen.»

Heinlein zeigte Mitgefühl. «So ist das mit schwangeren Frauen. Wenn sie haben, was sie von dir wollen, dann bist du so interessant wie Aufgewärmtes vom Vortag. Letztlich reduziert sich alles auf den biologischen Masterplan.»

«Der da ist?»

«Wachset und vermehret euch.»

Kilian schmunzelte. «Wo ist Claudia?»

«Vor der Glotze, schaut Tatort.»

«Und die Kinder?»

«Vera ist im Sprachunterricht, und Thomas ist mit irgendwelchen obskuren Leuten unterwegs.»

Kilian horchte auf. Es hatte sich einiges getan in der

Entwicklung von Heinleins Nachwuchs. «Welche Sprache lernt Vera, und was meinst du mit obskuren Leuten?»

«Chinesisch. Sie will vorbereitet sein, wenn der Tiger zum großen Sprung ansetzt. Die USA sind am Ende, genauso wie die Russen, sagt sie. Nun kommt das Jahrhundert der Mai Lings. Da will sie vorbereitet sein. Und bei Thomas», Heinlein schüttelte frustriert den Kopf, «habe ich das Gefühl, dass mir der Junge aus den Fingern gleitet. Claudia hat gestern eine CD mit Glatzköpfen in seinem Zimmer gefunden. Sieg Heil und der ganze Rassenscheiß. Ich weiß langsam wirklich nicht mehr, was ich da noch machen soll.»

«Hast du mit ihm darüber gesprochen?»

Heinlein verneinte. «Wie denn? Ich hock ja nur noch im Büro rum.»

«Und Claudia?»

«Das ist 'ne Sache unter Männern. Ich muss das mit ihm regeln. Ich weiß bloß noch nicht, wie. Ich hätte gute Lust, ihm mal gründlich den Hosenboden zu versohlen. Aber das geht jetzt nicht mehr.»

Kilian erwiderte nichts dazu. Es fehlte ihm die Erfahrung.

«Kleine Kinder, kleine Sorgen», sagte Heinlein schließlich, «große Kinder, große Sorgen. Mach dich schon mal darauf gefasst.»

Ratschläge dieser Art hatte er in letzter Zeit mehrfach von seiner Mutter gehört, nun fing auch Heinlein damit an. Es schien ihm, als lebten Eltern in einer anderen Dimension. «Ich werde alles besser machen», antwortete er scherzhaft.

Heinlein lächelte. «Den gleichen Scheiß habe ich

früher auch erzählt. Glaub mir, es gibt ein Leben vor den Kindern und eins danach. Dein Kleiner wird dir schon zeigen, wo's langgeht. Da hast du überhaupt keine Chance.

Als Vater bist du ohnehin der letzte Arsch. Stell dich schon mal drauf ein. Wenn alles gut läuft, ist es das Verdienst von Mami, und wenn nicht, dann bist du an allem schuld. C'est la vie.»

Auch diesen Ratschlag nahm Kilian gelassen hin. Er musste sich wohl darauf einstellen, dass er noch mehr in den nächsten Monaten zu hören bekam.

«Und genau das ist es», fuhr Heinlein fort, «was ich an diesem Kingsley nicht verstehe.»

«Was meinst du?»

«Dieses seltsame Unbeteiligtsein. Er zeigt keinerlei Gefühl. So, als ginge ihn das alles überhaupt nichts an.»

«Er sollte also reagieren wie du?»

«Das ist doch eine völlig natürliche Verhaltensweise. Wie kann man den Tod seines eigenen Kindes übergehen, als sei nichts geschehen? Unfassbar. Was ist das nur für ein Mensch?»

Kilians Telefon unterbrach sie. Er nahm ab. Eine Frau meldete sich. «Oberschwester Mathilda. Sie wollten mit mir sprechen?»

«Vielen Dank für Ihren Rückruf. Ich wollte wissen, ob Dr. Maximilian Sibelius am Donnerstagabend nach Dienstschluss nochmal in der Klinik war.»

Sie dachte nach. «Ja, er kam spät. Ein Patient wollte mit ihm sprechen.»

«Wie lange hat das gedauert?»

«Eine halbe Stunde ungefähr.»

«Dann verließ er sofort wieder das Haus?»

«Ja, ich glaube schon. Es war schließlich sein Feierabend.»

Damit schied Maximilian aus dem Kreis der Verdächtigen aus, ging es Kilian durch den Kopf. In der kurzen Zeit zwischen Verlassen der Klinik und Rückkehr zum Bauernhof seiner Freundin hatte er kaum eine Möglichkeit gehabt, um …

Mathilda holte ihn aus seinen Gedanken. «Frau May will noch mit Ihnen sprechen.»

«Hallo, Herr Kilian», sagte Alexandra May, die Maximilians Flugschein aus dem Archiv besorgt hatte. «Ich weiß nicht, ob das interessant für Sie ist, aber ich habe beim Einsortieren der Belege noch etwas gefunden.»

«Ich höre.»

«Ein Brief von der Lufthansa in Nairobi. Es geht um ein verlorengegangenes Gepäckstück. Allerdings bezieht sich das Schreiben auf einen Flug, der ein paar Tage früher stattgefunden hat. Dabei handelte es sich aber nicht um Dr. Maximilian Sibelius.»

36

Nach dem Gespräch mit Pia hatte sich Clara in den Aufenthaltsraum gesetzt und gemerkt, dass ihr der Magen knurrte. Sie ging in die Cafeteria und erkannte vom Eingang aus, dass an einem der hinteren Tische Ubunta, Jonathan und Max saßen. Sie schienen sich leise zu unterhalten. Clara schritt geradewegs auf sie zu und blieb zwischen Maximilian und Jonathan stehen.

«Eine kleine Familienfeier?»

«Mutter!»

Maximilian stand auf.

«Ist Vater …»

«Nein, deinem Vater scheint es gutzugehen. Auch wenn ich das nicht mit Bestimmtheit sagen kann. Er empfängt Gott und die Welt. Nur mich will er nicht sehen.»

Sie blickte sich um. Die Cafeteria war um diese Zeit nahezu leer. Nur an einem Tisch unterhielten sich leise ein Mann und eine hochschwangere Frau.

«Soll ich dir einen Stuhl holen?» Maximilian zog vom Nebentisch einen Stuhl heran.

«Danke, ich will nicht stören. Offensichtlich habt ihr Wichtiges zu besprechen.»

Ubunta blickte ruhig in Claras Gesicht. Jonathan stand nun ebenfalls auf.

«Clara, setz dich bitte. Wir besprechen etwas, das dich indirekt auch angeht.»

Clara zog eine Augenbraue hoch.

«Dann lasst hören.»

Sie setzte sich auf die Kante des Stuhls, den Maximilian hinter sie geschoben hatte.

«Papa will in Afrika beerdigt werden.»

«Unsinn», entgegnete Clara scharf. «Er wird in unserer Familiengruft beerdigt.»

Ubunta schaltete sich mit ruhiger und leiser Stimme ein.

«Ihr Mann hat mich heute zu sich gebeten. Er will, dass ich mich darum kümmere, dass er nach seinem Tod nach Afrika zurückkehrt. Wir haben soeben darüber gesprochen, wie wir vorgehen wollen.»

Clara schnaubte verächtlich.

«Heinrichs Beerdigung geht Sie gar nichts an. Ich weiß nicht, was Sie mit ihm gemacht haben, als Sie bei ihm waren. Heute scheint jeder zu glauben, mich übergehen zu können. Ich bin seine Frau. Nach seinem Tod werde ich entscheiden, was mit ihm geschieht.»

«Mutter, du willst ihm doch diesen letzten Wunsch nicht verwehren? Was ist denn dabei? Wenn er in Afrika begraben werden will, dann soll es eben so sein.»

«Halt den Mund, Maximilian. Wir reden später.»

Sie wandte sich an Ubunta und an Jonathan.

«Und Sie gehen jetzt besser. Für heute haben Sie genug angerichtet. Mein Mann stirbt bald. Es ist jetzt nicht der Zeitpunkt für Streitereien. Ich kann verstehen, dass Sie Ihrem Groll gegen Heinrich Luft machen wollen, aber bitte nicht heute.»

Jonathan lachte. Es war kein Auflachen, sondern ein tiefes anhaltendes Lachen. Er lehnte sich in seinem Stuhl zurück.

«Clara, merkst du nicht, dass es reicht? Lass uns endlich aufhören, um den heißen Brei zu reden. Du weißt doch, dass ich sein Sohn bin. Warum hören wir nicht endlich mit der Scharade auf? Wovor hast du Angst?»

«Ich habe vor gar nichts Angst. Du bist nicht sein Sohn, allenfalls sein Bastard.»

Claras Augen sprühten vor Zorn. Doch Jonathan war bereit, den Kampf aufzunehmen.

«Dann bin ich eben sein Bastard. Nenn es doch, wie du willst. Ich bin von seinem Blut, und das kannst du nicht ertragen, nicht wahr? Du kannst es nicht ertragen, dass er eine schwarze Frau dir vorgezogen hat. Du musstest ihn ködern mit Geld und den Beziehungen deiner Familie. Hättest du das nicht gehabt, wärest du für ihn nicht interessant gewesen. Meine Mutter hatte nichts, aber er hat sie geliebt.»

Clara sprang auf.

«Geliebt? Deine Mutter ist eine Hure, die sich in das Bett meines Mannes gelegt hat, in voller Absicht, ihn durch ein Kind an sich zu binden und ihre Zukunft dadurch zu sichern. Aber der Plan ist nicht aufgegangen.»

Sie deutete mit dem Finger auf Ubunta.

«Sieh dir deine Mutter doch an. Glaubst du wirklich, Heinrich hätte sich mit ihr an seiner Seite ein Leben auch nur vorstellen können?»

Jonathan sah Clara mit unbewegtem Gesicht an.

«Ja, das hätte er. Doch meine Mutter wollte ihn nicht.»

Clara war bleich geworden. Sie griff mit der Hand nach der Stuhllehne. Ihre Knöchel traten weiß hervor.

«Du dreckiger Negerbastard. Du hast dich in meine Familie eingeschlichen. Ich habe dich wie einen Sohn behandelt. Wir haben alles Erdenkliche für dich getan. Und wie hast du es uns gedankt? Dein Plan ist zum Glück nicht aufgegangen.»

Es war Ubunta, die mit gewohnt leiser Stimme in die entstandene Stille hineinsprach.

«Und wie genau haben Sie dies verhindert, Frau Sibelius?»

Clara hatte keine Zeit zu antworten. Max war aufgesprungen.

«Hört endlich auf.» Er wandte sich zu Jonathan. «Warum hast du mir das nicht gesagt?»

Jonathan schnaubte verächtlich.

«Was hätte ich dir denn sagen sollen? Dass ich sein Sohn bin, er mich aber als solchen nicht anerkennen will? Ich war sein Vorzeigehündchen. Der kleine schwarze Junge, der es unter Heinrichs leitender Hand zu etwas gebracht hat.»

«Wir sind Brüder.»

«Er ist nicht dein Bruder.» Clara stellte sich an Maximilians Seite und legte ihm die Hand auf den Arm. «Er hat mit dir gar nichts zu tun. Du bist Heinrichs Sohn. Du bist mein Sohn. Wenn Heinrich gewollt hätte, dass Jonathan sein Sohn ist, hätte er ihn dazu gemacht.»

Maximilian schüttelte Claras Hand ab.

«Mutter, es reicht. Er hätte es sicher liebend gern getan. Siehst du nicht, dass Jonathan der Sohn ist, den er sich immer gewünscht hat? Er ist sogar der Sohn, den du dir immer gewünscht hast. Er ist dir ähnlicher als ich. Ihr spielt beide eure Spielchen. Wir anderen tun doch nur, was ihr uns vorgebt oder wozu ihr uns zwingt.»

«Was weißt du schon?», sagte Jonathan. «Dir ist doch alles vorn und hinten reingeschoben worden. Ohne dass du auch nur einen Finger krumm machen musstest. Du bist ein mieser Arzt und wirst die Klinik leiten. Du bist sein Thronfolger, auch wenn du es dir mit nichts verdient hast.»

«Das hast du mich ja auch immer spüren lassen. Hast du deshalb mit Anna geschlafen? Weil sie meine Frau war?»

Jonathan lachte. «Es war nicht schwierig, glaub mir. Offensichtlich warst du auch auf diesem Gebiet ein Versager.»

«Jonathan. Es reicht», herrschte Ubunta ihren Sohn an.

«Er will es doch hören. Es ist auch höchste Zeit.»

Maximilian senkte den Kopf und atmete tief durch.

«Ich beginne langsam zu verstehen. Du hast dir mit Anna einen kleinen Spaß erlaubt. Mich hast du anschließend gekonnt manipuliert. Du hast vorgegeben, Henry schützen zu wollen, als du mich gebeten hast, seine Existenz für mich zu behalten. Du wolltest ihn zum richtigen Zeitpunkt präsentieren. Er war deine Trumpfkarte. Wenn Heinrich einen Enkel haben wollte, hätte er auch dich als seinen Sohn anerkennen müssen. War es nicht so?»

Jonathan zuckte mit den Achseln, und Maximilian sah ihn kopfschüttelnd an.

«Du bist ein egoistischer, gemeiner Hund! Du hast deinen eigenen Sohn benutzt.»

«Ich wollte, dass er bekommt, was ihm zusteht.»

«Hat er es bekommen? Kann es sein, dass dein Sohn nicht so wollte, wie du wolltest? Vielleicht hat er auf seinen Großvater und den Namen Sibelius gepfiffen. Vielleicht wollte er bei seiner Großmutter in Afrika bleiben. Dem vielleicht einzigen Menschen, der ihn einfach nur geliebt hat. Musste er sterben, weil er sich deinen Plänen nicht fügen wollte?»

Jonathan ging drohend einen Schritt auf Maximilian zu.

«Willst du damit andeuten, ich hätte meinen eigenen Sohn umgebracht?»

«Ja, das will ich. Hast du dich nicht gefragt, wer ein Interesse an seinem Tod haben könnte? Mein Vater sicher nicht. Meine Mutter hat von seiner Existenz nicht einmal gewusst, und ich selbst? Glaub mir, mir wäre nichts lieber, als dass mir einer diese verdammte Klinik vom Hals schafft. Du siehst in mir den Konkurrenten. Aber das, was du haben willst, möchte ich liebend gern loswerden. Wer bleibt also?»

Jonathan winkte ab.

«Du spinnst.»

«Warum antwortest du nicht?», mischte Clara sich ein. «Wir mussten alle eine Befragung durch die Polizei ertragen. Sie gehen in unserer Klinik ein und aus. Selbst Annas Schwester mischt sich in Dinge ein, die sie nichts angehen. Da dürfen wir doch wohl unsere eigenen Überlegungen anstellen. Mir war gar nicht bewusst, wie weit euer perfides Spiel geht. Maximilians Erklärungen scheinen vernünftig.»

Ubunta mischte sich nun ein.

«Maximilian, Ihre Anschuldigungen sind Ihrer momentanen Verfassung zuzuschreiben. Jonathan hat mit Henrys Tod nichts zu tun. Das muss Ihnen doch klar sein.»

Doch Clara ließ nicht locker.

«Dann soll er doch antworten.»

«Frau Sibelius, jetzt setzen Sie sich doch wieder. Wir sollten die Polizei ihre Arbeit machen lassen. Die Wahrheit wird ans Licht kommen. Bis dahin sollten wir uns mit Anschuldigungen zurückhalten und lieber wieder zum ursprünglichen Thema zurückkehren.»

«Das könnte Ihnen so passen. Mein Mann liegt im Sterben. Vielleicht überlebt er die Nacht nicht. Er ist dabei, seine Angelegenheiten zu ordnen. Bevor er voreilige Entscheidungen trifft, sollte er Bescheid wissen.»

«Was meinst du damit?», fragte Jonathan.

«Das geht dich nichts an.»

«Hat es damit zu tun, dass Annas Schwester bei ihm war? Hat er vor, sein Testament zu ändern?», fragte Maximilian.

Clara fuhr herum.

«Maximilian, sei still. Er wird ganz sicher nicht sein Testament ändern. Warum sollte er das?»

«Vielleicht will er etwas gutmachen», warf Ubunta ein.

«Es gibt nichts gutzumachen. Verschwinden Sie endlich. Und das mit der Beerdigung schlagen Sie sich auch aus dem Kopf.»

Mit diesen Worten drehte Clara sich um und verließ die Cafeteria.

37

Der Schmerz kam plötzlich. Er kannte keine Richtung, und seine Quelle ließ sich nicht bestimmen.

«Noch nicht», flüsterte Heinrich.

Sein ganzer Körper zitterte. Um ihn herum meldeten sich die Geräte mit hohen pfeifenden Tönen.

In Panik griffen seine Hände in die Luft und suchten etwas, woran er sich festhalten konnte, um nicht aus dem Leben zu gleiten. Dann spürte er die Hitze. Sie umfing seinen Körper, drang durch die Haut in sein Innerstes und verdrängte den Schmerz. Das sterile Weiß des Zimmers wich zurück und machte Platz für die Farben Afrikas. Die Sonne erschien am Horizont und leuchtete nur für ihn. Sie ließ die Luft über dem Boden tanzen.

Heinrich schloss die Augen, um von diesem Anblick nicht abgelenkt zu werden. Alles verlor seine Bedeutung. Er fühlte sich leicht, jeder Verantwortung und Schuld enthoben. Was auch immer er getan hatte, es war bedeutungslos. Er sah Afrika, hörte es, roch es und fühlte es. Er war zu Hause. Um sich herum spürte er Hektik, von Menschen verursacht, die versuchten, seinen Tod aufzuhalten.

«Geht weg», sagte er und wusste nicht, ob sie ihn hörten, ob seine Stimme aus Afrika bis in diesen weißen Raum drang. Er fühlte Hände, die sich an ihm zu schaffen machten, und lächelte. Sie bemühten sich vergeblich, und er war froh darum. Er verschloss Augen und Ohren für das Geschehen um sich und überschritt endgültig den Äquator in Richtung Süden.

38

Als Kilian und Heinlein aus dem Aufzug im zweiten Stock der Missionsärztlichen Klinik traten, wären sie fast mit einem Arzt zusammengeprallt.

Er entschuldigte sich nicht, sondern lief eilig weiter den Gang hinunter, wo ihn eine Schwester an einem der Patientenzimmer erwartete. An der Wand über ihr blinkte eine rote Lampe.

Kilian schaute sich um, ob er eine Krankenschwester fand, die ihm sagen konnte, wo Clara Sibelius zu finden war. Helene, das Dienstmädchen, hatte ihm zuvor mitgeteilt, dass die gesamte Familie im Krankenhaus war – Heinrich würde die Nacht wohl nicht überleben.

Heinlein steuerte instinktiv auf das Zimmer zu, in dem der Arzt und die Schwester verschwunden waren. Die Tür stand weit offen.

Die elektronischen Geräte, die um das Krankenbett aufgebaut waren, blinkten nur noch still vor sich hin. Der Arzt wies die Schwester an, die Angehörigen zu verständigen.

«Entschuldigen Sie», hielt Kilian sie beim Hinausgehen auf, «wo können wir Clara und Maximilian Sibelius finden?»

«Sie waren bis vorhin noch auf der Station. Ich nehme an, sie sind unten in der Cafeteria.»

«Wer ist das?», fragte Heinlein mit Blick ins Zimmer.

«Heinrich Sibelius. Er ist soeben verstorben.»

Die Schwester ging weiter, Heinlein und Kilian folgten ihr bis zum Aufzug.

In der Cafeteria im Erdgeschoss angekommen, fanden sie einen nahezu leeren Raum vor. Nur ein Mann mit einer hochschwangeren Frau saß vor einem Glas Bier.

Heinlein schaute sich um. «Hier ist sonst niemand.»

Kilian fragte die beiden einzigen Gäste: «Entschuldigen Sie. Haben Sie eine ältere Frau und einen Mann ungefähr in meinem Alter gesehen? Man sagte mir, dass sie hier zu finden seien.»

«Meinen Sie die Sibelius?»

Kilian zeigte sich überrascht. «Kennen Sie sie?»

«Nein, aber vorhin haben wir sie erleben dürfen.»

«Was meinen Sie?»

«Es war nicht zu überhören. Sie haben einen lautstarken Streit vom Zaun gebrochen. Ich war kurz davor, sie zur Ordnung zu rufen.»

«Worum ging es?»

«Irgendetwas mit einem Begräbnis in Afrika, einer Anna und einem Bastard. Glauben Sie mir, die waren alle außer Rand und Band und kurz davor, handgreiflich zu werden.»

«Und wo sind sie jetzt?»

«Zuerst ging die alte Sibelius, dann ihr Sohn und zum Schluss die beiden Schwarzen.»

«Eine Frau und ein Mann?», fragte Heinlein.

Der Mann nickte.

«Wissen Sie, wohin?»

«Nein. Es war die Rede von einem Testament, das ihr Mann geändert haben soll.»

«Heinrich Sibelius?»

«Das nehme ich an, ja. Er liegt wohl im Sterben.»

Kilian und Heinlein sahen sich an. Eine Testamentsänderung hatte zu einem handfesten Streit zwischen den Sibelius und den Kingsleys geführt. Wer hatte etwas zu verlieren, wer etwas zu gewinnen, wenn Heinrich Sibelius kurz vor seinem Tod das Testament änderte?

«Was denkst du?», fragte Heinlein.

«Das Gleiche wie du.»

«Ich fahr zu den Sibelius», sagte Heinlein, «und du übernimmst die Kingsleys.»

Kilian nickte und war fast schon an der Tür, als der Mann ihnen zurief: «An Ihrer Stelle würde ich mich um Annas Schwester kümmern.»

Kilian und Heinlein erstarrten. «Wie bitte?»

«Von ihr war die Rede, als es um die Testamentsänderung ging.»

39

Da war ein Geräusch.

Pia horchte und glaubte, erneut ein Rascheln zu hören. Sie hatte die Terrassentür offen gelassen, und wahrscheinlich wetzte die Nachbarskatze gerade ihre Krallen am Esstisch.

Sie stand auf und hüllte sich in ein Badetuch. Mit nassen Füßen ging sie ins Wohnzimmer, konnte jedoch nichts entdecken. Es war ein lauer Frühlingsabend, und ein leichter Wind blähte die Gardinen nach innen. Sie spähte nach draußen, sah aber nichts außer Schatten in der Dunkelheit. Sie schloss die Terrassentür, ging zurück ins Bad und legte sich erneut ins warme Wasser. Die Akte mit dem Obduktionsbericht lag griffbereit neben der Wanne, und Pia schlug sie auf, wo sie stehengeblieben war – bei den Analyseergebnissen.

Nach dem Gespräch mit Heinrich wollte sie alles noch einmal gründlich durchgehen. Aber wie sie erwartet hatte, gab es da nichts Neues zu entdecken. Sie wollte die Akte gerade zuklappen, als sie stutzte. Bei den Analyseergebnissen des Mageninhaltes war ein Wort gewesen, das von Bedeutung war. Sie überflog den Absatz noch einmal, und da stand es. Pia ließ langsam die Akte sinken und achtete nicht darauf, dass das Papier nass wurde.

Schwarz auf weiß und völlig harmlos stand es da.

Rucola. Hirse und Rucola.

Sie hätte nur einmal die Akte aufmerksam lesen müssen, und sie hätte es gewusst. Schlimmer. Sie sah sich im Obduktionssaal stehen, mit den Gedanken nicht bei der Sache.

Wie durch einen Nebel drang Karls Stimme zu ihr hindurch. «Eindeutig Hirse. Und etwas Grünes. Petersilie oder Salat. Wir machen eine Analyse.»

Sie hörte noch eine andere Stimme, die bemüht gewesen war, das Gespräch nicht auf Anna kommen zu lassen. «Bei diesem Gericht verwende ich zum Beispiel sehr viel kleingehackten Rucola, den gibt es in Afrika gar nicht.»

Das durfte einfach nicht wahr sein. Sie hätte am Tag nach der Tat bereits wissen können, wer Henrys Mörder war.

«Du dumme, unprofessionelle Gans», schimpfte sie laut vor sich hin. Sie warf die inzwischen fast völlig nasse Akte auf den Boden und griff nach dem Wannenrand, um aufzustehen. Doch mitten in der Bewegung erstarrte sie.

Die Badezimmertür öffnete sich, und nur einen Augenblick später erblickte Pia Clara Sibelius.

«Wo ist es?»

«Clara, wie bist du hereingekommen?»

Pia wollte sich erheben, doch Clara war mit einigen Schritten bei ihr und drückte sie zurück ins Wasser.

«Ich will dir nicht wehtun. Sag mir einfach, wo du das Testament hast. Ich nehme es und gehe.»

«Und wenn nicht?»

«Dann muss ich dich dazu zwingen.»

Pia wusste, dass sie Clara körperlich überlegen war, auch in schwangerem Zustand. Doch nicht in dieser

Position. Sie musste versuchen, aus der Wanne herauszukommen.

«Clara, lass mich aufstehen und uns einen Tee kochen. Wir reden in Ruhe darüber.»

Clara schüttelte den Kopf.

«Erst, wenn du es mir gesagt hast.»

«Willst du mich umbringen? So wie Henry? Willst du meinen Kopf unter Wasser drücken?»

«Wenn es sein muss.»

«Clara, es nützt nichts. Ich habe einen Beweis gefunden. Er reicht aus, dass die Polizei in eurem Haus eine Durchsuchung vornimmt. Du magst an Henry keine Spuren hinterlassen haben. Er war in eurem Haus, hat bei euch gegessen. Wir werden eine Spur von ihm finden, ein Haar, eine Faser, Hautpartikel.»

Clara lachte höhnisch.

«Was soll das für ein Beweis sein? Die Polizei ist jedenfalls noch nicht aufgetaucht. Kann es sein, dass du dir das gerade ausdenkst, um Zeit zu gewinnen?»

Pia schüttelte den Kopf. Sie versuchte, ruhig zu bleiben.

«Es ist ein Beweis, der im Obduktionsbericht steht. Der Mageninhalt verrät, was er gegessen hat. Und das führt zu dir. Es beweist, dass Henry nur ganz kurze Zeit vor seinem Tod bei dir gegessen hat.»

«Wer außer dir weiß das? Ich fürchte, deine Erkenntnisse werden dir nicht helfen. Zumal du sie wohl gerade eben erst hattest.» Clara wies auf die Akte, die vor ihren Fußen lag. Pia musste Zeit gewinnen.

«Warum?»

«Erwartest du eine Beichte?»

«Du warst in Kenia. Du hast in Annas Haus auf sie gewartet. War der Plan schon fertig in deinem Kopf?»

Clara lachte, und Pia fuhr fort: «Du hättest Gewehr und Wasser im Wagen lassen sollen, dann hätte ich nichts gemerkt.»

«Was meinst du damit?»

«Das wirst du erfahren, wenn dich die Polizei befragt.»

Clara zuckte mit den Schultern. «Alles nur Vermutungen.»

Pia wollte, dass Clara redete. Doch dazu musste sie eine Schwachstelle finden, etwas, das Clara ihre Vorsicht vergessen ließ. Sie konnte nur raten, aber sie musste es versuchen.

«Warum hast du eigentlich einen Arzt geheiratet, anstatt selber Medizin zu studieren?»

Clara schwieg.

«Es gab auch zu deiner Zeit Ärztinnen. Franziska Tiburtius, Rahel Hirsch. Hielt dein Vater dich nicht für geeignet?»

Pia erkannte, dass sie die richtige Frage gestellt hatte. Claras Blick war starr geworden.

«Mein Bruder war Arzt. Er ist im Krieg gefallen.»

«Hast du Anna beneidet? Weil sie das sein durfte, was dir nicht erlaubt war?»

«Deine Schwester hat sich nicht wie eine Frau benommen. Sie ist wie eine Wilde durch den Busch gerannt. Hat Medizinmänner befragt. Als ob es von denen etwas zu lernen gäbe.»

«Du hast sie kaltblütig ermordet, weil du sie beneidet hast.»

«Du glaubst, die Wahrheit zu kennen, aber du weißt gar nichts.»

«Ich weiß, dass dein Gepäck verlorengegangen ist. Du hast von Annas Haus aus mit der Lufthansa telefoniert.»

Clara sah sie ungläubig an, dann lachte sie wieder.

«Wenn du es unbedingt wissen willst: Ich wollte Anna nur zur Vernunft bringen. Sie sollte das Kind zur Adoption freigeben. Ich wusste nicht, dass es Jonathans Kind war. Ich habe zufällig mitgehört, als Heinrich mit ihr telefonierte.

Ich habe sie einige Zeit später angerufen, um sicherzugehen, dass sie das Kind abgetrieben hat. Aber deine Schwester war starrköpfig. Ich bin zu ihr geflogen. Wir haben uns gestritten, da hat sie mir gesagt, dass sie Maximilian mit einem Schwarzen betrogen hat. Unser Streit wurde heftiger, und sie ist gefallen. Sie hat am Kopf geblutet und war ohnmächtig.

Als sie zu sich kam, hat sie geflüstert, sie würde mich anzeigen. Sie war sehr benommen. Ich bin in Panik geraten, habe sie gefesselt und bin in den Busch gefahren. Dort habe ich ihr die Fesseln abgenommen und sie aus dem Wagen gestoßen. Dann bin ich ein ganzes Stück zurückgefahren und habe gewartet, dass die Sonne aufgeht. Ich habe das Gewehr und das Wasser an mich genommen und bin zur Straße gelaufen. Ein Auto hat mich mitgenommen. Ich war selbst überrascht, dass es so gut geklappt hat und niemand Fragen gestellt hat.»

Pia sah Anna durch die Nacht taumeln, voller Angst auf die Geräusche lauschen. Hatte sie gehört, wie sich der Löwe näherte? Vielleicht war es auch ein anderes Tier gewesen, das Anna als Beute erkannt und angesprungen hatte. Sie wollte nicht weiterdenken.

Pia schluckte. Sie durfte sich nichts anmerken lassen.

«Und bei Henry bist du auch in Panik geraten?»

«Er stand einfach vor meiner Tür und verlangte, seinen Großvater zu sprechen.»

Clara lächelte. «Ich habe erst überhaupt nicht verstanden, was er wollte. ‹Ich bin Annas Sohn›, sagte er. Ich erklärte ihm, dass Anna nicht unsere Tochter, sondern nur unsere Schwiegertochter gewesen ist und dass wir somit auch nicht seine Großeltern wären. Aber er bestand darauf. Ich war kurz davor, ihn wegzujagen, als er sagte, Jonathan sei sein Vater.

Da habe ich es endlich begriffen. Ich bat ihn herein und sagte ihm, er könne drinnen warten. Ich gab ihm zu essen und unterhielt mich mit ihm. Dann ging ich hinaus und ließ die Wanne vollllaufen. Ich erklärte ihm, ich hätte gerade gebadet und bekäme den Stöpsel nicht mehr raus, ob er mir helfen könne. Er war ein höflicher Junge und folgte mir ins Bad. Als er sich hinunterbeugte, musste ich nur noch seinen Kopf nach unten drücken. Der Rest war leicht, ich hatte auch ein wenig Glück. Ich war allein im Haus, Heinrich war noch auf dem Empfang geblieben, das Personal hatte Ausgang. Neugierige Nachbarn waren auch kein Problem, du weißt, wo wir wohnen. Ich bin am Kloster Oberzell abgebogen. Dort kommt man mit dem Auto sehr dicht ans Wasser heran. Es war dunkel, und es ging sehr schnell.»

«Und wie willst du es nun mit mir machen?»

«Wenn du klug bist, geschieht dir nichts. Ich will nur das Testament.»

«Es liegt in meinem Büro.»

«Du lügst.»

Clara kam dicht an die Wanne heran.

«Ich muss nur deine Beine anheben.»

Sie griff nach ihren Knöcheln, und Pia begann zu strampeln. Doch das Wasser machte sie leicht, und der Wannenrand bot kaum Widerstand. Sie fühlte, wie das Wasser über ihr zusammenschwappte. Sie ruderte panisch mit den Armen. Clara drückte ihre Knöchel wieder nach unten, und Pia schnappte nach Luft.

«Du bist verrückt.»

Pia hatte Angst. Clara war fähig, ihre Drohung wahrzumachen.

«Wenn du mich umbringst, bist du keinen Schritt weiter. Du weißt nicht, wo das Testament ist. Im Gegenteil, du läufst Gefahr, dass dir zwar die Morde an Anna und Henry nicht nachgewiesen werden können, aber der an mir.»

«Das lass meine Sorge sein.»

Pia umfasste mit der linken Hand fest den Wannenrand. Mit aller Kraft, die sie hatte, riss sie einen Fuß aus Claras Umklammerung und stieß zu. Ihr Fuß traf Claras Brust und ließ sie nach hinten stolpern. Pia nutzte die Gelegenheit und stemmte sich aus dem Wasser. So schnell sie konnte, stieg sie aus der Wanne und stand nackt und tropfnass Clara gegenüber, die ihr Gleichgewicht wiedergefunden hatte.

«Was nun, Clara? Glaubst du, du bist stärker als ich?»

«Ich habe kein Kind im Bauch, um das ich mir Sorgen machen muss. Und ich habe das hier.» Sie griff in die Jackentasche und holte ein Messer hervor, in dem

Pia ihr eigenes erkannte. Das ließ sie verstummen. Clara ging rückwärts zur Tür. Kurz bevor sie sie erreicht hatte, hörten sie Glas splittern, und unmittelbar danach stand Maximilian im Türrahmen.

«Mutter! Es ist vorbei. Komm raus und lass Pia sich abtrocknen.»

Clara starrte auf ihren Sohn. Sie bewegte sich keinen Millimeter. «Maximilian, verschwinde. Das regle ich.»

«Du regelst jetzt gar nichts mehr.»

Er ging einen Schritt auf sie zu.

«Du hast genug angerichtet.»

«Er hat sein Testament geändert. Es ist hier irgendwo. Wir müssen es finden und vernichten. Sonst wird dieser schwarze Bastard dir alles wegnehmen.»

«Er kann mir nichts wegnehmen.»

«Die Klinik. Dein Vater ist nicht mehr bei Sinnen.»

«Er ist gestorben.»

Clara sah wortlos auf den Boden. Dann blickte sie auf und fasste Maximilian am Arm.

«Er ist an allem schuld.»

«Von wem sprichst du?»

«Dein Vater hat sich nicht beherrschen können. Und deine Frau hat es ihm gleichgetan.»

«Mutter, hör auf.»

«Er war meines Namens nicht würdig. Das habe ich zu spät erkannt. Mir blieb nur noch, seine Fehler auszubügeln. Es ist meine Familie, die er in den Dreck zieht. Generationen von Sibelius haben den Namen zu einem Synonym für Wissenschaft und Medizin gemacht. Du wirst diese Tradition fortsetzen. Nicht, weil du sein Sohn bist, sondern meiner.»

«Du sollst aufhören.» Maximilians Stimme war lauter geworden. Doch Clara sprach wie unter Zwang weiter.

«Ich lasse nicht zu, dass Heinrich am Ende doch alles zerstört, dass Jonathan über mich triumphiert.»

Maximilian ergriff Clara bei den Schultern und schüttelte sie leicht.

«Du hast dein Leben lang die Menschen um dich herum manipuliert. Immer musste alles so geschehen, wie du es für richtig hieltst. Es reicht.»

«Glaubst du, es ist ein Zufall, dass deine Frau dich mit Jonathan betrogen hat?», höhnte Clara. «Er hat sie bewusst verführt und ihr ein Kind gemacht. Der Bastard hat einen weiteren Bastard gezeugt. Was Jonathan allein nicht geschafft hatte, sollte sein Sohn ihm ermöglichen.»

Max packte sie fester. «Du bist nicht besser. Du hast mein Leben zerstört. Du hast mich gezwungen, so zu leben, wie du es willst. Ich musste Arzt werden. Ich musste heiraten. Ich musste in der verfluchten Klinik arbeiten. Hast du dich auch nur einmal gefragt, was ich will?

Du bist genau wie Jonathan. Ihr beide könntet Mutter und Sohn sein. Um eure Pläne zu verwirklichen, ist euch jedes Mittel recht. Du hast sogar dafür getötet. Aber ich bin sicher, dass Jonathan das auch tun würde, wenn er es für richtig hielte. Ihr widert mich an. Vater ist tot, und du wirst ins Gefängnis kommen.

Soll Jonathan doch die Klinik haben. Von mir aus soll er auch unseren Familiennamen annehmen. Der ist ab morgen sowieso nichts mehr wert. Ich werde jetzt endlich meine Ruhe vor euch haben.»

Clara riss sich aus Maximilians Griff los.

«Es ist noch nicht zu spät. Geh nach Hause. Ich werde das hier erledigen, und morgen kann Jonathan seine Koffer packen. Wir brauchen ihn nicht. Er ist keiner von uns und wird es auch nie sein. Ich hätte Heinrich verbieten müssen, sich um ihn zu kümmern. Dann wäre er geblieben, was er ist, ein kleiner schwarzer Niemand. Er hätte es niemals gewagt, die Hand nach dem Erbe meiner Familie auszustrecken.»

Maximilian ließ resigniert die Schultern sinken. «Es ist vorbei, kannst du das nicht begreifen? Du wirst Pia nichts tun, das lasse ich nicht zu.»

Clara wandte sich von ihm ab. Sie hob die Hand mit dem Messer und ging drohend einen Schritt auf Pia zu. Pia wich zurück, doch viel Platz hatte sie nicht. Dann ging alles sehr schnell. Maximilian griff nach Claras Arm, sie wollte sich losreißen und verlor das Gleichgewicht. Mit dem Kopf schlug sie auf den Wannenrand und blieb reglos liegen. Aus einer Wunde an der Stirn trat Blut. Pia blickte auf sie hinunter. Hier lag die Frau, die Anna und Henry umgebracht hatte. Blass und blutend lag sie am Boden, aber Pia konnte keinen Hass empfinden.

Sie ging in die Knie und fühlte nach Claras Puls. Sie war bewusstlos, ihr Herz schlug etwas schnell, aber regelmäßig.

«Wir müssen einen Krankenwagen rufen», sagte Pia.

Maximilian griff nach seinem Mobiltelefon und gab die Notrufnummer ein. Im selben Moment ertönte die Klingel. Jemand läutete Sturm. Pia sah an sich herunter. Sie war noch immer nackt. Bevor sie oder Maximilian reagieren konnten, hörten sie ein lautes Krachen, und Kilian kam in Pias Badezimmer gestürzt, dicht gefolgt von einem um Atem ringenden Heinlein. Sie sahen eine nackte Pia, eine am Boden liegende Clara und Maximilian, der nach einem Handtuch griff und es Pia reichte.

«Ist alles in Ordnung?», fragte Kilian an Pia gewandt.

Sie nickte. «Ich wäre allerdings dankbar, wenn wir dieses Treffen kurz verschieben könnten. Ich würde mich gern anziehen. Es ist kalt.»

Maximilian war im Notarztwagen mitgefahren. Pia saß mit Heinlein und Kilian im Wohnzimmer und fasste die Ereignisse der letzten Stunden zusammen.

«Glaubst du, es hat sich so zugetragen, wie sie sagt?», fragte Heinlein an Pia gewandt.

«Bei Henry ja. Was Anna angeht, bin ich mir nicht sicher. Wir werden es wohl nie erfahren.»

«Und das alles wegen Geld», sagte Kilian kopfschüttelnd.

«Es ging ihr nur um die Familie», sagte Pia. «Vielleicht wollte sie beweisen, dass sie fähig war, das ideelle Erbe der Familie weiterzutragen.»

Heinlein stand auf. «Ich gehe jetzt zu meiner Familie, und Pia sollte sich nach der Aufregung am besten ins Bett legen und zwei Tage dortbleiben.»

Kilian stimmte zu und begleitete Heinlein zur Tür. Sie verabschiedeten sich. Kilian machte einen Tee für Pia und wickelte sie in eine Decke. «Wenn ich hierbleiben darf, kannst du morgen entspannen. Ich bringe hier alles wieder in Ordnung, Gläser und so.»

«In drei Wochen ist der nächste Ultraschall-Termin. Du kannst mitkommen und ihn dir ansehen. Außerdem schlage ich dir einen Handel vor. Er bekommt deinen Nachnamen, dafür suche ich den Vornamen aus.»

Der Tag danach

40

Jonathan und Maximilian verließen das Büro von Heinrichs Anwalt und blieben auf dem Gang stehen. Sie sahen sich unschlüssig an, bis Maximilian das Wort ergriff. «Wollen wir noch etwas trinken?» Jonathan nickte. Sie verließen das Gebäude in der Eichhornstraße und stellten sich an einen der Tische vor der Espresso-Bar Barossi. Jonathan brach das Schweigen. «Jetzt ist es also die Trewitz-Klinik. Wirst du bleiben?»

Maximilian schüttelte den Kopf. «Ich bin froh über Vaters Entscheidung. Es tut mir leid für dich.»

Jonathan blickte auf die Passanten, die in die Fußgängerzone strömten. Gestern noch hatte er gehofft, dass die Testamentsänderung ihn endlich offiziell zu Heinrichs Sohn und Erben machen würde. Dann war Maximilian bei ihm aufgetaucht und hatte ihn informiert, dass Clara Henry und Anna umgebracht hatte. Maximilian war an der Tür stehen geblieben und nach einigen Sätzen wieder gegangen. Jonathan hatte genug Zeit gehabt, um zu erkennen, dass unter diesen Umständen der Name Sibelius bald in allen Zeitungen stehen würde.

Der Klinik stand eine harte Zeit bevor. Doch Heinrich hatte ihn überrascht. Weder er noch Maximilian würden fortan die Klinik leiten. Heinrich hatte einem Fremden das Amt übertragen. Es hatte während des Gesprächs mit Heinrichs Anwalt einen kurzen Moment der Genugtuung gegeben.

Heinrich sprach in seinem Brief von seinen beiden Söhnen, er stellte ihn auf eine Stufe mit Maximilian, hatte ihnen die gleiche Summe Geldes vermacht, Anteile an der Klinik und jedem einen Posten im Aufsichtsrat. Der Moment des Triumphes war jedoch rasch verflogen. Heinrich hatte ihn nur deshalb zu seinem Sohn gemacht, weil es spätestens in der Gerichtsverhandlung gegen Clara sowieso ans Licht gekommen wäre. Das Beste in Heinrichs Testament war natürlich die Namensänderung der Klinik. Er lachte. «Er hat sein Lebenswerk in Sicherheit gebracht.»

Auch Maximilian lachte. «Hast du etwas anderes erwartet?»

«Clara hätte ich es zugetraut. Ich dachte immer, Heinrich hätte keinen Sinn für praktische Angelegenheiten.»

Sie tranken ihren Kaffee.

«Was wirst du jetzt tun?», fragte Maximilian.

«Ich gehe zurück. Nach Afrika.»

«Gehörst du noch dorthin?»

Jonathan überlegte. Dann sagte er: «Es wird sich zeigen. Ich werde in der Nähe meiner Mutter leben, mehr ist mir an Familie nicht geblieben.»

Der Kaffee war leer, es war Zeit aufzubrechen, doch sie blieben stehen. Es lag noch viel Unausgesprochenes zwischen ihnen.

Maximilian brach das Schweigen. «Sie sind umsonst gestorben. Dein Sohn. Meine Frau. Wir haben uns alle belogen.» Er zögerte und fuhr dann fort: «Du bist mein Bruder, und ich bedauere, dass ich es so spät erfahren habe.

Wie anders wäre unser aller Leben verlaufen, hätte unser Vater mehr Mut und Verantwortungsgefühl bewiesen.»

«Du gibst ihm die Schuld?»

Maximilian schüttelte den Kopf. «Seine Arbeit und seine Karriere standen immer an erster Stelle. Er hätte sich in dieser Angelegenheit gegen meine Mutter stellen sollen, auf die Gefahr, dass sie sich von ihm trennt, was sie bestimmt nicht getan hätte. Wäre bekannt gewesen, dass du sein Sohn bist, hätte meine Mutter keinen Grund gehabt, dieses Geheimnis zu hüten und dafür zwei Menschen zu opfern.»

«Für Clara war und bin ich nur ein Bastard, sie hätte mich niemals im Schoß der Familie aufgenommen.»

Maximilian nickte. «Aber ich hätte in dir meinen Bruder gesehen. Es wäre schön gewesen.»

Gemeinsam verließen sie das Barossi. Am Brunnen auf dem Marktplatz gaben sie sich die Hand, und jeder ging in eine andere Richtung davon.

Zurück nach Ginen

Das Afrika-Festival zählte zum Schluss weit über hunderttausend meist zufriedene Besucher. Nach vier Tagen der Freude und der guten Geschäfte waren die Trommeln verstummt, die Tänze beendet und die vielen fremden Gesichter aus der Stadt abgereist. Der Himmel zeigte Mitgefühl und ließ es seit der vorangegangenen Nacht regnen.

Das barocke Würzburg hatte keine Schwierigkeiten, zur Normalität zurückzukehren. Der Geruch von fränkischen Bratwürsten wehte über den Unteren Markt, und die japanischen Studenten waren wieder leichter unter den Würzburgern auszumachen. Ihre stille Zurückhaltung stieß bei vielen auf eine unausgesprochene Wertschätzung.

Für die kommenden dreihunderteinundsechzig Tage konnte man sich nun ganz auf Mozart, Reisegruppen und Frankenwein konzentrieren.

Am Mainkai lagen die *Franconia* und die *Alte Liebe* fest vertäut, die nächste Ladung Tagesausflügler erwartend. Einige Bootslängen mainabwärts waren die vielen hundert Zelte auf der Talavera abgebaut, Stille kehrte ein.

Nur ein Zelt, Ubuntas Voodootempel, der Ounfò, trotzte der Normalisierung. Am Ufer des Mains gelegen, sollte dort eine letzte Erinnerung an die vergangenen vier Tage und ihre Vorkommnisse zelebriert werden.

Sechs in weiße Gewänder gehüllte schwarze Frauen, zwei Trommler und ein Sänger unterstützten Ubunta, die Manbo, bei ihrer letzten offiziellen Handlung in den Mainauen. Sie hatten sich im Peristyl, dem zeremoniellen Hauptraum des Zeltes, eingefunden, um Heinrich Sibelius nach Afrika zu überführen und die Seele Henrys der Gunst Simbis, des Schutzpatrons des Regens und der Flüsse, zu übergeben. In genau einem Jahr und einem Tag würde Ubunta nach Würzburg zurückkehren und die Seele Henrys vom Main und von Simbi zurückfordern. Dann ging sie auf die letzte Reise ins Mutterland Afrika. So lautete das Gesetz.

Die beiden Särge standen um die heilige Säule, den *poto mitan*. Henry zur Linken, Heinrich zur Rechten. Die Zeremonie war bereits fortgeschritten, und Ubunta hatte mit der *ason*, der heiligen Rassel, die Verbindung zwischen Menschen und Geistern hergestellt. Sie sprengte etwas *kleren*, weißen Zuckerrohrschnaps, über die toten Körper, deren Lebenskraft sich nun wieder mit dem Kosmos vereinigen würde. Dann erfasste sie eine seltsam wirkende Kraft, die sie am ganzen Körper schüttelte und erzittern ließ.

Sie nahm den *po tèt*, einen Tonkrug, zur Hand und ließ ihn am Boden bersten. Ein Haarbüschel Henrys, ein Bananenblatt und Süßigkeiten kamen zum Vorschein. Die Seele Henrys, die *gwo bon anj*, entwich.

Jonathan Kingsley stand zwischen Pia, Kilian, Maximilian und dessen Freundin Marlen. Er kommentierte für sie die Vorgänge im Peristyl. Fremd und doch einnehmend wirkte die Zeremonie auf die einzigen Weißen in dieser fremden Kultur.

«Henrys Seele tritt nun den Weg nach Ginen an», sagte Jonathan leise, «nach Hause, zurück nach Afrika.»

Danksagung

Gemeinsam ein Buch zu schreiben ist keine einfache Sache. Ohne euch wäre es uns nicht so gut gelungen. Wir bedanken uns für die Unterstützung und manch klugen Ratschlag bei:

Thomas Tatschner, Hans Strecker und Hermine für die Recherche.

Pia Wenzel und Sabrina Fedders fürs Lesen und die Kritik.

Bei Franja und Luca – ihr habt uns den Rücken freigehalten.

Und bei Lev. (Fast) Ohne Murren hast du Mama und Papa am Computer arbeiten lassen.

Zum Schluss ein Dankeschön an alle Kilian-Leser in allen Teilen der Welt für die Treue und das Interesse. Ich bin immer wieder überrascht, wie weit ein Buch reichen kann. Bitte schreiben Sie mir weiterhin. Ich freue mich über jede Nachricht.

Kontakt unter: www.roman-rausch.info